LE CAHIER NOIR

www.quebecloisirs.com

UNE ÉDITION DU CLUB QUÉBEC LOISIRS INC.
© Avec l'autorisation des Éditions Leméac / Actes Sud
© 2003, Les Éditions Leméac
© 2003, Actes Sud pour la France , la Belgique et la Suisse
Dépôt légal — Bibliothèque nationale du Québec, 2003
ISBN 2-89430-627-X
(publié précédemment sous ISBN 2-7609-2356-8 (Leméac))
(publié précédemment sous ISBN 2-7427-4720-6 (Actes Sud))

Imprimé au Canada

MICHEL TREMBLAY

LE CAHIER NOIR

roman

À mes amies waitresses,
À mes amies actrices

Quoi qu'il en coûte de le reconnaître, l'être humain ne se laisse pas guider par des Idées invisibles et parfaites, ni même par des raisonnements logiques, mais par des impulsions, des désirs irrationnels…

J. C. Somoza, *La caverne des idées*

Première partie

DESCENTE VERS LES TÉNÈBRES

25 janvier 1966

La honte est une bête qui possède plusieurs têtes, je le sais depuis mon enfance, par la force des choses, à cause de ce que je suis. Et celle qu'elle m'a montrée ce matin était particulièrement mortifiante. Non pas que je considère que je n'ai pas mérité ce que je n'oserai pas appeler ici mon châtiment, ce n'en était tout de même pas un, mais, disons, cette simple punition ou cette pénalité, le prix à payer, je suppose, pour m'être laissé une seule fois tenter par les pièges de la vanité : après tout, j'ai couru après, tant pis pour moi. J'ai voulu patauger dans une eau qui m'était étrangère, risquer un œil sur un monde aux antipodes de celui que je connais, qui dépasse de loin mes capacités, mes goûts, et l'humiliation qui en a découlé, aussi insignifiante fût-elle pour les autres, aussi anodine, m'a jetée, moi, dans des affres si cuisantes que seule l'écriture que j'entreprends en ce moment pourra, peut-être, m'en purifier. Me confier à la page blanche, me confesser de mon ridicule, représentent ma seule planche de salut, comme d'habitude. M'accuser moi-même, me défendre, me condamner ou non. Et à quoi? Pour une si grande niaiserie! Mais les niaiseries ne sont-elles pas ce qui est le plus difficile à surmonter parce que, justement, toute forme d'intelligence en est absente? M'exorciser de mon manque d'intelligence et de jugement, voilà ce que je m'apprête à faire ici. Je prendrai le temps qu'il faudra pour analyser tout ça, essayer de le comprendre, me l'expliquer par écrit parce que mes idées sont pour le moment plutôt confuses.

Mais il aurait peut-être fallu que je commence par me présenter. Dire qui je suis, en gros, sans trop insister sur les détails. Que mon nom est Céline Poulin, que j'ai vingt ans, que je travaille depuis deux ans comme serveuse dans un restaurant situé au coin des rues Saint-Denis et Sainte-Catherine, le Sélect, célèbre pour ses *hamburger platters* et sa faune bigarrée des fins de soirées, que je suis malgré tout désespérément ordinaire et discrète au point où l'on peut très bien ne pas se rendre compte que j'existe. (Je sais très bien que c'est faux, alors pourquoi est-ce que j'ai écrit ça? Je suis discrète, c'est vrai, mais on ne peut pas ne pas se rendre compte que j'existe, quand même!) J'ai parfois l'impression d'avoir passé une grande partie de ma vie avec un sac de papier sur la tête et que même les clients les plus assidus du restaurant ne me reconnaîtraient pas s'ils me croisaient dans la rue sans mon costume de serveuse. Ils connaissent mon physique, mais je suis convaincue qu'ils ne connaissent pas vraiment mon visage. Je suis une ombre insignifiante qui se faufile entre les tables, une paire de mains qui distribue sans jamais se tromper ni rien renverser des victuailles trop grasses que mes clients commandent non pas parce qu'ils aiment manger, mais parce qu'ils ont faim et que le Sélect est l'un des restaurants les moins dispen-dieux du centre-ville de Montréal. Là, on mange beaucoup pour peu et les guidounes de la *Main*, les travestis, les bums et autres créatures de la nuit viennent s'y réfugier quand il fait froid, entre deux clients, entre deux bitcheries, entre deux mauvais coups. Ils viennent aussi s'y réfugier l'été, à cause de l'air climatisé: en août, vers deux heures du matin, quand l'humidité est à son comble, on peut dire que les masques tombent! Littéralement. Ou, plutôt, coulent! Et aboutissent en taches pâteuses et bariolées sur des Kleenex pourtant destinés à un tout autre usage. Les fermoirs de sacs à main claquent dans l'éclairage au néon, les poudriers, les pinceaux, les bâtons de rouge à lèvres, les boîtes de maquillage sont étalés en vrac sur les tables, on entend des jurons obscènes, des moqueries vicieuses, ces dames étirent le plus longtemps possible leur Coke en se refaisant un visage, puis c'est le retour au travail, au trottoir, à la chaleur qui tue et à l'odeur des poubelles qui fermentent dans la nuit. L'hiver, bien sûr, nous sommes un refuge contre ce que la grande Paula-de-Joliette appelle si joliment la «congélation des pôles». Elle dit d'ailleurs à qui veut l'entendre : «J'ai besoin de mes deux pôles pour travailler : la tête pour jouer au pompier, le cul pour éteindre le feu! S'il y en a un des deux de gelé, je suis faite!» Souvent à la mi-février, quand le mercure tombe sous zéro, je ne peux m'empêcher d'admirer ces travailleurs et travailleuses de la nuit qui arrivent à garder leur bonne humeur malgré les engelures et les grippes carabinées. La Duchesse de Langeais, qui ne travaille pas avec eux, se contentant de les accompagner presque chaque soir, chaperon grotesque et tapageur dont l'audace va jusqu'à porter une perruque par-dessus son casque de fourrure, prétend qu'elle préfère le trottoir l'hiver parce qu'un client qui se tape un froid pareil est vraiment en manque et plus enclin à la générosité. Mais on raconte que la Duchesse n'a jamais fait la rue, préférant depuis toutes ces années être la cheerleader des nuits chaudes de Montréal. Je trouve que c'est une belle image : un travesti qui côtoie toute sa vie la prostitution sans jamais y toucher, par pur plaisir de l'aventure. On dit aussi qu'il vend des chaussures, le jour. C'est à se demander quand il dort!

Comme je suis la plus jeune employée de l'établissement et la dernière arrivée, je n'ai pas souvent le choix de mes horaires ; je me retrouve donc la plupart du temps sur le shift de nuit, à servir des club sandwiches à de fausses femmes trop maquillées et exagérément parfumées et des fish and chips ruis-selants de gras divers et saturés à des voyous qui n'hésiteraient pas à rire de moi s'ils me croisaient dans un coin noir, mais qui, là, parce que je suis la serveuse, la pourvoyeuse de nourriture, m'appellent mademoiselle gros comme le bras et retiennent leurs moqueries. Mais je ne suis pas dupe. Je ne fais confiance à aucun d'entre eux. Jamais. Et si par inadvertance, ce qui est d'ailleurs plutôt rare, une main baladeuse s'égare le long de ma jambe ou que des yeux chassieux cherchent furtivement à fouiller mon corsage, je fais celle qui ne se rend compte de rien parce que je sais que le coupable, lui, ne s'en aperçoit à peu près pas lui-même. C'est ce qu'on fait avec une waitress, qu'elle soit vieille ou jeune, belle ou moche, alors pourquoi s'en formaliser ? Même Marie, que tout le monde appelle ma tante et qui n'attire pas, c'est le moins qu'on puisse dire, les regards admirateurs ou les attouchements circons-pects tant elle ressemble à une maman trop bonne et trop dévouée, a droit à son lot de sous-entendus égrillards et de compliments «coquins», c'est-à-dire salés et insultants. Elle a décidé depuis longtemps de passer outre en riant.

Je pourrais dire aussi que je cache, surtout à mon entourage immédiat, un cliché vieux comme le monde et aussi pesant pour ceux qui en sont victimes : la passion de l'écriture. Je ne m'étalerai pas là-dessus longtemps, c'est inutile et je sais depuis toujours que la seule idée de la *waitress-écrivain* est à mourir de rire. Quand il m'arrive, pendant mes breaks, de jeter quelques impressions sur le papier en tétant un café pour me garder éveillée, je dis à ceux qui se penchent sur la table en passant que j'écris à une cousine éloignée de Charlevoix. La Duchesse de Langeais, plutôt difficile à tromper, a insinué à quelques reprises que cette cousine-là doit déjà posséder assez de lettres pour publier un livre de quatre cents pages, et elle n'a pas tort, la vieille folle. La Duchesse de Langeais est l'un des seuls clients qui prennent la peine de s'occuper un peu de moi. Je pourrais écrire que c'est par pitié, mais je n'en suis pas sûre, c'est peut-être juste une curiosité naturelle pour tous les gens un tant soit peu bizarres qu'il croise…

J'écris vraiment tout ce qui me passe par la tête, impressions sur ce qui se trame au restaurant, portraits des gens qui le fréquentent, pensées «profondes» qui me viennent au sujet de la nature humaine quand deux travestis se battent pour un bâton de rouge à lèvres ou qu'un groupe de gui-dounes se bidonnent au sujet de l'importance des attributs de divers clients. Et, bien sûr, description détaillée et minutieuse de ce que je pense de ma famille. Et de la place que j'occupe dans la société : vingt ans, pas belle, un physique pour le moins particulier, serveuse la nuit, irrémédiablement célibataire. Les seuls hommes que je fréquente sont habillés en femme ou déguisés en ce qu'ils croient connaître de la mafia de Chicago des années vingt, l'espoir de rencontrer l'âme sœur est donc plutôt mince. Ces hommes-là ne feront pas des enfants forts alors que moi j'en voudrais une ribambelle, criarde et insupportable pour les autres, même si je sais que ça ne risque pas de se produire. Et, évidemment, je garde tout ça. Calepins écornés, serviettes de papier, cahiers lignés, factures non uti-lisées sur lesquelles j'ai à peine jeté un mot, un bout d'émotion ou d'excitation. Ça s'accumule, ça s'en-tasse, ça déborde presque de mon placard. Maman prétend qu'elle n'ose pas y toucher pendant ses crises de nettoyage, mais je ne suis pas sûre de la croire. De toute façon, elle déteste tellement tout ce qui est écrit que même les «œuvres complètes» de sa propre fille ne titilleraient pas sa curiosité. Trop compliqué. Trop d'efforts. Elle doit se contenter d'y risquer un coup d'œil découragé et de passer à autre chose sans trop se poser de questions. Pauvre elle. Les choses qu'elle apprendrait si elle se donnait la peine de parcourir un seul de ces feuillets! Et les choses que j'apprendrais, moi, si elle se donnait la peine d'écrire!

Ce que je ferai de tout ça? Aucune idée. Je mourrai peut-être vieille fille au milieu d'une chambre encombrée jusqu'au plafond d'écrits dérisoires et inutiles parce que non publiés. Un écrivain qui ne publie pas n'est pas un écrivain. Je ne suis donc pas un écrivain et n'en serai jamais un. Ce qui ne m'empêche pas de prendre un plaisir fou et solitaire à déverser sur le papier mon existence folle et solitaire. Comme Emily Dickinson, au sujet de qui j'ai lu un article dans le *Samedi*, il y a quelques mois, jamais sortie de sa petite ville de Amherst et pourtant reconnue aujourd'hui comme une grande poétesse américaine. C'est drôle de penser qu'on peut ne pas être considérée comme un écrivain de son vivant mais être *géniale* après sa mort! Un peu comme les peintres maudits que j'aime tant. En tout cas, je plains la personne qui aura à colliger tout ce que j'aurai écrit, l'œuvre de la vieille waitress qui vivait à Montréal à la fin du vingtième siècle et qui est morte étouffée sous l'amoncellement de ses écrits jamais publiés… Ce n'est pas de la poésie qu'elle écrivait, la pauvre, mais un compte rendu approximatif de ce qu'elle vivait et de ce qu'elle voyait autour d'elle.

Mais je m'éloigne de mon sujet initial, mon humiliation de ce matin.

J'y reviendrai demain.

Je viens de relire ce que j'ai écrit hier.

J'ai même tout recopié avec application dans un gros cahier noir à couverture dure, ligné bleu, à la marge d'un beau rouge vif, ce qu'on appelait à l'école un livre du maître. Ce que je m'apprête à écrire sera important pour moi. Une vraie première... je n'ose pas encore avancer le mot *œuvre*, mais ça viendra peut-être un jour. Appelons ça pour le moment la confession d'un enfant du milieu du siècle, c'est aussi prétentieux, mais au moins ça contient une dose d'humour. Si je ne veux pas trop me prendre au sérieux, moi, je veux prendre au sérieux ce que j'écris. Parce que je veux interpréter ce qui s'est passé. Et comprendre.

Le début de mon texte d'hier donne l'impression que je vais rapidement parler de mon humiliation, la régler, m'en débarrasser, alors que ça n'est pas du tout mon intention. Je vais plutôt y aller lentement, avec prudence, suivre les méandres des hasards et des coïncidences qui m'ont menée hier matin au minuscule théâtre des Saltimbanques, pour arriver à bien saisir pourquoi la petite bombe que j'ai posée moi-même m'a explosé en plein visage. Je ne veux pas m'apitoyer sur ma petite personne, je l'ai assez fait dans mes premiers cahiers d'adolescence, je veux juste savoir pourquoi une fille comme moi se laisse embarquer dans une histoire aussi ridicule avec une fin aussi prévisible. La prétention, encore une fois? Non. La volonté de changer de monde, de troquer mon univers de poulet frit et de salade au chou contre la vie plus excitante, plus enrichissante de comédienne amateur? Je ne suis pas sûre que la réponse soit oui. Peut-être simplement un goût d'aventure, de renouveau, de différent, d'étonnant. Comme la Duchesse: vendeur de chaussures le jour, guidoune la nuit!

Tout a commencé quand Madeleine est tombée malade. Madeleine, c'est le pilier de jour, la seule serveuse qui choisit elle-même ses horaires et ses dates de vacances, qui peut même refuser de travailler la nuit, notre doyenne et un peu notre mère à tous. Elle travaille au Sélect depuis toujours et sa célébrité dépasse les frontières du quartier: d'anciens clients devenus célèbres ou qui ont fait fortune reviennent de façon régulière dévorer un *hamburger platter* en sa compagnie et s'épancher dans son giron, nostalgiques du bon vieux temps, de l'époque dorée où rien n'était plus important que faire la fête et faire le fou. La jeunesse. L'insouciance. Le bonheur. Quelques-uns l'ont aimée d'amour, d'autres lui ont emprunté de l'argent pour partir en affaire ou payer leur loyer; les plus vieux se la rappellent quand elle avait vingt ans et que sa seule présence illuminait le restaurant. La Duchesse – toujours elle! – dit qu'elle lui avait tout de suite fait penser à Susy Prim, une actrice du cinéma français des années trente reconnue pour sa blondeur diaphane et son rire perlé. On venait et on vient toujours au Sélect pour Madeleine, pour son sourire, son efficacité, sa franchise, sa générosité. Nick, le propriétaire du restaurant, a une peur folle de la perdre et il a bien raison. Et c'est peut-être ce qui est en train de se produire.

Quand il m'a réveillée un matin pour me dire que Madeleine n'était pas au travail et que le Sélect était sens dessus dessous, j'ai d'abord pensé au pire. Madeleine n'est plus jeune. Ses varices, qu'elle essaie de cacher depuis un moment dans des bas bruns d'une grande laideur, la font de plus en plus souffrir. Elle m'a avoué pour la première fois il y a un mois qu'elle se sentait fatiguée, *vraiment* fatiguée, et qu'elle songeait à prendre sa retraite. Elle a ramassé un petit pécule qu'elle a su bien placer, ses enfants sont grands et lui ont offert de l'aider un peu, ses besoins sont limités, elle reviendra nous visiter, plier des serviettes de papier avec nous, remplir les sucriers, mais servir aux tables, non, terminé...

«J'ai aimé ça. Passionnément. J'ai eu du fun. Beaucoup. Mais je n'en ai plus. Je me traîne du matin au soir et le sourire que vous voyez sur mon visage me fait aussi mal à étirer que mes pauvres jambes.»

Lorsqu'elle avait dit ça, je venais d'arriver et j'enfilais mon uniforme avant le coup de feu de six heures. Madeleine, elle, se barouettait depuis le matin sur le plancher de terrazzo et la fatigue se lisait sur son visage.

«J'aime mieux m'en aller avant de ne plus être capable de les voir. Les clients. L'autre jour, j'ai essayé de compter le nombre de *hamburger platters* que j'ai servis ici même, au coin de Saint-Denis et Sainte-Catherine, depuis toutes ces années-là, et j'ai eu peur... J'ai vu le restaurant rempli jusqu'au plafond de steak haché trop cuit, les patates frites dépassaient de partout, le ketchup dégoulinait... Je me suis dit que je ferais mieux de partir avant de me mettre à franchement haïr tout ça.»

Alors quand Nick m'a demandé si je pouvais la remplacer pour la journée, j'ai d'abord pensé qu'on ne la reverrait plus. Qu'elle avait décidé de disparaître sans préavis pour éviter le chantage émotif de Nick qui a bien besoin d'elle et nos supplications, à nous les serveuses, pour qui perdre Madeleine équivaut quasiment à perdre notre mère. Mais elle n'avait qu'une vilaine grippe et avait promis de revenir travailler dans quelques jours.

Je suis peu habituée à la clientèle de jour que je trouve un peu coincée, trop tranquille à côté

21

des êtres bizarres autant qu'hirsutes qui passent la soirée et une partie de la nuit à entrer et sortir du Sélect comme si c'était chez eux. Même leur façon de manger est différente. Ils sont polis, ils n'ont en général que quelques minutes pour déjeuner ou dîner et le font savoir en gestes civilisés et paroles affables.

Mes clients à moi, quand ils ne sont pas contents, l'expriment sans subtilité. La diplomatie n'est pas leur fort, ils ont souvent été élevés à coups de pieds au cul et claques derrière la tête, ce qui laisse des séquelles dans leur comportement. Il y a une sorte de franchise, cependant, dans ce qu'ils sont, dans leur façon de l'extérioriser, que j'ai de la difficulté à retrouver chez ceux du jour, plus poncés, c'est vrai, sûrement mieux élevés, mais moins chaleureux.

C'est du moins ce que je pensais jusqu'à ces fameuses semaines où j'ai dû remplacer Madeleine.

La faune de jour est en grande partie composée de gens de bureaux, de vendeurs venus des boutiques avoisinantes, de clientes de chez Dupuis Frères, de badauds, de promeneurs impatients, pour qui le Sélect n'est pas du tout un refuge comme il l'est pour la clientèle de nuit, mais un simple endroit de passage où se sustenter entre deux choses plus importantes. Ils sont pressés de manger quand ils entrent, ils sont pressés de repartir aussitôt leur assiette vidée. Pas de camaraderie, ici, pas de plaisanteries graveleuses lancées d'une table à l'autre ni d'insultes bien senties déguisées en compliments ; chacun est à son affaire, la tête penchée sur le bol de soupe ou la main levée pour attirer l'attention de la serveuse. Peu de conversations, beaucoup de bruit d'ustensiles. Moi, je me sens encore plus anonyme que la nuit. Avec mes clients réguliers, j'ai l'impression de choisir d'être discrète, parce que c'est ma nature, et même les plus effrontés d'entre eux respectent mon choix ; le midi, par contre, à l'heure du coup de feu, quand une centaine de clients raclent presque en silence le fond de leur assiette, que la tension monte au fur et à mesure qu'on approche d'une heure, le moment de la réouverture des bureaux et des magasins, je suis convaincue que personne ne me voit ni n'apprécie ce que je fais. Les pauvres pourboires que je trouve cachés sous la vaisselle sale en font foi tant les clients qui les ont laissés en ont honte : je fais trois fois moins d'argent le jour que la nuit pour au moins deux fois plus de travail.

Il y a un groupe, pourtant, joyeux, bruyant, insolent même, que j'ai appris à connaître et à aimer. Ils viennent de l'Institut des arts appliqués situé à côté du restaurant, étudiants adultes de corps, mais certainement pas d'esprit – ils se sont d'ailleurs eux-mêmes baptisés les zarzas à cause du nom de leur école. Ils se dirigent vers une carrière de décorateurs d'intérieurs ou je ne sais trop quoi, consacrent leurs journées, les chanceux, à l'étude des arts, et courent à toute heure du jour le crayon à la main pour dessiner les bâtisses du quartier, les personnages qui déambulent dans la rue et même nous autres, les serveuses, en pleine action ou pliant des serviettes de papier pendant les temps morts de l'après-midi. Parfois ils semblent apporter plus d'attention aux banquettes de cuirette du restaurant et aux tables d'arborite qu'à nous, mais nous ne nous en formalisons pas, nous savons qu'ils vont peut-être un jour avoir à dessiner des meubles de commerces. Avant de les connaître, je n'avais jamais pensé que quelqu'un était payé pour dessiner des meubles de restaurants. Il le faut bien, pourtant. Quel drôle de métier, quand même ! Autant je n'ai jamais rêvé de devenir serveuse, autant j'ai de la difficulté à imaginer que quelqu'un puisse aspirer à dessiner des banquettes de faux cuir !

Ils ne viennent presque jamais pendant les heures de repas. Ils laissent ça à ceux qui travaillent, qui ont des horaires précis. Eux mangent à n'importe quelle heure – et souvent n'importe quoi – toujours en groupe et grouillants comme des enfants de maternelle. Ils ont autour de vingt ans, souvent beaux et belles à faire damner, ne le savent pas toujours, mais s'en servent instinctivement, ne serait-ce que pour obtenir des portions plus généreuses ou un quelconque rabais. L'oubli au bas d'une addition d'une soupe du jour ou d'une liqueur douce, que nous leur accordons souvent, sans l'avouer à Nick, bien sûr, est toujours apprécié, surtout chez les plus maigres qui, à l'évidence, crèvent de faim. Il n'y a rien de plus romantique, de plus touchant qu'un étudiant qui crève de faim et nos cœurs fondent trop souvent devant eux. Ils en profitent d'ailleurs honteusement, mais c'est tant mieux pour eux. Et qui sait, grâce à eux, nous pourrons peut-être un jour plier des napkins le fessier sur des banquettes plus confortables!

Madeleine est leur mère à eux aussi, ils l'adorent et furent sincèrement peinés d'apprendre qu'elle était malade. Ils me reçurent avec un œil soupçonneux. Ils me connaissaient vaguement parce que ce n'était pas la première fois que je leur tombais dessus à l'improviste, je les avais servis pendant deux semaines, en septembre, quand Janine, la deuxième serveuse de jour, a eu son accident de voiture, mais pour eux je n'étais pas une «régulière», ils ne m'avaient pas encore tout à fait saisie, ne savaient pas au juste quoi penser de moi, n'osaient pas me tutoyer, enfin, bref, se méfiaient. Je suppose que c'était normal, mais c'était injuste parce que moi ils m'amusaient, je les trouvais sympathiques, et j'aurais bien aimé qu'ils le sachent. Après tout, ils étaient ce qui se rapprochait le plus de mes clients du soir.

Seule une classe de deuxième année qui avait tout de suite attiré mon attention m'a volontiers rendu ma sympathie. On dit d'eux qu'ils sont le groupe le plus indiscipliné que l'Institut des arts appliqués ait jamais connu, mais tout le monde les aime, surtout les professeurs, parce qu'ils sont talentueux, imaginatifs, drôles comme des singes.

Et aussi grouillants. Et aussi irrésistibles. Il faut les voir envahir le restaurant, vers quatre heures, aussitôt les cours finis : ils investissent les tables près des vitrines qui longent la rue Sainte-Catherine, commandent des choses invraisemblables issues de défis qu'ils se lancent pour se faire rire – un sundae relish-moutarde ! – auxquelles ils ne touchent même pas, se contentant de les regarder en se bidonnant, mais *jamais* ils ne vont faire quelque dégât que ce soit et nous traitent, nous les serveuses, avec beaucoup de gentillesse. Ils nous disent souvent qu'ils savent que ce qu'ils commandent est ridicule mais nous demandent poliment de le leur servir parce qu'ils veulent savoir de quoi ça a l'air et si ça mérite d'exister. Ils se targuent d'aimer l'absurdité, insistent pour la vivre, l'illustrer, souvent au détriment de toute logique. Ils sont ce que j'ai choisi de ne pas être ; devant eux, je me sens précisément comme un sundae relish-moutarde. Mais il ne faudrait pas que je m'embarque là-dedans, j'ai déjà trop fréquenté ce genre d'autoflagellation dans mes «écrits» précédents.

Il m'ont vite acceptée, ils m'ont presque tout de suite appelée par mon prénom, ils m'ont même englobée dans leurs conversations sans s'en rendre compte. En me tutoyant :

«Qu'est-ce que t'en penses, toi, Céline ? Penses-tu que j'ai fait le bon choix ? Qu'est-ce que tu ferais à ma place ?»

Ça n'était jamais condescendant, ils demandaient juste un conseil à quelqu'un qui s'adonnait à passer à ce moment-là dans leur vie. Je trouvais ça gentil. Et je leur disais toujours exactement ce que je pensais, au risque de leur déplaire. J'ai le même âge qu'eux, mais mon expérience de la vie est très différente de la leur, alors ils m'écoutaient avec grand sérieux et disaient qu'ils allaient y réfléchir. Et je suis convaincue qu'ils le faisaient quand ils se retrouvaient tout seuls avec leur problème, même si je n'étais pas Madeleine, que mes conseils étaient différents des siens. C'est ça qui me touchait le plus, je crois; ils ne m'en voulaient pas de ne pas être Madeleine. Et me donnaient l'impression d'être importante. Mais ils retournaient vite à leur omelette à la confiture de bleuets – ils n'ont pas l'air d'être capables de se concentrer longtemps sur la même chose – et des rires fusaient de partout.

Celle qui semblait leur leader, en particulier, une fille boulotte et très drôle nommée Aimée Langevin, m'intéressait au plus haut point: je n'avais jamais vu une femme aussi délurée et je restais souvent estomaquée devant son audace, ses facéties, son sens de la repartie. Elle les menait tous par le bout du nez, les filles autant que les garçons, les faisait se tordre de rire dans les allées entre les tables, les manipulait gentiment sans qu'ils s'en rendent compte, jouait auprès d'eux le rôle de la grande sœur comique et quand même responsable, prête à les aider, à les conseiller dans le besoin, mais pas tenable en société. Ils l'adulaient visiblement, faisaient tout ce qu'elle voulait. C'était assez fascinant à observer, d'ailleurs, ce groupe réputé indiscipliné aussi soumis à son chef. Mais je suppose que c'est là l'apanage, le privilège, d'être un chef. Et, j'imagine, le danger.

Aimée Langevin aimait se déguiser et elle nous était arrivée, un après-midi de tempête, habillée en homme, gominée, moustachée, le complet rayé près du corps, le chapeau de feutre coquettement posé sur le côté de la tête. Elle s'appelait Arthur, cruisait toutes les filles et payait tournée sur tournée en prétendant revenir du Klondyke. Elle avait préparé une liasse de billets de un dollar qu'elle avait attachés avec un élastique et la secouait au nez de tout le monde en prétendant que c'était le fruit de ses fouilles en Alaska, un monceau de pépites transformées en «belle argent sonnante». C'était hilarant, pathétique, ridicule et touchant. Tout ce que nous aimons et tout ce que nous détestons chez nos pères était là, la bonhomie, la lâcheté, la timidité, la gaucherie, souligné à outrance, bien sûr, esquissé à grands traits, mais toujours juste, dessiné de l'intérieur. C'était une caricature non seulement intelligente mais surtout, je dirais, *sentie, vécue.*

Elle s'était levée au milieu d'une plaisanterie particulièrement graveleuse lancée de sa voix de gorge, s'était approchée de moi, avait garroché son chapeau par-dessus les tables, m'avait saisie par la taille et m'avait entraînée dans un tango diabolique qui nous avait menées à travers toutes les allées du restaurant. J'étais, bien sûr, rouge de confusion, à la grande joie de ses camarades qui nous encourageaient en contrefaisant le rythme du tango avec la bouche, les ustensiles et la vaisselle. Mais je finis par prendre de l'assurance et me mis à jouer le jeu, flirtant avec Arthur, répondant à ses avances par des déhanchements ou des rires gras. Et pendant quelques minutes, le restaurant jusque-là figé dans le froid cruel de janvier à Montréal s'était retrouvé transporté en une nuit chaude de Buenos Aires. Un triomphe. Même Nick avait applaudi, à la fin.

Le tango terminé, Arthur avait posé le genou sur le plancher et m'avait fait une demande en mariage en bonne et due forme, que j'avais refusée en jouant les saintes-nitouches, à la grande joie de tout le monde. Les étudiants me regardaient d'un autre œil, j'avais l'impression d'avoir, je ne sais pas, gravi un échelon dans leur affection, comme si j'avais enfin fait quelque chose digne d'eux, de leur folie, de leur refus des règles établies. J'étais ravie. Nous avons étiré la scène, mes réponses parfois insolentes connaissaient un véritable succès, pour une fois je ne détestais pas sentir l'attention des autres sur ma petite personne, bien au contraire.

À partir de ce moment-là, Aimée et ses amis m'ont souvent offert de m'asseoir avec eux, surtout vers quatre heures et demie, quand le restaurant était vide. J'ai toujours refusé. Jamais je n'aurais osé m'installer parmi eux alors que Janine se morfondait toute seule à l'autre bout de la salle ; je leur ai vite fait comprendre que mon métier exigeait que je reste debout à côté de leur table, même pour jaser. Ils me trouvaient sympathique, je les trouvais passionnants, c'était formidable; cependant j'étais la serveuse et j'étais là pour les faire manger, pas pour fraterniser. Quitte à ce qu'ils soient déçus, l'épisode du tango devait rester un incident isolé. Ils ont accepté mes arguments sans discuter. Ils auraient eu, eux, tendance à outrepasser ce genre de règles, bien sûr, mais ils savaient que ma job dépendait autant de ma conduite que de mes talents de serveuse et les choses redevinrent comme elles l'avaient été avant l'incident du tango. Ils restaient plus familiers avec moi qu'avec Janine – qui s'en sacrait d'ailleurs comme de l'an quarante parce que de toute façon elle les trouvait puérils –, tout en respectant le mur que j'avais érigé entre eux et moi : ils étaient là pour dépenser de l'argent, j'étais là pour en faire.

Aimée fut bien sûr la seule à ne pas s'avouer vaincue.

Je sentais qu'elle m'observait depuis l'incident du tango. Elle continuait à faire des farces, à parler fort, à amuser la galerie, mais son regard s'arrêtait souvent sur moi, comme pour vérifier si j'écoutais, si j'appréciais ses clowneries. Elle semblait, et ça m'étonnait, quêter mon assentiment. Si je ne l'avais pas sue irrémédiablement hétérosexuelle, j'aurais cru qu'elle avait profité de son déguisement pour me faire des avances ou, même, qu'elle s'était déguisée dans ce seul but. J'en côtoie assez la nuit pour les reconnaître. Mais elle fréquentait un gars de sa classe, Jacques Soulières, un grand insignifiant qui se destinait à l'ébénisterie. Il ne disait jamais rien, aussi discret qu'elle ne l'était pas, se contentant de rire à gorge déployée à tout ce qu'Aimée pouvait sortir de plus absurde, de lui payer ses repas parce qu'elle n'avait pas le sou. Il paraissait l'aimer plus qu'elle ne l'aimait. Aimée était gentille avec lui, peut-être même un peu condescendante; Jacques la dévorait des yeux, enamouré et admirateur. Il veillait sur elle comme sur une porcelaine précieuse alors qu'elle était à l'évidence plus solide que lui. Un drôle de couple. Leurs attouchements n'étaient pas ceux de deux amants, j'en étais convaincue; ils semblaient plus respecter les règles d'un contrat mutuel, d'une entente passée en catimini dans le but de lancer un écran de fumée. Un amour à sens unique? Aimée se laissait-elle aimer pour manger à sa faim?

Je commençais à me poser de sérieuses questions quant à la légitimité du duo auquel ils voulaient peut-être un peu trop nous faire croire – quelque chose à cacher tous les deux? – lorsqu'un vendredi après-midi, Aimée s'est amenée toute seule, longtemps avant l'heure, plus agitée que d'habitude. Il faisait très froid ce jour-là, elle disparaissait sous un manteau et un casque en poil de singe qu'elle avait achetés à l'Armée du Salut l'automne précédent, des choses noires, luisantes et sans forme qui avaient fait rire tout le monde la première fois qu'elle les avait portées : en entrant dans le restaurant, elle avait lancé à la cantonade qu'elle avait décidé de se réchauffer avec la peau de ses ancêtres, ce à quoi un de ses compagnons lui avait répondu du tac au tac que c'était probablement ses parents qu'elle venait de tuer parce que la ressemblance était frappante. Pour une fois que quelqu'un osait lui tenir tête et même lui répondre, Aimée, bonne joueuse, avait ri autant que les autres, mais j'avais cru remarquer qu'à partir de ce moment-là, elle était devenue plutôt froide avec l'insolent, lui coupant souvent la parole ou se moquant de lui devant tout le monde. J'avais alors compris qu'on ne piétinait pas impunément les plates-bandes d'Aimée Langevin. Son ami, lui, n'utilisa jamais plus son nom, il s'adressa désormais à elle en l'appelant Lizzie Borden, ce qui ne semblait pas du tout amuser Aimée. Quelques-uns de ses camarades de classe suivirent son exemple, l'école au complet l'appela bientôt Lizzie et Aimée se mit à proclamer à qui voulait l'entendre : «Vous avez vu le film, à la télévision? Lizzie Borden était plus intelligente que tout le monde, elle ne s'est jamais fait prendre!», ce à quoi l'autre, toujours le même, répondait immanquablement : «C'est parce qu'elle n'avait pas eu le mauvais goût de revêtir la peau de ses parents qu'elle venait d'assassiner!» Que répondre à ça? Aimée avait bien été obligée de ravaler sa gomme. C'était probablement sa première défaite.

Ce vendredi-là, donc, elle arriva au Sélect avec une petite enveloppe brune sous le bras. Elle commanda un café avant d'enlever sa peau de singe et m'ordonna – c'est le mot, elle ne me le demandait pas, elle me l'ordonnait – de m'asseoir avec elle à sa table. Comme c'était l'heure creuse et que je n'avais rien à faire, je demandai la permission à Nick qui accepta en grommelant.

Aimée jouait avec ses gants, brassait son café avec sa cuiller, parlait pour ne rien dire, riait sans raison. Je commençais à penser qu'elle tournait autour du pot pour gagner du temps, n'osant pas aborder le sujet qui la rendait si nerveuse, lorsqu'elle me dit à brûle-pourpoint :

«Je te surveille, depuis quelque temps.»

Je me suis dit ça y est, on part, mais je me suis contentée de répondre :

«Je le sais, je l'ai remarqué.»

Elle a avancé la main comme pour saisir la mienne. Je l'ai retirée en prenant ma tasse de thé.

«Es-tu sûre que tu es à la bonne place, ici, Céline ?»

Je m'étais trop souvent posé la question moi-même et j'avais trop essayé de me convaincre que la réponse était oui pour laisser Aimée Langevin me troubler. Ou se mettre à faire de la psychologie de cuisine à mes dépens.

«Absolument. Surtout la nuit. J'aime beaucoup travailler la nuit, et j'adore mes clients. Le jour, c'est autre chose, mais je ne suis pas là pour longtemps, aussitôt que Mado va revenir, je vais retourner à mon shift ordinaire.

— Tu as répondu trop vite pour que ce soit vrai, Céline…»

J'ai presque quitté la table, en faisant mine de vouloir ramasser nos deux tasses. Elle a réussi à me retenir par le bras.

«Je ne te dis pas ça pour te faire de la peine, là…

— Peut-être pas, mais je n'ai pas envie d'en parler, O.K.? De toute façon, ce n'est pas de tes affaires. Que je sois heureuse ou non dans ma job de waitress, qu'est-ce que ça peut te faire, veux-tu bien me dire? Contente-toi donc de manger ce que je te sers et de faire rire tes petits camarades de classe! Moi, je sais garder ma place, fais donc pareil de ton côté!»

Cette fois, j'étais debout dans l'allée, penchée vers elle, furieuse. Je me suis rendu compte que j'avais parlé trop fort parce que Nick était sorti de la cuisine en s'essuyant les mains avec l'éternel chiffon grisâtre qu'il tient accroché à sa ceinture et qu'il lave chaque nuit, comme un maniaque, avant de quitter le restaurant.

Aimée, elle, avait blêmi en baissant les yeux.

«Fâche-toi pas, Céline, je pensais juste que… je ne sais pas… que tu avais peut-être besoin de parler de ces choses-là…»

J'ai fait signe à Nick que tout était correct et il est retourné à ses chaudrons. Ou plutôt, à l'heure qu'il était, à ses romans cochons dont il fait une consommation assez étonnante pendant les creux de l'après-midi. Des livres de poche à la couverture trop colorée ornée de pitounes plus ou moins déshabillées qu'il achète en vente au sous-sol de Dupuis Frères, qu'il lit pendant que mijote la soupe du soir ou qu'il allonge le plat du jour.

Je me suis rassise devant Aimée.

«Pourquoi j'aurais envie de parler de ces choses-là, Aimée? Si je suis vraiment heureuse, ici, je n'ai pas besoin d'en parler et si je suis malheureuse, ce n'est pas une conversation avec toi ou une confession, parce que c'est peut-être ça que tu veux, ce n'est pas une confession faite en plein cœur d'après-midi au-dessus d'une tasse de thé et d'une tasse de café qui va arranger quoi que ce soit!

— Ça n'arrangerait peut-être rien, mais peut-être que ça te soulagerait…

— Qui te dit que j'ai envie d'être soulagée? Ne joue pas avec les sentiments du monde, comme ça, ça peut être dangereux!

— Je ne voulais pas jouer avec tes sentiments…

— Qu'est-ce que tu voulais, d'abord?»

Elle posa sa tasse, s'essuya les lèvres avec la serviette de papier que je venais de plier quelques minutes plus tôt en compagnie de Janine qui fumait cigarette sur cigarette à quelques tables de là en nous reluquant parce qu'elle devait se demander ce qui se passait. Le cendrier était déjà plein, elle ne le viderait pas, c'est moi qui aurais à le faire, comme d'habitude. Janine est très gentille, mais je n'ai jamais vu une serveuse aussi paresseuse!

«Quand on a dansé notre tango, l'autre jour…

— Bon, je savais que ça venait de là… Écoute, Aimée…

— Laisse-moi parler! Tu n'as pas juste dansé un tango avec moi, ce jour-là, tu as joué un rôle, tu as improvisé, tu as répondu à toutes les répliques que je te lançais… Ça se sentait que tu aimais ça, que tu étais dans ton élément…

— Jamais je croirai que tu penses que tu vas m'apprendre que j'ai un talent naturel pour jouer la comédie! Je le sais depuis mon enfance! Je m'en servais pour obtenir ce que je voulais de ma mère quand j'avais quatre ans! J'ai appris très jeune à tapocher des yeux et à minauder, comme n'importe quel autre enfant…

— Donc, tu aimes ça jouer la comédie…

— Quand ça me sert, oui. Et je m'en sers souvent ici parce que les clients ne sont pas toujours faciles et qu'il faut des fois que je les mette à ma main, que je leur joue un peu la comédie. Et alors?

— Ça cache peut-être quelque chose…

— Je te vois venir, là, et écoute-moi bien: non, je ne suis pas une actrice manquée! Non, ça ne m'intéresse pas de devenir une actrice. De toute façon, avec le physique que j'ai, je pourrais juste rêver d'aboutir dans un cirque…

— Je n'ai pas dit que tu étais laide.

— Je le sais. Moi non plus.

— Je n'ai pas dit non plus que t'étais une actrice manquée...

— Parce que je t'ai interrompue! T'étais au bord de me le dire ou de me le demander. T'as trop d'imagination, Aimée. On n'est pas à New York, ici, toutes les waitresses qui servent dans les restaurants de Montréal ne sont pas des actrices manquées! As-tu compris? Ça ne m'intéresse pas! Du tout! Pantoute! O.K.? Je ne sais pas ce que t'avais en tête, là, mais je n'irai pas prendre des cours, et je ne tenterai pas ma chance, et je ne ferai pas une folle de moi en me laissant aller à espérer une chose absurde et inaccessible. C'est clair? Le Sélect n'est pas un refuge, c'est un endroit où j'ai choisi de travailler et où je suis heureuse de travailler! Nick a eu la gentillesse, la générosité de me prendre comme serveuse il y a deux ans, même si je n'avais aucune espèce d'expérience et surtout pas le physique requis, j'apprécie la chance que j'ai de travailler ici et je ne voudrais pas que ça change!

— Tu te défends trop, Céline...

— Ça veut dire quoi, ça?

— Quelqu'un qui nie trop...

— Je ne nie pas trop, je nie juste assez! Où est-ce que tu voulais en venir, au juste? Hein? Jette ton jeu sur la table, là, franchement! J'avais bien deviné tout à l'heure? C'est ça? Tu voulais que j'aille prendre des cours avec toi? C'est ça? Tu commences des cours d'interprétation et tu ne veux pas y aller toute seule? Tu as besoin d'un public même quand tu prends des cours?»

Elle poussa l'enveloppe de papier brun sous mon coude gauche.

«Je passe une audition dans quelques jours pour *Les Troyennes* d'Euripide qui va être monté au théâtre des Saltimbanques, en mars... C'est une pièce vieille comme le monde presque jamais jouée à Montréal. L'audition n'est pas pour un rôle principal, non, juste pour le chœur... Mais ils demandaient de préparer une scène... Et comme je n'ai trouvé personne dans ma classe pour me donner la réplique…

— Tu as pensé à moi!

— Ben oui…

— Parce que j'ai dansé un tango avec toi?

— Pas juste pour ça, je te l'ai dit… Je pense vraiment que tu as du talent, que tu as du potentiel…

— Et tu pensais que je sauterais sur l'occasion en tapant des mains comme une petite fille… après m'avoir fait avouer que j'étais une actrice manquée? Tu es donc bien naïve! Qu'est-ce que j'irais faire là? M'as-tu regardée?

— Je ne te demande pas de bouleverser ta vie, je te demande juste de me donner la réplique pour une audition des *Troyennes* d'Euripide! Ce n'est pas la fin du monde! Au fond, c'est un service que je te demande!

— Mais j'ai un métier, Aimée, je travaille de nuit dans un restaurant, l'horaire de jour, c'est juste en attendant que la serveuse malade revienne, je n'irai pas tout chambarder ça pour passer une audition pour *Les Troyennes*!

— Mais ce n'est pas toi qui passes l'audition, c'est moi! Ça ne t'engage à rien!

— Pourquoi tu en fais toute une histoire, d'abord? Pourquoi tu ne me l'as pas demandé simplement au lieu d'arriver ici comme une conspiratrice et d'essayer de m'analyser comme une pauvre fille qui a besoin d'aide?

— Ce n'est pas ça que j'ai fait…

— Oui, c'est ça que tu as fait! Arrête de jouer au docteur Freud et demande donc franchement ce que tu veux!»

J'ai repoussé l'enveloppe sous son coude gauche à elle.

«Tu me diras s'ils t'ont choisie ou non! Et tu m'inviteras à la première si jamais tu les intéresses! Mais je ne pense pas que *Les Troyennes* soit dans tes cordes, Aimée. Je ne l'ai jamais lu, mais je suis sûre que ce n'est pas très drôle! Et qu'ils n'ont pas vraiment besoin d'une comique dans un chœur grec!»

Je l'ai laissée devant sa tasse de café vide sans lui offrir de la réchauffer.

J'ai décidé de ne pas attendre pour écrire ce qui suit. Le besoin que je ressens de démêler les pensées qui se bousculaient à ce moment-là en moi est trop fort. Je dormirai demain matin.

Le restaurant est presque vide. C'est vendredi soir – ou plutôt on est maintenant très tôt samedi matin – et la Duchesse est venue faire des siennes en compagnie de ses «compagnes» habituelles. Il a surtout été question d'une bataille qui aurait eu lieu au Coconut Inn mercredi soir, que la Duchesse a manquée et qu'elle voulait se faire décrire dans les moindres détails. La grande Paula-de-Joliette s'est retrouvée à l'hôpital Notre-Dame, semble-t-il, mais le client qui l'a tapochée n'a même pas été interrogé. Tout le monde s'insurgeait, moi la première, et je ne voudrais pas être dans les souliers de ce gars-là si jamais il remet les pieds sur la *Main*. Son visage est gravé dans toutes les mémoires; je lui souhaite d'être un touriste qui n'a pas l'intention de revenir à Montréal de sitôt, son physique pourrait s'en ressentir. Un gars barré sur la *Main* a intérêt à se faire discret.

Pour en revenir à la scène avec Aimée Langevin, disons que j'avais attendu que cette dernière quitte le restaurant avant de ressortir de la cuisine. Je ne voulais pas avoir à lui parler, pas même à la saluer. J'avais varnoussé autour des chaudrons de Nick qui essayait de se débarrasser de moi comme d'une mouche fatigante, j'avais même changé d'uniforme pour gagner du temps en prétextant que celui que je portais était taché, ce qui de toute évidence était faux. On aurait dit qu'Aimée le sentait ; elle restait là, clouée à la table d'arborite vert pistache, les yeux dans le vide, désolée. Elle avait peut-être envie de me faire des excuses, mais moi je n'avais pas le goût d'en recevoir. Aussitôt qu'elle a passé la porte – j'avais cru un moment qu'elle viendrait me relancer jusque dans la cuisine – je suis venue m'installer en face de Janine pour plier mes napkins. Et j'ai vu qu'Aimée avait laissé la petite enveloppe de papier brun entre les deux tasses. Le texte des *Troyennes*. Une pièce vieille comme le monde, comme l'avait dit Aimée, que je ne connaissais pas et que je ne voulais pas connaître.

Ce qui venait de se produire me perturbait grandement. Aimée avait vu juste en ce sens que c'était vrai que je cachais quelque chose, mais ce qu'elle avait cru deviner était loin de la réalité. Mon enfance ne s'est pas passée à me pâmer sur les actrices étrangères, à contrefaire l'accent français pour me donner un genre, à rêver que j'aboutissais dans les bras de Clark Gable ou de Serge Reggiani, comme c'était le cas pour certaines de mes compagnes de classe et, c'est assez évident, pour Aimée Langevin. Je n'ai jamais songé à jouer au Théâtre du Nouveau-Monde ni à la Comédie Française ou à passer à la télévision, non, j'étais trop enfermée en moi-même, trop timide, trop consciente de mon physique pour penser que je pourrais un jour me produire en public. J'étais trop curieuse aussi de ce qu'on peut deviner des autres, de leur fonctionnement, de leurs pensées, de leurs passions, je ne pouvais pas imaginer que je me déguisais en quelqu'un d'autre juste pour réciter un texte qui n'était pas de moi, je voulais faire le travail de déblayage moi-même, être l'auteur du texte, pas l'interprète : ce qui me passionnait c'est ce qu'on pouvait percevoir de l'intérieur des autres, et ça on retrouve ça juste dans les livres ! C'est là que j'ai puisé toute la nourriture qui m'a gardée en vie pendant les dures années de l'adolescence. Mes débuts dans la vie ne se sont donc pas déroulés dans des salles obscures à dévorer du pop corn ou du chocolat en riant des pitreries de Jerry Lewis ou en m'épanchant sur les malheurs de Bette Davis, mais le nez dans les livres, à l'abri de tout et de tous. Surtout des autres membres de ma famille. Je ne m'étendrai pas ici sur les problèmes de ma famille, ils sont peu originaux et je gaspillerais de l'encre et du papier, quoique analyser les gens de mon entourage me ferait peut-être comprendre mes propres problèmes… Belle contradiction, ça : je prétends m'intéresser à ce qui se passe à l'intérieur des êtres humains, mais pas des membres de ma propre famille! Si je veux me comprendre, pourtant, c'est aussi à travers eux que je peux y arriver! Mais c'est peut-être uniquement les autres qui m'intéressent, pas moi. Ce que je viens d'écrire est on ne peut plus faux et ridicule : si j'écris ce journal, c'est pour me comprendre, moi, non? Les autres m'intéressent dans ce que les autres écrivent, mais quand j'écris, moi, c'est moi que j'intéresse! Pourtant, je parle aussi beaucoup des autres! Je sens que mes propos sont loin d'être limpides, je reviendrai à tout ça plus tard. Pour le moment, la question n'est pas là, la question est que quelqu'un, Aimée, avait essayé de faire comme moi, fouiller, dépister, deviner, analyser, comprendre quelqu'un d'autre, et était passé à côté de la traque. Et ça me troublait beaucoup. Elle avait saisi une partie de la vérité – que je voulais faire autre chose dans la vie, mais ça c'est vrai d'à peu près tout le monde – et s'était fourvoyée, Dieu sait à quel point, sur ce qui m'intéressait pour vrai. Elle avait su lire en surface mais pas en profondeur.

«Tu n'es pas tellement jaseuse, hein…»

J'ai sursauté.

J'avais, sans m'en rendre compte, arrêté de plier des napkins, mais je ne savais pas depuis combien de temps. Mes deux mains étaient posées de chaque côté de ma pile de carrés de papier gaufré. Je crois même que j'avais fermé les yeux. Plier des serviettes de papier est une tâche que toutes les serveuses du monde détestent ; la cigarette et la conversation prennent donc dans ces moments-là une importance capitale. Des waitresses qui plient des napkins en silence sont presque une aberration.

«S'il y a quelque chose qui ne va pas, Céline, tu sais que tu peux m'en parler.»

Bon, une autre !

«Non, non, tout va bien. Je suis juste un peu fatiguée.»

Elle m'a gentiment tapoté la main. J'ai cru reconnaître au fond de ses yeux la petite lueur d'intérêt et d'excitation qui les animait lorsqu'elle flairait une bonne histoire. Ils passaient alors du gris au vert et il fallait commencer à se surveiller si on ne voulait pas se laisser attirer dans une avenue qu'on refusait jusque-là d'emprunter.

«Surtout si c'est une histoire d'amour.»

Elle avait dit ça à travers un sourire que j'aurais aimé effacer avec une claque bien placée.

Ravauder les cœurs brisés était la grande spécialité de Janine. Du moins, c'est ce qu'elle voulait croire. Elle jonglait avec la psychologie de cuisine presque aussi bien qu'avec les assiettes brûlantes du Sélect, se délectait des drames qui lui étaient contés et admirait sans réserve les solutions qu'elle leur trouvait. Ce n'était pas l'humilité qui l'étouffait : elle répétait à qui voulait l'entendre qu'elle avait sauvé des vies ! Personnellement, je considérais souvent ses recommandations et conseils comme au mieux élémentaires, au pire dangereux. Elle plongeait quiconque se confiait à elle dans un état de panique et de culpabilité que cette personne aurait la plupart du temps très bien pu trouver chez sa propre mère, pour lui dicter ensuite un plan de conduite que j'estimais toujours douteux, souvent périlleux. À mon grand étonnement, elle avait excellente réputation, surtout auprès de la clientèle de nuit. Au moindre drame ou maladie, les guidounes et les travestis de la *Main*, gens plutôt fragiles malgré leur façade blindée, se précipitaient au Sélect pour trouver conseil auprès d'elle, et tous, sans exception, repartaient ravis. Ils n'avaient donc pas vu Janine pousser Gerda jusqu'au bord du suicide par amour pour un insignifiant qui ne lui allait pas à la cheville, qui abusait d'elle? Ou encourager Hosanna à présenter Cuirette à sa mère, ce qui s'était avéré tout à fait désastreux? Ou conseiller à Consuelo, qui voulait devenir une femme, de se faire opérer malgré les avertissements de ses docteurs? Maintenant que Consuelo est une vraie femme, personne ne veut plus rien savoir d'elle et elle s'est réfugiée dans les paradis artificiels, grâce à Janine!

Je n'avais donc pas du tout envie de me confier à elle pour ensuite me faire dire… quoi, au juste? D'aller passer l'audition avec Aimée Langevin? De me lancer dans une carrière d'actrice qui ne m'intéresse pas? Moi, actrice! Je plains les pauvres spectateurs qui paieraient pour voir ça…

«Ce n'est pas une histoire d'amour… Ça ne t'intéresserait pas…

— Tu sais très bien que tout m'intéresse…

— Ce n'est pas non plus une maladie…

— Ça concerne Aimée Langevin, hein?»

J'ai frappé l'arborite du plat de la main avant de me lever.

«D'abord, qui te dit que j'ai un problème?»

On aurait juré qu'elle attendait cette question parce que sa réponse est venue presque trop vite.

«Ton air de beu me le dit! Tes sourcils froncés. Ton front plissé. Et les napkins que tu as mal pliées!»

Touché. Psychologie de cuisine, mais bon sens de l'observation. Mauvaise serveuse, mais perspicace.

«La fatigue n'explique pas tout, Céline. Surtout pas l'air que tu fais depuis que tu t'es réfugiée dans la cuisine après ta conversation avec Aimée. C'est évident que l'enveloppe qu'elle a laissée sur la table t'intéresse; va donc la chercher au lieu de t'entêter à résister... Tu sais que tu vas finir par y aller, de toute façon...»

Je l'aurais frappée. Je déteste qu'on lise aussi facilement en moi.

Par pur orgueil, pour lui prouver qu'elle avait tort, je suis allée me préparer pour l'arrivée des autres étudiants de l'Institut des arts appliqués sans prendre l'enveloppe de papier brun.

En revenant de me refaire une toilette, le texte des *Troyennes* m'attendait à côté de ma tasse de thé vide.

Maudite Janine!

J'ai résisté aux *Troyennes* pendant deux jours. J'avais d'abord eu l'intention de ne pas les lire du tout puis, bien sûr, la curiosité a fini par prendre le dessus. Tout ce que je savais au sujet de la guerre de Troie me venait de *Helen of Troy* que j'avais vu au cinéma Champlain quand j'étais petite, un très mauvais film américain tourné en Italie et mettant en vedette Jacques Sernas, une Italienne dont j'ai oublié le nom – je viens de le retrouver : Rosanna Podesta – et la très jeune Brigitte Bardot dans un de ses premiers rôles. Le cheval de bois m'avait fascinée, il avait même hanté mes nuits pendant des mois, c'était probablement une image de viol qui me troublait sans que j'en sois consciente. C'est plus ça, je crois, qui m'a fait prendre le texte, un samedi matin d'insomnie, que la perspective d'aider une fille que je connaissais à peine et que je n'étais plus sûre de trouver sympathique à passer une audition au théâtre des Saltimbanques.

Il faut dire que les deux jours précédents avaient été difficiles. Quand j'étais revenue à la maison avec le texte sous le bras après ma journée de travail – Nick m'avait prise à part pour m'appendre que Mado resterait absente un peu plus longtemps que prévu et m'avait demandé de patienter parce qu'il savait que je préfère travailler la nuit –, j'avais trouvé ma mère dans un état épouvantable, c'est-à-dire… J'ai de la difficulté à écrire le mot parce que je n'ai jamais parlé de ça, même dans mes écrits les plus secrets... (Quand j'écrivais au début de ce texte que la honte est une bête à plusieurs têtes, celle-ci en est une des plus énormes et des plus lourdes.) Disons que j'ai trouvé ma mère avachie sur le sofa du salon... saoule. Voilà. Le mot est sorti. Il fallait bien que je finisse par l'écrire une fois pour toutes. Ma mère boit. Je suppose qu'il faudrait maintenant que je brode autour du sujet, que j'explique tout le contexte, le pourquoi du comment, les causes et les effets, mais je n'en ai pas le courage. Disons seulement que ma mère a depuis longtemps pris mon père en grippe et que celui-ci le lui rend bien. Nous aussi, mes deux sœurs et moi, elle semble nous avoir prises en aversion, mais nous essayons de ne pas la juger. La source de tout ça, ce qui s'est vraiment passé, à qui la faute, qui est la victime de qui, qui le bourreau, fait partie des problèmes de ma famille que je n'ai pas encore le courage d'affronter. Les subir me suffit.

Comme je suis la plus vieille des enfants, c'est moi qui deviens la mère quand cette dernière n'est pas... disons en état. C'est peut-être ça, d'ailleurs, cet état, le fameux rôle de mère, qui a jeté maman dans le bourbier dans lequel elle se retrouve aujourd'hui : elle n'était pas faite pour être mère, elle le sait, elle se réfugie dans l'alcool et ça la tue. Ma mère est convaincue qu'elle était destinée à la grande vie – je crois bien que mon imagination débridée me vient d'elle – alors que tout ce que mon père a pu lui procurer, c'est une existence précaire dans un environnement déprimant, une fois envolée la grande passion du début. Parce que passion il y a eu, maman nous le beugle assez quand elle est paquetée. La beauté de mon père, sa virilité, sa gentillesse, sa galanterie, tout y passe, même et surtout ce qu'on ne voudrait pas entendre. Puis les trois enfants – trois filles, même pas un garçon, et un enfant comme moi, en plus! –, le quotidien, la routine, l'ennui... et enfin la boisson. Quand je disais que ce n'était pas original...

44

En résumé, c'est moi la mère quand la mère n'est pas disponible. Et jouer la mère auprès de deux adolescentes, quand on a à peine vingt ans, n'est pas une chose que je souhaite à qui que ce soit. Même si je rêve d'en faire, un jour, des enfants!

Mes deux sœurs avaient disparu aussitôt leur TV-Dinner avalé, papa faisait semblant de regarder la télévision et passerait la nuit sur le sofa du salon, j'ai donc dû m'occuper de maman, la brasser, la pousser à se lever, l'aider à prendre son bain, la mettre au lit. En sachant qu'on en avait pour deux ou trois jours de ce régime, parce que ses cuites sont rarement courtes. Ou violentes, heureusement. Elle se plaint, elle pleure sur son sort, se remémore les quelques bons moments de son existence, se remet à fumer comme une cheminée, répand du rye dans son lit, s'épanche sur ses malheurs actuels – l'ennui est un mot qui revient beaucoup et qui me terrorise – mais elle ne monte guère le ton, sauf, de temps à autre, pour invectiver mon père. Mais laissons-la mariner sans nous étendre sur son cas, je n'écris pas ce journal pour l'analyser, après tout, contentons-nous de dire que je n'ai pas lu *Les Troyennes* dans les jours qui suivirent parce que je n'en ai pas eu le temps. Ce qui, je dois l'avouer, faisait plutôt mon affaire.

Quand je n'étais pas au restaurant, donc, j'étais obligée de jouer à la mère. Ce qui n'est pas une tâche évidente lorsque la vraie mère est présente : rien n'était assez bien pour elle, ni les repas que je préparais pourtant avec grand soin en rentrant du travail, ni le ménage que, selon elle, je botchais parce que je ne savais pas tenir un torchon, ni les courses où il manquait toujours quelque chose d'important. (Bon, me voilà repartie. Allons-y, si ça me fait du bien…) Papa absent – il se réfugiait parfois à la taverne jusqu'à onze heures du soir –, c'est moi qui y goûtais. Je savais que c'était inutile de discuter avec elle, de me défendre, d'essayer de la raisonner, alors je laissais aller. En la suppliant, cependant, c'est la seule chose que je lui demandais, d'être discrète en présence de mes sœurs. Je me rappelais trop bien l'effet que les cuites de ma mère avaient eu sur moi quand j'étais adolescente. Les heures passées à la maudire, enfermée dans ma chambre, les oreilles bourrées de Kleenex pour ne pas l'entendre ou le son de la télévision tenu trop haut pour une oreille humaine, convaincue, bien sûr, que tout ça était de ma faute. J'avais même pris la décision de quitter l'école, d'aller travailler, de gagner un peu d'argent parce que mon père venait de perdre encore une fois son emploi pendant une des pires crises de maman, la seule qui ait duré toute une semaine et dont le souvenir me fait encore frémir. L'atavisme des Canadiens français me fait aussi frémir, celui qui veut que lorsque la mère est trop fatiguée ou n'est plus «fonctionnelle», la plus vieille des filles se sacrifie pour prendre sa place… J'ai refusé ce moule-là, heureusement, mais le piège que je me suis tendu à moi-même n'était guère mieux, le sacrifice aussi ridicule : je fais en partie vivre ma famille – presque autant que mon père – tout en gardant une certaine distance avec ses membres parce que j'ai choisi de travailler la nuit pour éviter d'être leur servante. Je dors pendant qu'ils vivent, je travaille quand ils dorment. Je pourrais être à l'université, je sers des *hamburger platters* à des travestis. Qui sont, je crois bien, devenus ma vraie famille au fil des deux années qui viennent de s'écouler avec une rapidité folle. Et qui, eux, me paient pour que je leur serve à manger.

Mes deux sœurs sont aussi adorables que tuables et mes rapports avec elles dépendent de leur humeur, de la délicatesse ou du manque de délicatesse de leurs petits amis – elles en ont chacune un, tous les deux idiots, tous les deux pathétiques, boutonneux et très près du Néandertal –, de l'atmosphère générale qui règne dans leurs classes, de leurs résultats scolaires et, depuis tout récemment dans le cas de la plus jeune, de leurs règles. Une vraie relation mère-fille comme je ne les aime pas, que j'essaierai d'éviter avec mes propres enfants si jamais j'en ai. Mais je crois bien qu'elles ont besoin de moi et qu'elles m'apprécient à leur façon, parce que je suis la seule mère qu'elles ont.

Je ne voudrais pas passer pour une sans-cœur, mais je n'ai vraiment pas envie de me pencher ici sur cet aspect-là de mon existence; ce que je vis lorsque je quitte le restaurant est trop cliché, trop platement mélodramatique, j'en suis trop prisonnière pour m'épancher sur le sujet, pondre des pages inutiles parce que assimilées avant même d'être rédigées. J'écris pour comprendre et je comprends déjà assez ce versant de moi que je me reproche chaque jour. (Quoique…)

Changeons de sujet et parlons des quelques journées que j'ai passées à éviter de lire *Les Troyennes*.

J'avais laissé le petit livre sur ma table de chevet en dessous du *Procès* de Kafka que j'essayais en vain de lire depuis des semaines. (Je ne saurais expliquer pourquoi, mais j'ai l'impression que cette littérature-là est trop «gars» pour moi, en tout cas trop «dans la tête», que ce monde absurde manque d'émotion, de nuances. C'est vrai que je lis les romans avant tout pour l'histoire qu'on me raconte, pas tellement pour ce qui s'y cache, et que c'est un défaut… Mais je n'arrive pas plus à embarquer dans cet univers que dans celui de *La métamorphose,* dont le message était évident à l'excès et l'histoire pas assez intéressante, et j'ai décidé d'arrêter d'en avoir honte, de passer à autre chose. Je n'aime pas les livres qui savent qu'ils sont plus intelligents que moi et qui l'affichent, alors pourquoi m'entêter? Mais l'image de la waitress qui lit Kafka me plaisait assez…) Je suppose qu'il faut connaître ses limites et, surtout, les reconnaître. Les clients sursautent assez déjà de surprise quand ils me voient avec un Zola à la main ou, comme l'année dernière, un Proust. J'ai eu de la difficulté à finir *Un amour de Swann*, je dois l'avouer, mais au moins c'était compréhensible! Et on ne peut surtout pas dire que c'était dénué d'émotion! La Duchesse de Langeais, pour revenir à elle, prétend que le baron de Charlus, un personnage de Proust, lui ressemble beaucoup, mais j'avais eu beau chercher, il n'y avait pas de baron de Charlus dans *Un amour de Swann*.

Aimée Langevin avait souligné quelques pages dans le premier tiers de la pièce, une scène entre Hécube et Andromaque; j'avais cru comprendre que c'était la scène qu'elle avait retenue pour l'audition. Mais elle avait omis d'indiquer quel personnage elle voulait jouer, Hécube, la reine de Troie, ou Andromaque, la veuve d'Hector... J'avais lu le résumé de la pièce, au début du livre, et l'histoire m'avait beaucoup plu : l'horrible aventure de ces captives promises en esclavage après la chute de Troie, l'explication de ce qui arrive aux héros après «l'événement principal» qui fait d'habitude le cœur du récit. Je ne savais même pas qu'il existait des œuvres racontant ce qui s'est produit après la guerre de Troie! La douleur sans borne de ces femmes, leur exode, l'angoisse de ne pas savoir où elles allaient aboutir, tout ça me touchait beaucoup et j'aurais bien aimé ne pas avoir d'autre raison de lire cette pièce que le plaisir de la découvrir. Mais voilà, si je la lisais, j'aurais l'impression de céder à Aimée, de faire un pas en direction de ce qu'elle me demandait et que je refusais même d'envisager comme une possibilité. Deux soirs de suite, en me couchant, j'ai feuilleté la pièce, lisant des répliques par-ci par-là, m'arrêtant aussitôt que ça devenait trop intéressant (je le sais que c'est niaiseux!); je fermais le livre en sacrant de frustration et j'éteignais ma lampe de chevet en sachant que je n'arriverais pas à m'endormir. En temps ordinaire, j'aurais mis le livre au panier après m'être convaincue que je n'avais pas envie de le lire et je l'aurais oublié en une demi-heure, mais là... je ne sais pas... Le côté défendu, peut-être, l'interdiction que je m'étais imposée pour éviter de me rendre ridicule en compagnie d'une fille que je connaissais à peine au sujet d'un projet qui ne m'intéressait pas du tout. Le danger, oui, c'est ça, le danger de trop aimer *Les Troyennes*, d'abdiquer devant elles, de me rendre, de me laisser «posséder» par le théâtre me tarabustait et m'empêchait de dormir. Et c'est bien sûr ce qui a fini par se produire.

À cause, justement, de mon insomnie.

Tous ceux qui n'ont pas d'horaires réguliers, qui doivent changer aux deux semaines ou au début de chaque mois connaissent et maudissent ce problème que je n'arrive pas à régler depuis deux ans. On est toujours un peu en porte-à-faux avec la réalité quand on change d'horaire trop souvent, on ne vit jamais les événements en même temps que les autres parce que c'est toujours pour nous le temps de faire autre chose que ce qu'ils font, eux, on a faim à des heures impossibles, on s'endort au beau milieu du travail en se comportant comme des zombies et, bien sûr, on n'arrive pas à dormir quand vient le temps. J'ai bien essayé les goofballs, comme me l'avait conseillé Marie, pour me tenir éveillée quand la tête me tombe sur les épaules ou que mes yeux se révulsent, mais ça me donne mal au cœur. Alors je carbure au thé. J'ai tenté un jour de compter le nombre de tasses de thé que je peux ingurgiter dans une journée ou une nuit de travail ; je me suis arrêtée à douze, affolée. C'est vrai que je ne les finis pas toutes, comme les cigarettes de Janine qui se consument toutes seules dans le cendrier, que la moitié d'entre elles refroidissent et finissent dans l'évier ; tout de même, je dois sûrement en avaler des pintes et des pintes. Vu ma grandeur, ce n'est pas surprenant que j'aie parfois l'impression d'être une balle de ping-pong ! Il paraît que les gens qui changent de fuseau horaire en avion connaissent le même problème, surtout quand la différence d'heures est importante ; je me console en pensant que je partage ça avec eux ! Je suis atteinte de la maladie des nantis !

J'étais donc déjà en pleine confusion mentale et physique lorsque tout ça s'est produit. Quand Aimée Langevin m'a demandé de lui donner la réplique dans une scène des *Troyennes*, je n'avais pas encore eu le temps de me faire à l'horaire de jour. Si ça s'était passé pendant mon shift de nuit, celui auquel je suis le plus habituée, où je me sens le plus à l'aise, j'aurais dit non, j'aurais repoussé l'enveloppe et je n'y aurais plus repensé, tout simplement. Et Marie, je la connais, elle est trop discrète, ne m'aurait jamais influencée comme s'est permis de le faire Janine. Mais le jour, comme ça, avec Janine qui voit tout et qui se mêle de tout, en plus de la confusion de me sentir plongée sans m'y être préparée dans cet horaire que je n'aime pas, je suppose que j'étais plus impressionnable, moins résistante. L'absence de Mado se prolongeant, je ne savais pas quand je retournerais à mes travestis, à mes guidounes, à mes mafiosi, et je suppose que cette histoire d'audition, tout en me prenant par surprise, faisait diversion.

D'abord, je n'avais aucune idée de ce que pouvait être une audition et je me demandais pourquoi on exigeait d'une actrice qu'elle prépare une scène complète pour décrocher un rôle dans le chœur. Est-ce que ça voulait dire que tous les rôles importants étaient déjà distribués? Que le metteur en scène voulait juste voir de quoi avaient l'air les actrices, mais qu'il ne voulait pas se contenter de les faire parader devant lui? Et moi, la réplique, qu'est-ce que je faisais là-dedans? Je restais plantée là pendant que le metteur en scène regardait l'autre? J'étais là sans y être? Les regards glissaient sur la réplique comme si elle n'avait pas existé? J'étais une voix sans corps à laquelle répondait la fille qui passait l'audition? Ce serait sûrement la première fois de ma vie que je serais une voix sans corps!

Pendant que toutes ces questions-là tournaient dans ma tête, aux heures les plus bizarres, alors que j'aurais dû normalement être en train de servir une soupe à Bambi ou un café super fort à Marilyn qui s'entête à porter la mini-jupe en plein hiver, le texte des *Troyennes* trônait sur ma table de chevet comme un reproche vivant.

Cette nuit-là, en particulier, je n'arrivais pas à dormir. Je savais que j'aurais à me lever tôt le lendemain pour organiser le déjeuner de mes deux sœurs, essayer de les réveiller, écouter les doléances de maman tout en me préparant pour aller travailler, que j'arriverais au Sélect déjà épuisée, que je manquerais probablement de patience avec certains clients du matin qui seraient d'aussi mauvaise humeur que moi, que j'aurais à me remplir de thé pour rester éveillée et que je serais misérable pour le reste de la journée, brûlures d'estomac à l'appui et vertiges à cause du manque de sommeil.

Il était minuit et demi, je m'étais mise au lit à onze heures et je ne dormais toujours pas. J'avais l'impression d'avoir la danse de Saint-Guy tellement j'étais agitée sous les couvertures. J'avais essayé de compter les lattes du store vénitien après avoir compté les craques du plafond, des moutons, des clôtures, des nuages, rien n'y faisait. Alors, enragée et couverte de sueur, j'ai rallumé ma lampe de chevet. Pas parce que j'avais trop chaud, non, je tiens le calorifère à moitié fermé dans ma chambre tout l'hiver et il y fait plutôt froid, mais parce que j'étais exaspérée! Et que j'avais faim! À cette heure-là, au Sélect, je demande à Nick ou à Lucien, son assistant haïtien, de me faire un grill cheese ou un sandwich bacon-laitue-tomate que je grignote tout en servant les clients. Mon estomac produisait des gargouillis vraiment ridicules, alors je suis allée à la cuisine, j'ai étendu une tranche de jambon entre deux morceaux de pain généreusement couverts de mayonnaise, j'ai accompagné tout ça d'un grand verre de lait parce que je n'allais quand même pas me verser du thé dans le corps dans l'état où j'étais, et je suis revenue m'installer dans mon lit.

Eh oui, avec la ferme intention de lire *Les Troyennes* d'Euripide. Pas parce que le projet d'Aimée Langevin m'intéressait tout à coup, non, pour passer le temps. Même si c'était plate à mourir. Et qui sait, si c'était vraiment ennuyant, peut-être que ça finirait par m'endormir... Au lieu de compter des moutons comme j'avais essayé de le faire plus tôt, j'allais compter des Troyennes!

Mon premier contact avec *Les Troyennes* n'a pas été des plus positifs. J'avais aimé ce qu'on me racontait dans le résumé, au début du livre, les quelques monologues que j'avais lus par-ci par-là, mais j'ai trouvé le commencement de la pièce, les premières scènes, les premiers dialogues, difficiles à avaler. Déjà que je ne suis pas habituée à lire des pièces de théâtre, toutes ces informations qui nous sont lancées en même temps, tous ces noms grecs à coucher dehors, les dieux, les héros, leur pedigree et leur arbre généalogique, la construction de Troie, par qui et quand, tout ça m'ennuyait profondément et j'ai failli ne pas me rendre au bout du monologue de Poséidon en me disant tant mieux, au moins ça aura eu le mérite de m'endormir, tel que prévu.

Par contre, quelque chose dans la scène suivante entre Athéna et Poséidon m'a accrochée : je trouvais intéressant qu'une déesse qui a protégé une armée pendant dix ans, en l'occurrence celle des Grecs, décide de punir ses héros parce qu'ils ont violé un temple, lieu saint, lieu d'asile même chez l'ennemi, en s'emparant d'une prêtresse, Cassandre, qui s'y était réfugiée. Tiens, me suis-je dit, les dieux peuvent changer d'idée et punir leurs champions ! Les Grecs étaient bien chanceux parce que notre Dieu à nous est vraiment trop orgueilleux pour avouer qu'il a eu tort ! Mais Athéna a commencé à décrire les trappes, traquenards et mauvais tours qu'elle leur réservait pour les châtier, surtout Ulysse et sa bande, et j'ai eu envie de lui dire : c'est *Les Troyennes* que je lis, chérie, pas le film avec Kirk Douglas !

Mais l'arrivée d'Hécube, scène que j'avais déjà lue quelques nuits plus tôt, a arrangé les choses : cette femme écrasée par le malheur et qui s'oblige quand même à redresser la tête pour faire face à l'ennemi auquel elle appartient désormais comme esclave était bouleversante. Ce qu'elle disait m'allait droit au cœur, je pouvais m'identifier à elle comme à n'importe quelle héroïne de roman, son cri était universel. Quand on pense que ça a été écrit il y a plus de deux mille ans !

Je commençais donc à m'intéresser à l'action de la pièce quand le chœur s'est pointé. Je connaissais vaguement le rôle que tenait le chœur dans une pièce grecque, que c'étaient des personnages qui disaient le même texte en même temps, qui chantaient, qui dansaient, qui représentaient une collectivité, mais on ne m'avait jamais dit que le texte qu'il avait à dire était si compliqué ! Ça ressemblait au premier monologue de Poséidon, c'était plein de renseignements sur ce qui allait se passer, sur les côtes où aboutiraient les femmes de Troie que les Grecs s'apprêtaient à embarquer sur leurs bateaux, alors que ce qui m'intéressait, moi, c'était les Troyennes elles-mêmes, Hécube, Andromaque, Cassandre, leurs drames personnels, les maris, les enfants, les maisons, la ville qu'elles avaient perdus. Pas l'endroit où elles allaient aboutir ou qui serait désormais leur amant et maître ! Et c'était ça qu'Aimée Langevin rêvait de jouer ? Fondue dans le groupe, probablement voilée, méconnaissable, à parler du Pénée, de l'Attique et du Crathis ? Quel intérêt ?

Mes yeux se fermaient tout seuls. J'ai posé le livre à côté de mon cadran, j'ai éteint la lumière et j'ai décidé de délaisser *Les Troyennes* une bonne fois pour toutes. Je dirais à Aimée que je refusais son offre quand je la reverrais, cet après-midi là, et j'oublierais l'incident, c'est tout.

Mais juste avant de m'endormir, une idée m'a traversé l'esprit. Si *Les Troyennes* était un roman, j'aurais été intéressée par ce qui s'était passé avant et ce qui allait se produire après, j'en étais convaincue. J'adore les romans historiques, j'ai passé des jours fabuleux dans *Les derniers jours de Pompéi* et *Les trois mousquetaires*, alors pourquoi est-ce que ça m'ennuyait dans une pièce de théâtre? Encore une fois, est-ce que je lisais trop *Les Troyennes* pour l'histoire que ça racontait et pas assez pour ce que ça signifiait? Et est-ce qu'il fallait absolument qu'une pièce signifie plus quelque chose qu'un roman? Après tout, la pièce s'intitulait *Les Troyennes* et les femmes du chœur étaient elles aussi des femmes de Troie! Pourquoi je ne m'intéresserais pas à elles autant qu'aux héroïnes? Ce qui leur arrivait était aussi dramatique que ce qui arrivait aux autres!

Il était trop tard pour continuer ma lecture, de toute façon je sentais enfin venir le sommeil réparateur dont j'avais tant besoin, alors je me suis laissée aller en me disant que je reprendrais *Les Troyennes* le lendemain.

J'ai terminé la pièce au restaurant, entre le déjeuner qui avait été démentiel et le dîner qui s'annonçait plus calme parce que la neige s'était mise à tomber en grandes brassées folles vers onze heures. On annonçait un pied de neige, des vents violents, tout ce que je déteste le plus au monde. Les clients réguliers seraient au rendez-vous, ils n'avaient pas le choix, mais il y aurait moins de passants, moins de magasineuses fatigantes, surtout, qui critiquent tout, en particulier les serveuses qu'elles trouvent en général inefficaces, et qui repartent sans nous laisser une maudite cenne de pourboire. Ou si peu qu'on a envie de courir après elles pour leur jeter leur aumône au visage. Mais elles ne comprendraient pas; elles se contenteraient de nous traiter d'ingrates. Inefficaces et ingrates, voilà les serveuses pour certaines clientes snobs de Dupuis Frères, qui sont trop pauvres pour aller magasiner dans l'ouest de la ville et qui passent leurs frustrations sur nous. Dans l'ouest, on les snoberait parce qu'elles ne parlent pas anglais et n'ont aucune classe, ici elles nous snobent, nous, parce qu'elles se font croire qu'elles nous sont supérieures. Elles ont épousé un quelconque notaire du boulevard Saint-Joseph, les pauvres, ou un homme d'affaires qui, lui, est obligé de travailler en anglais pour leur payer des fourrures et des dîners au Sélect, et elles croient que c'est la fin du monde. J'aime mieux être payée pour servir des *hamburger platters* que servir un épais pour avoir des fourrures!

Je suis longtemps restée assise à la table du fond, à côté de la cuisine, là où les serveuses se retrouvent quand elles n'ont rien à faire. Janine pensait que je lisais un roman d'amour et n'arrêtait pas de me demander si c'était bon, dans quel pays ça se passait, si le héros était blond ou noir, pâle ou hâlé, avec ou sans accent étranger sexy, balafré ou non. J'avais beau lui répéter que ce que je lisais avait été écrit quatre cents ans avant Jésus-Christ – c'était marqué en toutes lettres dans la préface – qu'il n'y avait pas de héros, que les personnages principaux étaient des femmes, que les personnages d'hommes étaient soit des dieux, soit des trous de culs, elle ne me croyait pas. Elle pensait que je faisais une farce pour me débarrasser d'elle. Elle m'a même demandé de lui prêter le livre quand j'en aurais fini. Et j'ai failli accepter. Je l'imaginais en train d'essayer de se pencher sur les malheurs des femmes de Troie en partance pour l'Afrique du Nord ou le Moyen-Orient... Mais après tout, si je suis capable de lire *Les Troyennes* d'Euripide, pourquoi pas elle? Ça lui ouvrirait des horizons. Ça la sortirait des photos-romans qu'elle dévore en braillant comme une Madeleine tout en décrétant, chaque fois, que c'est le meilleur. (Il faut que j'arrête de juger les lectures des autres, comme ça, c'est un défaut détestable. Chacun ses goûts. J'en ai lu, moi aussi, des photos-romans, et j'étais bien contente! Et Janine, elle, au moins, lit des livres qui sont à sa portée et qu'elle peut comprendre!)

Après deux tasses de café et un cendrier plein de mégots puants, je suis enfin arrivée à la fin de la pièce. J'étais plutôt stoïque quand j'ai refermé le livre. Personnellement, j'aurais fait un ménage là-dedans, moi... J'aurais coupé les chœurs, les dieux, j'aurais juste gardé les scènes avec les femmes de Troie, celles avec les conquérants grecs, celle avec Ménélas, l'ancien mari d'Hélène. À mon humble avis, c'était long, confus, débridé, mais je me disais: Qui suis-je pour critiquer le théâtre grec? Je n'y connais rien! Je ne vais jamais au théâtre parce que c'est trop cher et j'ai la plupart du temps de la difficulté à me rendre au bout des téléthéâtres du dimanche soir. Mais ça, vraiment, ce fouillis de renseignements historiques lancés au milieu d'une histoire de femmes nobles vendues comme servantes, ça manquait trop d'unité pour moi. Je suppose que j'aime les histoires simples au déroulement linéaire... Mais je suppose, une fois de plus, qu'il ne faut pas demander à une pièce de théâtre le même genre de nourriture qu'à un roman...

La fin de la pièce m'avait beaucoup touchée, cependant, surtout la dernière réplique d'Hécube: «Soutenez-moi, ô mes genoux tremblants, conduisez-moi vers la journée de l'esclavage.» Ce début de voyage infernal et cette conscience si aiguë du personnage d'être au seuil d'une tragédie sans fin, inévitable, envoyée des dieux, me bouleversaient. Je ne sais pas pourquoi, peut-être parce qu'elle passait à travers une période particulièrement difficile, elle aussi, un voyage à l'intérieur d'un autre genre d'esclavage, j'ai tout de suite pensé à ma mère. Mais pas celle d'aujourd'hui, non, celle qu'elle était à ma naissance. Quand elle m'a aperçue dans les bras du docteur, s'est-elle imaginée, elle aussi, sur le chemin de l'esclavage? S'est-elle demandé ce qu'elle allait faire avec *ça*, cette chose-là, rouge, hurlante, si minuscule – j'étais déjà petite quand je suis venue au monde, semble-t-il –, qui dépendrait d'elle si longtemps? Son premier enfant qui allait sûrement être suivi de plusieurs autres? Et les autres me ressembleraient-ils? Mais pourquoi cette association d'idées? Pourquoi j'ai pensé à ça? Est-ce parce que j'ai peur, moi, de la maternité, que je la considère comme un esclavage, que la seule idée de donner naissance à un enfant comme moi me terrorise et que je refuse de me l'avouer? Pourtant, ma mère ne pouvait tout de même pas savoir ce que j'allais devenir, comment je me développerais, qui je deviendrais, elle devait donc être heureuse de me voir arriver, non? C'est vrai aussi, je l'ai déjà dit, qu'elle n'était pas faite pour cette vie-là, qu'elle ne s'est jamais empêchée non plus de nous le faire sentir… À cause de ma mère, j'ai passé mon adolescence à croire que j'étais un malheur dans la vie de mes parents, surtout la sienne, une punition, en quelque sorte, à un péché dont j'ignorais la nature. Ma mère me disait sans cesse: «Tu seras toujours mon calvaire!» Mon père, lui, se taisait. Avec éloquence. Je pensais avoir réglé tout ça une fois pour toutes à coups de carnets noircis de confessions secrètes, de masturbations mentales étalées sur des années et des années d'auto-analyse menée en catimini dans le fin fond de ma chambre, au milieu de livres trop savants pour moi et de mégots de cigarettes jamais éteints, et voilà que ça revenait à cause d'une pièce vieille comme le monde qui me tombait dessus sans que j'aie seulement eu envie de la lire! Un autre mauvais coup de ce qu'on appelle le destin?

J'ai refermé le livre en me disant que je n'accompagnerais pas Aimée Langevin à son audition, même par curiosité. J'essaierais peut-être même de la décourager d'aller se déguiser en esclave troyenne sur la scène du théâtre des Saltimbanques, dissimulée dans le chœur, elle qui était si peu faite pour l'anonymat. Jouer Hécube, oui, Andromaque, n'importe quand, mais la troisième Troyenne à droite que tout le monde regarde parce qu'elle ne peut pas s'empêcher de faire le clown? J'ai fini par me dire que je devrais me mêler de mes affaires. Et d'oublier tout ça.

Aimée m'a écoutée sans m'interrompre, en faisant de grands yeux ronds. J'avais l'impression de commettre un crime de lèse-majesté parce que j'osais dire que je trouvais *Les Troyennes* ennuyantes par bouts, mais j'avais décidé de me débarrasser de tout ça le plus rapidement possible, de décourager Aimée une bonne fois pour toutes, et c'est vrai qu'au début, dans ma hâte, mes paroles ont peut-être un peu dépassé ma pensée.

Critiquer Euripide semblait une chose inimaginable pour mon amie; elle frétillait sur sa banquette, se grattait le dessus des mains, sursautait presque à certains de mes propos. Alors, bien sûr, j'en remettais. Et je ne peux pas dire que ça ne m'amusait pas de la choquer. Pour une fois que quelqu'un lui clouait le bec. J'étais après tout la première depuis son compagnon de classe qui s'était aventuré à l'appeler Lizzie Borden et qui l'avait payé cher. Je me demandais quel genre de punition elle allait me faire subir – allait-elle se moquer ouvertement de moi en public comme elle l'avait fait avec lui; oserait-elle aller jusque-là? – tout en cachant mon fou rire sous des jugements encore plus sévères. Et que je ne pensais pas toujours.

Quand j'ai eu terminé ma longue diatribe, elle s'est essuyé la bouche avec sa serviette de papier, comme si elle venait de prendre un repas trop copieux et surtout indigeste. J'ai caché mon sourire dans ma tasse de thé froid. Un court silence est resté suspendu entre nous. Je n'en revenais pas, elle semblait chercher ses mots! Regrettait-elle d'avoir fait confiance à une vulgaire serveuse de restaurant? Pensait-elle s'être trompée sur mon compte? Est-ce que j'avais réagi aux *Troyennes* en ignorante, en idiote, en prétentieuse qui ne connaît rien mais qui a un avis sur tout? Allait-on encore une fois me faire sentir que j'étais une indésirable, une inadaptée?

Étrangement, elle n'a pas pris le texte que j'avais posé entre nous sur la table d'arborite vert pistache parsemée d'étoiles dorées. Je m'attendais d'une seconde à l'autre à ce qu'elle me couvre d'insultes, qu'elle me traite de tous les noms, qu'elle me dise qu'elle ne voulait plus rien savoir de moi, qu'elle se réfugierait désormais dans un coin du restaurant où je ne travaillais pas. À mon grand étonnement, ce n'est pas du tout ce qui s'est produit. Au bout d'une minute ou deux d'intense réflexion, elle s'est penchée vers moi et a murmuré tout bas pour que personne ne l'entende:

« Je n'oserais pas le dire à personne d'autre que toi, mais je pense exactement les mêmes choses des *Troyennes*. »

Cette fois, c'était moi qui l'avais mal jugée! J'avais mal interprété le langage de son corps, j'avais cru lire sur son visage des choses qui n'y étaient pas, j'avais deviné en surface sans voir en profondeur! Comme elle l'avait fait avec moi quelques jours plus tôt. Chacun son tour. Si j'avais essayé de faire son portrait pendant que je lui parlais, je me serais trompée du tout au tout! Son étonnement venait du fait que j'osais dire des choses qu'elle gardait pour elle alors que j'avais pensé que mes propos la choquaient.

« Si tu penses ça de la pièce, pourquoi tu veux passer une audition pour jouer dedans? »

Elle a sorti le texte de l'enveloppe, a lissé la couverture blanche du plat de la main. Elle semblait caresser le livre comme un objet précieux retrouvé après une longue séparation. Elle parlait tout bas, sans me regarder, ce qui était plutôt rare chez elle. J'étais obligée de me pencher pour entendre ce qu'elle me disait. J'avais l'impression qu'elle s'adressait plus aux *Troyennes* qu'à moi, en tout cas plus à elle-même.

«C'est la première fois que j'ai l'occasion d'entrer dans ce monde-là. Que j'ai la chance d'avoir une chance d'y accéder! J'attends ça depuis toujours. Je n'ai aucune formation, je ne sais même pas si j'ai du talent, j'ai juste, là, en dedans, un… je ne sais pas… un besoin, une envie, depuis toujours… de faire partie de ça. Au moins une fois. Même déguisée en troisième Troyenne à droite, simple figurante sans importance qui pourrait très bien ne pas être là, mais qui est là, justement, sur la scène au lieu d'être dans la salle! Je me suis tellement souvent vue sur une scène! Et pas nécessairement dans un grand rôle! Mais sur la scène! Je veux savoir comment tout ça se fait, comment tout ça se vit! Si je ne suis pas faite pour ce monde-là, je vais le savoir, je vais me le faire dire, mais au moins j'aurai essayé! L'occasion se présente de monter sur la plus petite scène de Montréal avec des amateurs qui se destinent à devenir professionnels, je n'ai pas le droit de la laisser passer! Je m'en voudrais jusqu'à la fin de mes jours! Et qui sait, le metteur en scène va peut-être me faire aimer *Les Troyennes*!»

Elle a levé les yeux vers moi. Ce n'était plus la fanfaronne de l'Institut des arts graphiques, la comique de la classe qui faisait tout pour attirer l'attention sur elle, c'était une petite fille que j'avais bien connue, que j'avais fréquentée pendant de longues années, une mésadaptée qui ressentait un besoin impérieux, cuisant, d'appartenir à un groupe dont elle n'était pas sûre d'être digne. Solitaire à la tête de sa bande d'amis qu'elle contrôlait trop facilement, Aimée était prête à devenir le plus humble maillon d'une confrérie qu'elle enviait, pour se faire accepter, par besoin d'appartenance.

Mais est-ce que je la jugeais encore mal? Est-ce que j'interprétais tout croche une fois de plus? Non. Pas cette fois. Ce qu'elle venait de dire était tout à fait clair. Mais pourquoi m'ouvrait-elle son cœur comme ça? Nous n'étions pas intimes, nous n'étions même pas encore amies! Pourquoi venir me chercher moi plutôt qu'une autre? Il me semblait que n'importe qui, n'importe quelle fille de sa classe ou de son école aurait fait l'affaire! Et bien mieux que moi!

«Pourquoi tu ne prépares pas un monologue, Aimée? Le premier monologue d'Hécube, par exemple, ou celui d'Andromaque qui est si beau?»

Elle a remis le texte dans l'enveloppe.

J'ai cru qu'elle allait se lever et partir.

«Je ne serais pas capable de me présenter là toute seule. De travailler un texte toute seule. Je veux vivre ça avec quelqu'un d'autre, en parler, m'inquiéter à deux. Comprendre à deux. Je veux sentir que la personne qui va passer l'audition avec moi est aussi nerveuse que moi, même si c'est moi qui la passe, la maudite audition! Si j'arrive là toute seule, j'ai peur de m'écraser devant le metteur en scène et d'être incapable de rien faire! Comme un chevreuil devant les phares d'une voiture!

— Mais pourquoi tu me demandes ça à moi?»

Cette fois, c'est moi qui me suis penchée vers elle. Je l'ai regardée bien droit dans les yeux, à l'affût du moindre mensonge, de la plus petite trace d'hypocrisie. Il fallait que je lise bien et exactement ce qui se trouverait dans les yeux d'Aimée Langevin, pas autre chose, pas ce que je voulais y voir. Je voulais une réponse franche, sans tergiversations, sans patinage de fantaisie.

Elle semblait hésiter, alors je lui ai lancé au visage la deuxième partie de ma question, la plus délicate:

«Est-ce que c'est à cause de mon physique... euh... disons particulier?»

Elle a semblé sincèrement étonnée. Elle a presque sursauté.

«Si tu te présentes là avec moi, Aimée, tu sais très bien que c'est d'abord moi qu'ils vont regarder! Alors que c'est toi qui vas passer l'audition. Pourquoi attirer l'attention sur l'autre? Pour les étonner encore plus quand tu vas commencer ta scène? Pour te sentir... supérieure dès le départ? Tu vas te présenter avec quelqu'un de tellement grotesque qu'ils ne pourront pas faire autrement que de te trouver bonne? C'est ça?»

Je crois bien qu'à sa place, je serais partie si l'étonnement que je lisais dans son visage venait bien du choc qu'avaient provoqué mes propos plutôt que de la honte de se voir découverte. Elle avait l'air sincèrement scandalisée, mais je me demandais si je pouvais encore me fier à ce que je croyais deviner chez elle. Elle s'était trompée sur mon compte une fois, je m'étais trompée sur le sien une fois...

«Tu ne réponds pas?»

Ses yeux se sont remplis de larmes... J'ai presque écrit de larmes *grasses* tant elles étaient abondantes et, comment dire, huileuses. Elles coulaient sur ses joues en rigoles trop épaisses pour que ce soit de l'eau, comme au cinéma, parfois, quand l'actrice est incapable de pleurer pour vrai, qu'on a l'impression que quelqu'un lui a mouillé les joues avec de l'huile d'olive en pensant que ça ferait illusion.

Quand elle a recommencé à parler, c'était d'une voix toute douce que je ne lui connaissais pas. Je n'étais plus tout à fait sûre que c'était la même Aimée qui me parlait, tant la différence était grande.

«Je pense que je ne peux rien répondre à ça, Céline. Si c'est vraiment ça que tu penses, il n'y a rien que je pourrais dire pour te convaincre que tu as tort. Je ne vais même pas essayer.»

Mais elle n'a pas pu s'empêcher de continuer à parler, à se disculper, à plaider pour sa propre défense. Peut-être parce que mon accusation était injuste. C'était bien possible. Mes idées étaient trop confuses, toutefois, et ses arguments pas assez forts pour que j'en sois vraiment convaincue.

«Je t'ai demandé de m'accompagner parce que personne d'autre dans mon entourage ne semble avoir du talent pour le théâtre. Ou même s'y intéresser. J'en ai parlé à d'autres filles avant toi, mais j'ai été reçue soit avec une grande indifférence, soit avec des plaisanteries un peu choquantes sur les probabilités que j'aie du talent comme actrice… Je me suis fait dire que si j'étais drôle dans la vie, ça ne voulait pas dire que je pouvais l'être sur une scène. Alors tu comprends bien que je n'ai même pas osé leur avouer que j'allais passer une audition pour une tragédie grecque! Le seul fait que tu as pris le texte avec toi, que tu t'es donné la peine de le lire jusqu'au bout me suggère que je n'ai pas tout à fait tort de penser que ça peut t'intéresser. Fais-le pour me rendre service, Céline, mais fais-le aussi pour toi! Pour le plaisir de la chose. Parce que ça pourrait être une aventure extraordinaire. Travailler la scène, toutes les deux, la répéter et même, oui, pourquoi pas, passer l'audition! Tu ne risques rien, toi, c'est moi qu'on va juger, c'est moi qu'on va trouver bonne ou mauvaise!»

J'ai roulé ma serviette de papier en boule, je l'ai enfoncée dans le fond de ma tasse de thé.

«Et tout ça n'avait rien à voir avec mon physique?
— Non, je te le jure.
— Et tu voudrais que je te croie?
— Oui.»

Un autre silence, plus pesant, celui-là, est tombé entre nous. À l'évidence, nous doutions l'une de l'autre. Aimée voulait me convaincre, je résistais; de mon côté, je voulais lui faire avouer une chose qu'elle refusait de reconnaître. Et tout ça ne menait nulle part.

Elle a pris son manteau de poil de singe qui gisait à côté d'elle sur la banquette de faux cuir comme un animal mort, s'est levée, a pris tout son temps pour l'enfiler. Ensuite, elle a déposé de l'argent sous sa soucoupe tachée de café froid, a ramassé ses gants de kid trop minces pour la saison.

Elle s'en allait. Sans m'avoir convaincue. Je ne saurais jamais la vérité.

C'est donc moi, en fin de compte, qui ai brisé le silence.

Pour lui donner une dernière chance?

Pour me donner une dernière chance, à moi?

Je ne le saurai jamais.

Tout ce que je sais, c'est que si je n'avais pas posé cette question à ce moment précis, dans cette situation précise, je ne serais pas là aujourd'hui en train d'écrire un texte qui, pour l'instant, je dois l'avouer, me fait plus de mal que de bien.

J'ai toujours détesté utiliser ce mot-là, celui que je vais écrire dans ma réplique suivante, je le garde pour des occasions importantes et particulièrement noires... J'ai pris mon courage à deux mains et j'ai sauté dans le vide en sachant que selon la réponse que me ferait Aimée, après que j'aurais utilisé le mot maudit, deux voies complètement différentes se présenteraient à moi parce que mon destin dépendrait du oui ou du non qu'elle allait prononcer.

«Le fait que je sois une naine n'a vraiment rien à voir avec tout ça?»

Je ne crois pas avoir besoin d'ajouter ici que ce fut là le sujet de mes tout premiers écrits, les épanchements agressifs et hargneux d'une préadolescente qu'on vient d'assommer en lui apprenant qu'elle ne grandira pas, que son corps va se développer normalement mais pas ses membres, qu'on le savait depuis longtemps, qu'on attendait qu'elle soit assez vieille, assez «grande fille», assez raisonnable pour le lui apprendre, on l'aura compris sans que j'aie à m'étendre là-dessus.

Je me suis déjà trop épanchée sur ce sujet-là, j'ai trop invectivé le ciel, couvert mes parents d'opprobre, d'insultes et de crachats parce que c'était l'agencement de leurs gênes qui m'avaient faite ce que j'étais, je n'ai pas l'intention de recommencer. Le placard de ma chambre est rempli de cahiers couverts de sanies et de rancœurs, de blasphèmes, d'imprécations et de malédictions, de supplications, aussi, de prières intenses, sans fin, parce qu'il m'est arrivé de traverser des périodes de faux espoir, de mysticisme bassement calculateur, à l'issue desquelles je me retrouverais par miracle harmonieusement proportionnée, même un peu grande pour mon âge, cadeau de Dieu lui-même en personne en récompense à mes séances de méditation prolongée, de recueillement exemplaire. Qui ne trompaient personne. Moi la première. Et qui se terminaient dans un désespoir tel que l'ombre apaisante du suicide s'est souvent penchée au-dessus de mon lit de jeune fille désespérée.

En suis-je jamais arrivée à m'accommoder de mon état, à dépasser, à sublimer la souffrance, l'humiliation (ce fut la première tête que la bête me présenta et j'en frissonne encore d'horreur), pour me réfugier, comme un médecin que j'avais consulté me l'avait suggéré, dans une espèce de bien-être de ma fabrication, une bulle étanche à l'intérieur de laquelle je pourrais m'enfermer dans les moments difficiles qui, comme il me l'avait si bien dit en choisissant ses mots, risquaient d'être nombreux et fréquents? Bien sûr que non. La bulle, s'il lui arrive d'exister de temps en temps à force d'accroires et de faux-semblants, est loin d'être étanche: la moindre contrariété, la plus petite irritation la pénètre, la crève, je me retrouve sans protection, désarmée comme aux premiers jours, le cœur saignant, l'âme en lambeaux.

Quoique.

Vers deux heures du matin, quand le Sélect est rempli de créatures de toutes sortes, quand la Duchesse de Langeais, complètement paquetée, nous raconte son voyage si peu crédible à Paris dans les années quarante, qu'Hosanna nous rebat les oreilles avec l'entrée de Cléopâtre dans Rome sous les traits de son idole, Elizabeth Taylor, que Jean-le-Décollé nous raconte une fois de plus comment il a littéralement failli perdre la tête, que Fine Dumas vient nous faire l'apologie du redlight de Montréal des années trente ou que Bambi, la Grande-Paula-de-Joliette et Greta-la-Vieille nous refont leur insupportable imitation des Andrews Sisters, quand Tooth Pick vient tramer un de ses coups bas à la table du fond, près du téléphone qui ne sonne que pour lui et à des heures impro-bables, que Gloria fait son entrée qu'elle croit triomphale au milieu de l'indifférence générale dans le meilleur des cas, des moqueries cruelles de ses sujets s'ils ont trop bu ou trop absorbé de substances illicites et menteuses, que Carmen fredonne en primeur pour les habitués du restaurant la chanson qui va devenir le succès de la *Main* dans une semaine ou le mois suivant, quand c'est plein et bruyant, à la limite du supportable, quand Marie menace de rendre son tablier, que Nick menace de la laisser partir, alors oui, pendant de très courts instants, noyée dans le jacassement des têtes brûlées, plongée dans la fumée qui ne sent pas juste le tabac, entourée de mes semblables en marge de la société mais qui, eux, ont choisi leur marginalité, il m'arrive d'oublier.

Et d'être heureuse?

Disons que le plus près que je me sois jamais approchée du bonheur ressemble à une espèce d'état de paix que je qualifierais de stable, c'est-à-dire étale, sans aspérités, sans haut et sans bas, une ligne droite sur laquelle je ne souffre pas sans toutefois ressentir quelque chose qui se rapproche du mot bonheur.

Non, c'est faux. Il m'arrive de pleurer pendant une chanson de Carmen. De rire franchement et de bon cœur à une repartie de la Duchesse. D'écouter avec émotion les soi-disant splendeurs passées de Gloria la si peu glorieuse, à une époque nébuleuse et mythique qui n'a peut-être jamais existé. De me passionner pour les aventures que peuvent raconter les guidounes qui, allez savoir pourquoi, savent toujours rendre une histoire vivante et possèdent d'une façon innée le sens du suspense et du punch, comme si ça venait avec la job. Le bagout des rues. Dont je suis privée, hélas. Est-ce qu'une bonne réplique bien livrée fait *vraiment* du bien? Oui. J'en ai eu la preuve : Non seulement j'ai aimé danser le tango avec Aimée Langevin, j'ai adoré faire rire ses camarades de classe en trouvant les bonnes réponses à ses répliques drôles. J'ai aussi apprécié, pour d'autres raisons, c'est vrai, la soirée passée à travailler le texte des *Troyennes* avec Guibou, mais ça, ça viendra plus tard…

Il existe donc dans ma vie des plages, des moments, des saccades, des soubresauts de quelque chose qui se rapprocherait du bonheur. Des intervalles de paix où je m'oublie, où j'oublie en tout cas mon corps pour me laisser aller à des instants de – oserais-je utiliser le mot félicité? – en tout cas de quiétude qui sont, je suppose et malgré l'aversion que j'ai pour l'expression, mieux que rien.

Je suis condamnée depuis des années au mieux que rien, voilà peut-être la principale raison pour laquelle j'ai suivi Aimée Langevin dans son aventure. Pour connaître autre chose, comme je l'ai écrit au début de ce texte, l'inconnu, la diversion. Mieux que rien.

Sur la toute première page, j'ai aussi utilisé le mot vanité. Et je crois que c'en était. Si on accroche la vanité à l'orgueil. C'est vrai que c'était plus de l'orgueil, mais teinté de complaisance : « Vous allez voir de quoi je suis capable, malgré… »

Oui, malgré. C'est là, en un mot, le résumé de toute ma vie.

Survivre malgré.

Prouver malgré.

Triompher ou se casser la gueule malgré.

C'est ce que j'avais répondu à Nick quand il m'avait dit avec une franchise qui lui faisait honneur qu'il hésitait à engager une naine comme serveuse parce qu'il n'avait jamais vu ça :

« Engagez-moi malgré ça. Je vous jure que je peux être bonne malgré ça. Que je peux me déplacer vite malgré mes jambes courtes, porter des plats malgré mes petits bras ridicules. » (En effet, aucun client n'a jamais eu à se plaindre de moi depuis deux ans, bien au contraire, *malgré*.)

Et c'est ce que je me suis dit à moi-même devant le défi d'accompagner Aimée Langevin aux auditions pour *Les Troyennes*.

Tout concourait à me faire refuser, je suis même allée jusqu'à dire non, puis, sur un coup de tête, comme d'habitude, en une seconde, j'ai changé d'idée et j'ai décidé de me jeter à l'eau.

Goût du risque *et* envie d'autodestruction. Oui, les deux, je crois bien. Ça aussi, comme d'habitude.

Par chance, ma mère traversait une meilleure période. Quand je suis rentrée à la maison, ce soir-là, ça sentait bon pour une fois. Un pâté chinois. Sa spécialité. Quand elle a quelque chose à se faire pardonner. Toute sa vie durant elle aura pensé qu'elle pouvait tout racheter avec son fameux pâté chinois. Enfant, j'avais appris à reconnaître de loin, presque du bas de l'escalier extérieur de notre maison, l'odeur de ce plat que ma mère avait elle-même élu comme notre préféré, le cadeau qu'elle nous faisait lorsqu'elle revenait à la vie, et je me disais qu'au moins ça voulait dire qu'on allait avoir la paix pour un temps, que le prix à payer, le maudit pâté chinois trop liquide, n'était en fin de compte pas si élevé.

Allez savoir pourquoi, le pâté chinois de ma mère est liquide. Tous ceux que j'ai mangés ailleurs, dans la famille, chez des amis, au restaurant, avaient toujours une belle tenue bien dure, les trois couches d'ingrédients de base, le bœuf haché, les patates, le maïs, étaient parfaitement reconnaissables et bien superposées, on s'en tranchait une portion comme une pointe de tarte ou de gâteau, mais celui de ma mère s'écrase dans l'assiette, on dirait un reste de ragoût ou une sauce à spaghetti trop épaisse… Un jour où je lui en voulais plus que d'habitude, peut-être parce que sa cuite avait été plus longue, j'avais osé dire, probablement pour faire la comique, que ce n'était pas un pâté chinois que j'avais dans mon assiette mais une *flaque* chinoise, et j'avais été punie pour crime de lèse-majesté. Même mon père m'en avait voulu. Parce que j'avais eu le front de briser la trêve, le contrat implicite entre ma mère et nous qui stipulait que la paix coûtait un pâté chinois : ce plat, liquide ou non, avec ou sans saveur, signifie le début d'une ère de tranquillité et doit être traité comme un cadeau tombé du ciel, un point c'est tout. Mon père, mes deux sœurs et moi, nous le détestons tous, mais nous feignons d'être réjouis de son apparition pour des raisons évidentes : plus de crises de dépression, plus de reproches, plus de pleurs, de geignements, de hoquets d'alcool au milieu de la nuit. La paix. Pour un temps. Jusqu'à la prochaine fois. Jusqu'au prochain pâté chinois.

C'est donc devant une assiette remplie à ras bord de flaque chinoise que j'ai retrouvé maman. Elle arborait son air de fausse humilité, celui qui exige qu'on se pâme sur un exploit inexistant, un accomplissement imaginaire ou partiellement réussi, juste pour éviter des problèmes sans fin, de pénibles reproches, le chantage émotif dans sa forme la plus pure («Regarde ce que j'ai fait pour toi! Si tu oses ne pas l'apprécier, tu vas le payer! Tu vas y goûter!»), et je me suis sentie obligée de m'écrier à quel point ça sentait bon dans la maison, jusque sur le trottoir, et que j'avais faim alors que la seule idée d'avaler une bouchée de ce brouet non pas infect, il ne l'est jamais, mais insipide et trop coulant me soulevait le cœur. J'aurais voulu m'en aller directement dans ma chambre, m'enfermer pour la soirée en sautant le souper, repenser à tout ça, pourquoi j'avais cédé à Aimée Langevin, pourquoi j'avais fini par dire oui à un projet qui ne m'intéressait pas, réfléchir à ce qui m'attendait, essayer d'imaginer dans quoi je venais de m'embarquer, au lieu de quoi je me suis vue m'asseoir à la table de la cuisine après m'être servi une portion la plus discrète possible du maudit pâté chinois, porter la fourchette à ma bouche, exprimer

un grognement qui pouvait passer pour de l'appréciation.

«Je pense que c'est le meilleur que j'ai jamais
fait.»

J'ai été obligée d'acquiescer. Sinon…

«J'ai ajouté un peu de vin rouge… C'est madame
David qui m'a dit de faire ça… C'est-tu assez bon,
hein?»

Du vin rouge! Pas étonnant que ça coule comme
de la soupe!

«C'est une bonne idée, oui. C'est étonnant pour
ce genre de plat là, mais c'est une bonne idée.»

Que je n'avais pas envie de faire la conversation, elle s'en est rendu compte presque tout de
suite. Elle m'a laissé avaler quelques fourchetées
de son repas de réconciliation avant de me faire
comprendre qu'elle, elle aimerait bien jaser un
peu en attendant mon père et mes deux sœurs. Les
pauvres, ils devaient sentir la soupe chaude, c'est le
cas de le dire, et retarder le plus possible le moment
où ils auraient à s'installer à table pour se pâmer sur
un repas qu'ils détesteraient. À cause de ce qu'ils
allaient manger, bien sûr, mais aussi pour ce qui
se dirait et, surtout, ce qui ne se dirait pas, la gêne,
l'hypocrisie, le malaise ambiant.

«Rien de nouveau au restaurant? Tu n'aimes toujours pas ça travailler de jour? Quand est-ce que tu
vas retourner travailler de nuit?»

Alors, pour la deuxième fois ce jour-là, je me suis
jetée à l'eau. Je n'ai pas pris la peine de réfléchir,
de me demander si ma question plairait ou non à
maman, je l'ai lancée à brûle-pourpoint au-dessus
de la table elle aussi en arborite, elle a franchi ma
bouche au moment même où je la formulais dans
ma tête. Je voulais prendre maman par surprise et
c'est moi que je surprenais!

«Quand tu t'es mariée, maman, en voulais-tu, des
enfants?»

Je me serais attendue à ce qu'elle sursaute. C'était
quand même une question étonnante au beau

milieu d'un repas de semaine où rien de consé-
quent n'est jamais dit. Mais non. Elle a bien froncé
les sourcils, mais juste un court moment. Puis ils
se sont déplissés comme si elle avait rapidement
chassé une pensée désagréable.

«Bien sûr que j'en voulais, des enfants! Pourquoi
tu demandes ça, tout d'un coup?»

J'ai ignoré sa question et j'ai pris mon temps, en
faisant semblant de me concentrer sur ce que je
mangeais, avant de poser la deuxième partie de ma
question, la plus risquée.

«Étais-tu désappointée quand je suis venue au
monde?»

Elle a donné une seule tape sur la table, du plat
de la main. Ça a claqué à travers toute la maison.
Et j'ai su que j'étais allée trop loin quand elle m'a
dévisagée. Maman ne nous regarde en face que
lorsqu'elle a quelque chose d'important, et la plupart du temps de déplaisant, à nous dire. Pour lire
l'effet de ses paroles sur nous, pour vérifier qu'on
a bien entendu, qu'on a bien compris, qu'elle a été
rapide et efficace dans sa repartie, pour débusquer
le début de douleur dans nos yeux ou notre air
scandalisé quand l'attaque est particulièrement
vicieuse. Autrement, elle regarde à la périphérie
de notre visage, ou par-dessus notre épaule. Mais
jamais en face.

«Tu ne vas pas recommencer avec ça! Surtout
pas un jour comme aujourd'hui! Un jour de pâté
chinois! J'ai passé une partie de la journée à m'es-
quinter pour te faire le plat que tu aimes le plus,
et tu vas me ressortir le drame de ta naissance, de
ton enfance, de ton adolescence? Tu n'es pas toute
seule à souffrir, ici-dedans, ma petite fille! Tu le sais
très bien qu'on ne savait pas que tu deviendrais ce
que tu es devenue quand tu es venue au monde,
que ça s'est déclaré quand tu étais enfant et que,
oui, bien sûr que ça nous a fait de la peine! Bien
sûr que ça a bouleversé notre vie! On ne va pas
recommencer avec tout ça! Ça allait bien, là, j'avais

la paix! Où est-ce que tu veux en venir, hein? Tout ce que je pourrais te dire, ce soir, je te l'ai déjà dit des centaines de fois, alors s'il y a une nouvelle chose que tu veux me demander, fais-le tout de suite, ne tourne pas autour du pot! Vas-y franchement! Shoote!»

J'ai soutenu son regard, chose qu'elle déteste entre toutes. Elle aime bien nous voir baisser les yeux, plier devant elle, abdiquer. Et je n'ai pas encore, moi, trouvé une façon de l'obliger à abdiquer, elle. Je savais que les assiettes de pâté chinois risquaient de se retrouver sur le plancher à côté du chaudron de fonte qui lui venait de sa mère et de tout ce qui lui tomberait sous la main si je soutenais son regard trop longtemps. Je savais surtout qu'une bouteille de rye attendait probablement en coulisse, prête à servir d'excuse, de baume, de pansement, de panacée. Non seulement je l'ai fait, mais j'ai aussi traversé la ligne défendue pour m'engager sur un chemin que personne dans la maison, même pas mon père, n'avait jamais osé fouler. J'ai posé la question qui nous restait bloquée dans la gorge depuis toujours. Parce que nous avions peur de la réponse. Mes sœurs pour s'empêcher de m'en vouloir et de me haïr, mon père parce qu'il m'en tenait déjà assez rigueur. Et moi à cause de la culpabilité qui m'écrasait déjà et que je craignais de voir s'alourdir.

«Quand t'es paquetée, maman, tu dis des choses épouvantables... Tu dis que j'ai été ton malheur, ta douleur, ta souffrance. Je veux savoir si c'est vrai. Je veux surtout savoir si c'est à cause de moi... Ton problème de boisson. Est-ce que ça vient de moi, maman, est-ce que ça vient de ce que je suis devenue? Est-ce que ma seule vue te fait te réfugier dans le rye? Et me le pardonneras-tu jamais?»

Cela a été court, violent et en fin de compte peu instructif, alors que j'aurais voulu une longue scène dramatique faite d'affrontements, d'invectives, de réconciliations, au milieu des pleurs, des reniflements, des aveux, des secrets dévoilés, des confidences, enfin, des confidences de cette femme que je connaissais si peu et dont j'attendais depuis si longtemps qu'elle se révèle à moi! J'aurais aimé prendre ma mère dans mes bras ou me retrouver dans les siens, pleurer à en être incapable de m'exprimer clairement, la voir, elle, pour une fois, se laisser toucher, faiblir sous mes yeux, s'effondrer en révélations étonnantes et en promesses irréalisables; un mélodrame sans complexes qui n'a pas de prétentions tragiques, un mélodrame qui s'assume et qu'on peut vivre sans vergogne en se frappant la poitrine, en se jetant par terre, en s'arrachant les cheveux! J'aurais aimé que quelqu'un s'arrache les cheveux au lieu d'entendre les mêmes plaintes et les mêmes gémissements de maman qui ont fini par nous être indifférents à force d'être rabâchés et répétés. Que l'œil du cyclone, le cœur du drame se déplace de sa personne à quelqu'un d'autre de la famille. Le pire est que dans sa courte harangue, c'est exactement ce qu'elle m'a reproché à moi! Comme si j'étais celle qui se plaignait depuis toujours, qui voulait faire pitié!

«Quand est-ce que tu vas arrêter de tout prendre sur ton dos? Hein? Quand est-ce que tu vas arrêter de penser que le monde tourne autour de toi, que tu es la cause de tout, le centre précis de l'univers, et que personne, jamais, n'a été aussi malheureux que toi? Tu n'es responsable de rien, Céline, de rien du tout! La guerre d'Algérie n'a pas été déclenchée à cause de toi, la guerre du Vietnam non plus! Ni le Christ mis en croix, ni Pompéi détruite par la lave! Rien dans le passé ni dans le présent ni dans l'avenir ne dépend de toi! Tu n'es pas assez importante, comprends-tu? Le monde a continué à tourner quand tu as appris que tu étais une naine! C'était épouvantable, c'est sûr, mais la vie a continué! Elle s'est arrêtée juste pour toi! Regarde un peu autour de toi, et tu vas voir qu'il y a d'autres malheurs qui existent! Et que ces malheurs-là ne proviennent pas automatiquement de ta petite personne!»

Je l'aurais frappée. Tant d'égoïsme et d'ignorance crasse me confondait. Elle avait pourtant l'occasion idéale de tout me mettre sur le dos! Elle n'avait qu'à prétendre que tout était ma faute, sa vie ratée, son alcoolisme, pour se décharger de toute responsabilité, c'est ça que je voulais! Pour me rapprocher d'elle, pour l'amadouer, pour nous réconcilier une fois pour toutes! Il ne peut pas y avoir de réconciliation sans affrontement! Et ce n'était pas un affrontement qu'elle m'offrait mais le déni de ma responsabilité dans ce qui était arrivé à notre cellule familiale depuis ma naissance! Alors que c'était impossible! Je le savais! Je le sentais depuis toujours! Tout aurait donc été pareil si j'avais été normale? Le fait d'être ce que j'étais n'avait absolument rien changé dans le déroulement de l'histoire de notre famille? Je ne comptais pas? Je n'avais jamais compté? Voyons donc!

«Pendant toute mon enfance, maman, tu n'as pas arrêté de dire que j'avais fait ton malheur! Au moindre mauvais coup! Quand tu te fâchais pour rien autant que quand tu avais une raison!»

Elle a presque souri. La chienne! Elle a presque souri!

«J'aurais pu dire ça à n'importe qui dans la famille, mais je savais très bien que ce serait plus efficace si je te le disais à toi. Parce que tu te sentais déjà coupable de tout et que ça faisait ton affaire que je le dise! Penses-tu que je ne lis pas en toi? Penses-tu que je n'ai pas tout de suite su lire en toi?»

C'est elle qui m'avait porté le dernier coup et je me suis effondrée, battue, sans réponse.

Pas extérieurement, non, je suis trop orgueilleuse, et jamais je ne lui aurais donné la satisfaction de lui faire sentir qu'elle avait gagné une fois de plus. Je suis restée bien droite sur ma chaise au-dessus de mon pâté chinois refroidi que j'aurais eu envie de lui lancer à la figure, et je crois bien que j'ai esquissé un sourire, moi aussi. Mais je n'en suis pas sûre. Peut-être que ce sourire me vient maintenant, presque une semaine plus tard, que je l'imagine parce que j'en ai besoin pour me consoler de ma lâcheté. Ah oui, lâche, je l'ai été! On ne peut jamais faire autrement avec elle. On pense la confronter, elle nous écrase comme une punaise, on bat en retraite. C'est toujours pareil. Depuis toujours. Et ça ne changera jamais.

Cette fois, c'est moi qui aurais eu besoin de la bouteille. Mais justement, je ne bois pas parce que je l'ai trop vue faire, elle. Mon refuge, c'est ma chambre, mes livres, le Sélect. Où des êtres comme moi qui ont peut-être vécu les mêmes douleurs se réunissent la nuit venue en cercle écervelé et bruyant pour faire semblant que tout va bien, en tout cas pour se le faire croire. Ma chambre et les livres ne m'auraient été d'aucun secours, ils étaient physiquement trop près d'elle… J'avais besoin d'air, de distance, d'une petite dose d'oubli momentané.

J'ai donc claqué la porte sans rien ajouter et je suis retournée au restaurant plier des napkins en compagnie de Marie, en attendant que les créatures de la *Main* viennent m'offrir ma dose de consolation. La présence de la Duchesse de Langeais a été particulièrement précieuse ce soir-là. Il n'y avait qu'elle pour me dérider, pour rendre un peu de transparence à mes eaux troubles, elle l'a senti et s'est exécutée avec son élégance coutumière. En me servant mon imitation favorite: Germaine Giroux dans un mélodrame du théâtre Arcade. C'était pathétique, grandiose. C'était la scène que j'aurais voulu connaître avec ma mère. Jouée par un travesti qui imitait une actrice outrancière.

Le plus étonnant est que cette nuit-là, j'ai dormi comme une bienheureuse.

Il ne restait que quelques jours avant l'audition qui allait se tenir au théâtre même, sur la rue Bonsecours, le prolongement de la rue Saint-Denis, pas très loin du restaurant, donc, et nous ne savions toujours pas, ni Aimée ni moi, comment ça se déroulait. J'avais appris le texte par cœur avec grande facilité, ce n'était pas très difficile, la scène étant courte (c'était le personnage d'Hécube qu'Aimée voulait jouer, en fin de compte) ; à partir de là, toutefois, nous étions en terrain inconnu. Aimée m'avait dit qu'il faudrait répéter, je le comprenais, mais comment on faisait ça ? On se tenait debout au milieu d'une pièce et on récitait ? Qui saurait si nous disions juste, si nous faisions les bons gestes ? Et surtout si nous étions ridicules au point de mettre le projet de côté et de passer à autre chose ?

Alors Aimée avait décidé que nous avions besoin d'un metteur en scène.

« Es-tu sûre ? Un metteur en scène pour passer une audition devant un autre metteur en scène ?

— Oui. Parce que tu as raison : il faut que quelqu'un nous dise si nous sommes bonnes ou non. Je dis metteur en scène, mais ça pourrait être juste quelqu'un qui nous regarderait travailler, un témoin, un troisième œil, qui nous aiderait, qui nous dirait franchement son avis... Mais je ne connais pas grand monde qui s'intéresse au théâtre... En tout cas pas assez pour nous être utile. Mes sœurs pourraient peut-être nous aider, mais je ne veux pas leur demander ça, je serais trop timide pour jouer devant elles…

— Si tu obtiens le rôle, tu vas jouer devant elles, non?

— Ce n'est pas du tout la même chose! Ça ferait partie d'un spectacle complet, elles auraient autre chose à regarder, tandis que travailler une audition toute seule devant elles, me soumettre à leurs critiques… non, je préfère ne pas leur demander ça… Leurs commentaires seraient trop francs et me feraient mal.

— Tu veux des critiques ou des félicitations?

— Je veux bien accepter des critiques si je ne suis pas bonne, mais objectives, pas les moqueries de mes sœurs qui n'attendent qu'une occasion comme celle-là pour m'éviscérer! À la différence des tiennes, mes sœurs sont plus vieilles que moi et peuvent me faire beaucoup de mal si elles s'y mettent!»

La conversation s'était terminée dans un cul-de-sac. Ce n'est quand même pas moi qui allais nous trouver un metteur en scène! À moins de demander à la Duchesse. Ou à la grande Paula-de-Joliette. Qui auraient été capables d'accepter, d'ailleurs…

Non étions quand même convenues de nous retrouver chez elle la veille de l'audition, d'essayer de faire quelque chose, n'importe quoi, ce qui nous viendrait à l'esprit, pour suggérer au metteur en scène que nous avions préparé la scène de façon sérieuse et appliquée. Aimée avait même suggéré de lire à voix haute des scènes complètes de la pièce pour nous mettre dans l'esprit. Moi, j'avais peur que ce ne soit une perte de temps, je préten-dais qu'il nous serait plus utile de nous concentrer sur nos quelques courtes répliques, d'essayer de les dire le mieux possible, de la façon la plus naturelle, la plus près de nous.

«Il va bien se rendre compte qu'on a mal travaillé, ce metteur en scène là, si c'est un professionnel, il doit connaître ça! Ce n'est sûrement pas la première fois qu'il fait passer des auditions!»

Aimée avait sorti son plus beau sourire, accompagné d'un clin d'œil très peu subtil.

«Il est jeune. Il commence. Et je le connais. C'est presque un ami.

— Je veux bien, mais si tu es mauvaise, il ne va quand même pas te choisir juste parce que vous vous connaissez!»

Elle m'a tapoté le bras d'une façon un peu paternaliste que je n'ai pas du tout appréciée.

«Ça paraît que tu ne connais pas le monde du théâtre, ma pauvre Céline... Il faut que je refasse ton éducation...»

J'étais ahurie.

«Alors, pourquoi tu t'inquiètes, d'abord? Pourquoi tu m'as demandé de t'aider? Fais n'importe quoi, dis n'importe quoi, improvise n'importe quelle simagrée, si tu penses qu'il va te choisir de toute façon, parce que vous vous connaissez, et arrête de m'achaler! Vas-y toute seule, fais-lui un sourire de complicité, tapote-lui le bras, tu n'as pas besoin de moi pour ça!»

Elle s'est effondrée en disant qu'elle était morte de peur, qu'elle disait n'importe quoi comme d'habitude, que c'était le trac, la nervosité, l'inquiétude, le manque de confiance en elle-même qui la faisaient parler. Qu'elle ne connaissait pas vraiment le jeune metteur en scène en question, que c'était à peine une connaissance, pas un ami, qu'elle disait tout ça pour se rassurer.

Et qu'elle avait *absolument* besoin de moi.

Je ne me rappelais pas que quelqu'un m'ait jamais dit ça de toute ma vie.

Quelqu'un avait *absolument* besoin de moi! Comment résister?

C'est donc le lendemain après-midi qu'elle m'est arrivée avec Guibou. Guibou, c'est Guy Boulizon, le professeur d'histoire de l'art de l'Institut des arts appliqués, un Français venu s'installer ici pendant ou tout de suite après la Deuxième Guerre mondiale et qui, au contraire de la plupart de ses compatriotes expatriés au Québec, n'est pas venu nous montrer à vivre mais vivre avec nous. Il n'y a aucune condescendance chez lui, il ne nous écoute pas parler avec un sourire en coin et ne nous reprend jamais. Les autres professeurs français de l'école d'Aimée (qui, d'ailleurs, se tiennent ensemble, en meute compacte, sans vouloir, c'est assez évident, se mêler aux autres qu'ils doivent juger indignes d'eux) me demandent toujours de tout répéter, ils se regardent souvent avec un air entendu quand je leur réponds avec brusquerie parce que je suis en plein rush et que je n'ai surtout pas besoin d'un cours de français appliqué au milieu d'une commande difficile à mémoriser, s'amusent franchement devant nous de nos expressions «typiques», qu'ils commentent à voix haute comme si nous n'étions pas là ou que nous étions trop niaiseux pour comprendre qu'ils rient de nous en pleine face.

J'ai d'abord appris à les trouver antipathiques puis, rapidement, je les ai franchement haïs. Quand ils s'installent dans ma section, je sais que j'aurai encore à endurer leurs «Plaît-il?», leurs «Qu'est-ce qu'elle dit?» ou leurs «Sandwich, c'est masculin, mademoiselle!», qu'ils vont une fois de plus critiquer la cuisine qu'on mange ici, le français qu'on y parle, la longueur insupportable de l'hiver qui expliquerait notre côté renfermé et sauvage. Ils me donnent l'envie de rendre mon tablier et d'aller travailler dans une manufacture, là où je serais certaine de ne pas les retrouver! Ils aiment bien notre folklore «cabane au Canada» qui les amuse, mais ils refusent de le vivre! C'est peut-être vrai qu'on est des ignorants, c'est peut-être vrai qu'on a besoin d'être éduqués, mais il me semble qu'il y a une façon de faire les choses sans tomber dans le mépris! Je me permets d'écrire tout ça parce que les autres Français qui fréquentent le Sélect ou qui s'arrêtent en passant sont pareils. Ils chialent, nous critiquent ouvertement, sont souvent impolis, et ils voudraient en plus qu'on se sente honorés de leur présence et, surtout, qu'ils acceptent de nous faire la grâce de se laisser servir par nous! Sans se sentir tenus, bien sûr, de nous gratifier d'un pourboire décent! Ils étaient méprisés chez eux et ont trouvé ici un peuple à mépriser à leur tour parce qu'ils le trouvent inférieur.

Bon, c'est sorti, ça fait du bien.

Guibou, maintenant.

Ses élèves l'adorent parce que, d'après ce qu'on m'a raconté, il a une façon très personnelle, vivante, passionnante d'enseigner l'histoire de l'art. Il ne prend pas les étudiants pour des imbéciles, mais pour des jeunes adultes qui veulent apprendre, leur explique Sumer, ou l'Égypte ancienne, ou Rome à travers non seulement les livres imposés par le gouvernement, mais aussi ses voyages à lui, ses idées personnelles, ses conclusions qui ne sont pas nécessairement celles du ministère de l'Éducation. (On raconte qu'il a été un des grands pourfendeurs de Maurice Duplessis, dans les années cinquante, qu'il aurait même été en danger de perdre son emploi et que la mort du premier ministre l'aurait en quelque sorte sauvé.) Après ses cours, les étudiants sont animés, excités, passionnés. Ils ont aimé ce qu'ils viennent d'apprendre, en discutent, s'en nourrissent. Si la chose était possible, j'aimerais bien assister à ses classes en auditeur libre. Il paraît que c'est permis dans certaines écoles. Mais je n'ai jamais osé le demander. De toute façon, d'habitude je dors, le jour.

L'air ahuri, la bouille bien ronde, droit comme un i, la couronne de cheveux exubérante, gesticuleux, disert, monsieur Boulizon se mêle volontiers et souvent à ses élèves. Il en pousse deux au fond d'une banquette du Sélect, s'installe sans façon et commande un club sandwich en continuant le cours à peine achevé ou en commentant un livre, une émission de télévision, une chanson. Il ne cache pas son admiration pour Gilles Vigneault qu'il a eu le plaisir de croiser à quelques reprises, essaie d'intéresser les étudiants à Marie-Claire Blais et Anne Hébert, les brasse parce qu'il les trouve souvent paresseux, pas assez énergiques, pas assez investis dans leurs études. Il veut les motiver, ils lui font croire qu'ils vont suivre tous ses conseils. Il écoute leurs doléances autant que leurs arguments, y répond du mieux qu'il peut, joue avec une joie évidente les *pater familias*, au milieu d'une bande de jeunes révoltés pour qui, dans bien des cas, ce restaurant bruyant et enfumé tient lieu de milieu familial. On dit qu'il a une fille. Même naine, elle ne serait pas malheureuse avec un père pareil!

Quand il est là, je m'arrange pour passer le plus souvent possible près de sa table parce que je veux l'écouter parler. Mais comme il parle assez fort, je l'entends même de l'autre bout du restaurant. Je ne sais pas comment il fait, mais il est *toujours* intéressant!

Après n'avoir commandé que des cafés noirs, Aimée et lui se sont plongés cet après-midi là dans une conversation à voix basse qui fit se froncer plusieurs sourcils aux tables voisines. On se demandait ce qu'Aimée pouvait bien vouloir à Guibou, surtout que c'était une Aimée douce et humble qui se penchait au-dessus de la table, à l'opposé de celle qu'on connaissait, sérieuse, pas du tout flirt, les yeux baissés en signe de soumission ou levés vers son interlocuteur seulement, semblait-il, lorsqu'ils se faisaient suppliants. Aimée Langevin suppliante! On n'avait jamais vu ça!

Jacques Soulières, son chevalier servant, jouait les indifférents à une table qu'il ne fréquentait pas d'habitude, mais on le sentait mal à l'aise. Il jetait trop souvent dans leur direction des regards courroucés pour qu'on croie détachées les plaisanteries qu'il essayait péniblement de faire. Il n'avait jamais été drôle, Aimée le lui rappelait souvent, il nous le prouvait une fois de plus et dans un moment bien mal choisi. Il se comportait en amant éconduit alors qu'il était évident, même lui devait le savoir, qu'il n'avait aucune raison de s'inquiéter. Si quelque chose avait eu à se produire entre Aimée Langevin et monsieur Boulizon, une amourette, une aventure, une passion, ça n'aurait certainement pas eu lieu au su et au vu de tous, en plein Sélect, au cœur de l'après-midi, après le cours d'histoire de l'art!

Au bout de quelques minutes, ils ont levé le regard en même temps sur moi et j'ai failli échapper la cafetière que je promenais à travers les tables soi-disant pour réchauffer les tasses refroidies, du moins celles qui n'étaient pas remplies de mégots.

Ils parlaient de moi!

J'ai tout de suite su de quoi il s'agissait et j'ai failli me sauver dans la rue Sainte-Catherine sans manteau, dans l'espoir d'attraper une pneumonie mortelle.

À la radio, Jean Ferrat chantait «Que c'est beau, c'est beau, la vie…» J'avais envie de lui crier : «Parle pour toi, imbécile!»

Aimée m'a fait un signe de la main. J'étais leur serveuse, je n'avais pas le choix, il fallait bien que je m'approche de leur table.

«Vous voulez que je réchauffe votre café?»

Aimée a ri, Guibou s'est contenté de sourire.

«Tu peux faire semblant de réchauffer notre café si tu veux, mais ce n'est pas pour ça que je t'ai appelée…»

J'ai donc versé le café.

Jamais, *jamais* ma main ne tremble. Elle ne tremblait même pas le premier soir où je me suis pointée au Sélect sans expérience, convaincue de passer pour un phénomène de foire, nerveuse, presque paranoïaque! Mais cette fois-là, j'ai renversé la moitié du café dans la soucoupe d'Aimée et j'ai décidé de ne même pas toucher à celle de Guibou de peur d'ébouillanter le pauvre homme.

«Monsieur Boulizon a accepté de nous faire travailler la scène des *Troyennes*, ce soir, chez moi…»

J'ai fait la détachée, celle que ça n'énerve pas du tout, qui trouve même que c'est tout à fait naturel, quelle bonne idée, on aurait dû y penser avant, alors que j'avais envie de hurler de terreur.

À quoi elle avait pensé? On n'avait jamais joué la comédie ni l'une ni l'autre, on n'allait tout de même pas faire des folles de nous devant un professeur d'histoire de l'art qui fréquentait probablement la tragédie grecque depuis ses premières couches, qui la connaissait comme le fond de sa poche et ne pourrait que rire devant notre maladresse, notre inconséquence, notre ignorance du bon sens! Il nous disait souvent qu'il allait au théâtre, qu'il admirait nos actrices, de quoi on aurait l'air, la grosse Aimée Langevin et Céline Poulin, *la naine*, à côté de Denise Pelletier ou de Dyne Mousso?

Je ne voulais plus. Je ne voulais plus rendre service à Aimée Langevin, me présenter chez elle pour travailler une scène des *Troyennes* d'Euripide dont je ne connaissais même pas l'existence quelques jours plus tôt et, surtout, débarquer au théâtre des Saltimbanques où, de toute façon, je n'avais jamais mis les pieds parce qu'ils présentent là des spectacles auxquels je ne comprendrais rien!

Pitié!

Mon Dieu, venez me chercher!

Je me suis revue enfant, à l'école, quand une religieuse, sœur Marie-de-l'Incarnation ou sœur Joseph-d'Arimathie en particulier, qui m'avaient prise en grippe, me demandait d'aller au tableau noir résoudre un problème de mathématique ou accorder un verbe. L'angoisse. La peur. La certitude de monter à l'échafaud: que je résolve le problème ou non, que j'accorde bien le verbe ou pas, je savais que mes camarades de classe allaient rire. Discrètement dans le cas de mes amies, moins pour celles qui ne le prenaient pas d'être supplantées par une naine – j'étais une première de classe vraiment pas comme les autres – et qui se rabattaient sur mes défauts physiques faute de pouvoir le faire sur mes capacités intellectuelles. En chemin, je me disais qu'on m'imposait ça par pure méchanceté, pour faire diversion, pour détendre l'atmosphère trop léthargique ou pas assez studieuse de la classe, que j'étais là non pas pour résoudre un problème ou accorder un verbe, mais pour amuser la galerie, mettre une note de gaieté méchante au milieu d'un cours ennuyant à mourir. Surtout si la sœur avait écrit trop haut, ce qui signifiait que j'allais être obligée de grimper sur une chaise. Je soupçonnais même sœur Marie-de-l'Incarnation de le faire exprès, de partir le théorème à démontrer tout en haut du tableau noir de façon à m'obliger à étirer le bras, à me contorsionner, même debout sur une chaise. Pure paranoïa d'enfant qui se sait différent? Peut-être. Pas sûr. Parce que l'époque se prêtait bien à ce genre de sadisme. Ma conviction d'avoir à payer pour un péché dont j'ignorais la nature commis par quelqu'un que je ne connaissais pas quelque part dans le monde me vient probablement de ces religieuses confites dans leur ignorance qui traitaient toute différence, tout écart à leur vision de la normalité par le mépris et le sadisme. On payait parce qu'on était coupable, un point c'est tout. De quoi? Cherche!

Surtout que mes parents avaient refusé de m'envoyer dans une école spécialisée – pas d'argent, trop compliqué –, et que j'ai été la seule «petite personne» dans toutes les écoles que j'ai fréquentées. J'aurais pu me caparaçonner, devenir insensible aux moqueries ou alors me transformer en clown délinquant qui se sert d'un handicap pour se faire respecter ou terroriser les autres, mais non, je suis restée la bête blessée qui a peur d'affronter le monde et qui voudrait se cacher. Le fait de poser ma candidature pour un travail de serveuse il y a à peine deux ans a d'ailleurs été la première manifestation chez moi d'une volonté de lutter plutôt que de me cacher ou fuir. J'ai décidé à dix-huit ans seulement de défier le sort, de me rendre utile en servant des repas pas chers à des laissés-pour-compte comme moi.

Je me suis revue, donc, remontant l'allée entre les pupitres, le cœur battant; j'ai senti les regards moqueurs, j'ai imaginé la cornette de la pisseuse, l'horloge qui me disait que la fin de la période n'arriverait pas avant que j'atteigne le tableau noir, qu'on me pousse une chaise, que j'y grimpe comme une petite fille maladroite alors que j'étais une adolescente sensible que la moindre moquerie secouait de honte. (Elle encore, toujours.) Et je me suis entendue formuler dans ma tête cette expression rabâchée qui jamais ne m'a soulagée de quoi que ce soit:

Mon Dieu, venez me chercher!

Là non plus Dieu n'est pas venu me chercher, parce que je n'ai pas eu le courage de dire à Guibou et à Aimée de ne pas compter sur moi. J'étais prisonnière d'une spirale dont je ne pouvais pas entrevoir ni deviner la fin.

Chose rarissime, la famille au complet était réunie autour de la table, ce soir-là. Maman ne s'était donc pas encore réfugiée dans la bouteille comme je l'avais craint. Elle arborait cependant une mine qui ne présageait rien de bon, cet air bête qu'elle emprunte lorsqu'elle hésite, que le combat s'avère difficile, que l'issue, toujours la même, inéluctable, se profile dans l'ombre et qu'elle est au bord de flancher. Elle s'enferme alors dans un silence pesant dont il est à peu près impossible de la tirer. Nous savons à quoi elle pense, elle sait que nous le savons, et l'alcool, même absent de la pièce, prend toute la place.

Mes deux sœurs avaient beau raconter leur journée à l'école – Carole suit des cours de coiffure depuis trop longtemps pour rêver qu'elle pourra un jour devenir une ouvrière potable et Louise achève son secondaire sans savoir dans quoi elle pourrait bien se lancer parce que pas grand-chose dans la vie ne l'intéresse à part les garçons –, en exagérer les péripéties, peut-être même en inventer pour animer un tant soit peu la conversation, rien n'y faisait : maman gardait la tête basse, jouait dans son assiette avec sa fourchette. Quant à papa, pauvre homme, il la guettait. Même pas du coin de l'œil, surtout pas subtilement. Non, avec franchise, le sourcil froncé, la bouche amère. A-t-elle bu, n'a-t-elle pas bu, ira-t-elle boire ?

Quant à mes pâtes vite improvisées avec ce que j'avais trouvé dans le frigidaire, autant appeler ça un échec retentissant. Elles figeaient dans l'énorme soupière posée au milieu de la table, déjà froides, peu appétissantes (elles l'avaient pourtant été, fumantes, odorantes, elles m'avaient même fait saliver pendant que je les préparais). Maman n'y avait pas du tout goûté, papa en avait tourné quelques fourchetées au fond d'une cuiller à soupe puis les avait avalées sans mâcher, mes sœurs avaient une fois de plus payé leur écot à la déesse anorexie et se contenteraient plus tard d'une tasse de thé brûlant avec des biscuits soda non salés. J'étais la seule à avoir fait honneur à mon plat et je le regrettais déjà. J'avais mangé trop vite, quelque chose avait bloqué dans mon œsophage, je me voyais m'excusant auprès de Guibou et d'Aimée au beau milieu de la répétition pour courir m'enfermer dans la salle de bains.

Le malheur planait, l'épée de Damoclès était suspendue au-dessus de nos têtes, une tempête se préparait, l'horizon noircissait à vue d'œil, la tension autour de la table était à couper au couteau, tous les clichés s'étaient donné rendez-vous à notre adresse, mais rien ne se produisit. Ce qui est pire, en tout cas dans ma famille, qu'une vraie crise, une bonne explosion ou une engueulade carabinée. Parce que ce qui ne sort pas reste coincé, étouffe et détruit.

Ma mère fut la seule à ne pas changer d'attitude pendant tout le repas : mes sœurs finirent par se taire, frustrées de leur impuissance à insuffler un peu de vie à cette rare réunion de famille ; papa, lui, avait eu le front d'ouvrir son *Montréal Matin* au beau milieu du repas, ce qui lui était pourtant interdit, et faisait semblant de s'intéresser à l'accident du jour ; quant à moi, et malgré mon malaise gastrique, je continuais à manger comme si je m'étais sentie obligée de terminer une deuxième portion de pâtes, écoutant les conversations qui n'avaient pas lieu, riant aux plaisanteries qui ne se faisaient pas, répondant aux questions qui ne m'étaient pas posées. Je devais avoir l'air d'une folle tant j'étais agitée au milieu de l'inertie générale. Mais je suppose que personne ne s'en rendait compte. Chacun des convives avait abandonné tout espoir et se réfugiait dans son monde, coupé des autres, protégé par des défenses devenues automatiques au fil des années, à force de revivre sans cesse le même repas stérile.

Mais je suis convaincue que chacun d'entre nous, même maman, aurait préféré que l'orage éclate, que le pandémonium s'installe dans la cuisine, que les rancœurs, les hostilités, les amertumes s'écrasent au milieu de la table comme autant de plats à dévorer, que tous on s'y jette en forcenés, en une mêlée miaulante et enragée parce qu'on en avait tous besoin.

Le souper se termina après le refus de tous de s'accorder quelque dessert que ce soit, fût-ce un simple fruit, et chacun partit de son côté, maman dans sa chambre, bien sûr, papa dans le salon où la télévision l'attendait, mes sœurs à un quelconque party où devaient se présenter des gars qu'elles ne connaissaient pas et qui allaient peut-être – mon œil, oui! – transformer leur vie en conte de fées avec pantoufles de verre et baguette magique.

J'étais exténuée.

Belle façon de me préparer au travail qui m'attendait chez Aimée!

J'ai laissé la vaisselle sale dans l'évier, je me suis rapidement refait une beauté (!), j'ai essayé de repasser mon texte dans ma tête, mais n'ai trouvé qu'une passoire par où coulaient des mots sans suite – seuls les noms des personnages de la pièce surnageaient comme des poissons morts –, et j'ai appelé un taxi parce que j'avais fini par me mettre en retard.

Écrasée sur la banquette arrière de la voiture, j'ai réussi à me rapailler assez de forces pour retrouver mon texte. Intact, bien sûr. J'ai une excellente mémoire. C'est une des qualités qui font de moi une bonne serveuse, d'ailleurs. Il peut se présenter au restaurant une volière complète de travestis exaltés et piailleurs, je vais me souvenir sans problèmes de toutes leurs commandes, qui mange quoi, accompagné de quoi, leurs caprices – Greta-la-Vieille déteste la mayonnaise et gare à la waitress qui l'oublie –, leurs péchés mignons, le degré de chaleur de leur café.

De toute façon, la scène entre Hécube et Andromaque qu'Aimée avait choisie faisait à peine deux pages et je n'avais eu aucune difficulté à l'apprendre par cœur. En fait, la peur qui me tenaillait n'avait rien à voir avec la mémoire.

Ce qui me terrorisait c'est que quelqu'un comme moi, *quelqu'un comme moi* ose se présenter à une audition, passe outre à ce point aux limites de la décence. Même si je n'étais que la réplique, celle qu'on ne jugerait pas, celle dont on essaierait – sûrement en vain dans mon cas – d'oublier l'existence pendant que sa partenaire s'arracherait le cœur et les entrailles à exprimer les malheurs d'Hécube. J'avais passé ma vie à essayer de faire oublier qui j'étais, de quoi j'avais l'air, et je me préparais à me flanquer devant un metteur en scène sous les traits d'Andromaque, la femme d'Hector, un des joyaux de Troie, une beauté à couper le souffle.

J'étais convaincue que ce taxi était une espèce de capsule hors du temps qui me transportait vers l'une des scènes les plus absurdes de ma vie : une naine qui travaille Andromaque sous les conseils d'un professeur d'histoire de l'art! J'avais l'impression de ne pas vraiment vivre ce que je vivais, de lire un livre, de regarder un film, je me regardais agir comme si j'avais été une spectatrice de ce qui m'arrivait.

Aimée habite le fin fond de Rosemont, un quartier de Montréal que je ne connais pas du tout, sauf pour être allée à quelques reprises visiter une amie d'enfance dont la famille s'était installée sur la 42e Avenue au début des années cinquante. J'avais six ou sept ans, j'avais perdu ma meilleure amie et j'essayais de faire perdurer notre amitié malgré l'éloignement. Évidemment, ça n'avait pas marché et j'avais fini par abandonner pour retourner à ma solitude. Tout ce que je peux dire de Rosemont, donc, c'est que c'est joli mais loin. Ce n'est pas très différent du Plateau-Mont-Royal, c'est plus neuf, moins vert, mais je dirais que c'est éloigné de tout *psychologiquement*. C'est dans la tête que c'est loin. Du moins dans la mienne. Quand je pense à Rosemont, j'imagine une banlieue éloignée, presque la campagne, alors que ça se trouve en plein cœur de l'île de Montréal, au bout du boulevard Saint-Joseph. C'est un quartier populaire et populeux, mais je fais comme s'il n'existait pas.

Je suis trop casanière, je le sais, je ne sors pas assez de mon quartier. À part le Sélect depuis deux ans, je peux compter sur les doigts de la main les fois où je suis sortie des limites du Plateau-Mont-Royal. Mon existence complète est circonscrite par le parc Lafontaine, le parc Laurier, le parc Fullum et le parc du Mont-Royal, quatre étendues de verdure qui ont recueilli mes confidences et mes plaintes depuis ma tendre enfance. Au-delà, le reste de Montréal, l'ouest anglophone, les quartiers chics, tout ça m'est presque inconnu. Dans les romans français, on dit de certains Parisiens qu'ils ne sortent jamais de leur quartier, rarement de leur rue ; je suis une Parisienne qui habite Montréal ! Et je suis peut-être en train de faire de moi un personnage de roman !

La mère d'Aimée Langevin est de la même taille que moi! Quand elle a ouvert la porte, ses yeux étaient exactement à la hauteur des miens! Exactement! Aimée aurait pu me prévenir, elle nous aurait épargné à toutes les deux, sa mère et moi, un moment bien pénible. Avait-elle oublié d'avertir sa mère comme elle avait oublié de le faire avec moi? D'abord, avait-elle oublié? N'avait-elle pas plutôt omis de nous le dire pour voir ce qui se passerait, comment nous réagirions, si nous en parlerions ou non? Elle prévoyait peut-être nous présenter l'une à l'autre, guetter nos réactions, s'amuser du malaise. (Mais qu'est-ce que j'écris là, c'est de la paranoïa, encore, Aimée n'avait aucune raison d'agir ainsi avec nous, ce n'est pas une méchante personne… Pourquoi vouloir interpréter à tout prix ce qui à l'évidence n'était qu'un simple oubli?)

Nous avons bien sûr fait comme si de rien n'était, madame Langevin et moi. La première surprise passée (un léger sursaut, un froncement de sourcils, la main machinalement portée à la hauteur du cœur), la mère d'Aimée m'a dit que monsieur Boulizon était arrivé, qu'ils m'attendaient tous les deux au sous-sol et elle s'est retournée en me faisant signe de la suivre. J'avais aussi deviné un peu de rouge sur ses joues: Aimée ne lui avait rien dit et elle lui en voulait, elle aussi.

Je l'ai bien détaillée en la suivant à travers la maison. Au contraire de moi dont les membres ne se sont jamais développés normalement à partir de l'adolescence, madame Langevin est bien proportionnée, elle n'est donc pas atteinte de nanisme, c'est juste une petite personne. Mais elle est vraiment petite! Moins de cinq pieds, c'est sûr. (Mais alors, elle devrait être considérée comme naine, non?) Ronde et même boulotte, elle trottine comme une souris, se tient sur le bout des pieds pour se grandir, redresse la tête, garde le corps bien droit, arbore une coiffure haute en pensant que ça fait illusion. Mais tout ça souligne sa petitesse au lieu de la gommer, donne de l'importance à une chose qu'on oublierait plus rapidement si elle n'insistait pas à ce point pour qu'on ne la voie pas. C'est elle, en fin de compte, qui en fait cas. Mais qui suis-je pour la juger? Est-ce que je n'ai pas moi-même passé des périodes semblables? Où je croyais tout agencer pour qu'on oublie ce que j'étais alors que je ne faisais que le souligner? Je me souviens trop bien de talons aiguilles exagérés, d'une coiffure, en particulier, tout aérienne et vaporeuse qui ne m'allait pas du tout... En fait, la différence entre nous est qu'à vingt ans, j'ai dépassé depuis assez longtemps ce stade, alors que madame Langevin, à plus de cinquante ans, en est encore là.

Lorsque nous sommes arrivées à l'escalier qui descendait au sous-sol, je me suis dit qu'elle avait l'air d'une maîtresse d'école qui aurait refoulé au lavage.

«Vous direz à Aimée que j'aimerais bien lui parler quand elle en aura le temps.»

Ce n'était pas une demande. C'était un ordre.

J'ai tout de suite deviné une relation mère-fille difficile dans laquelle c'est la mère qui est de petite taille au lieu de la fille, l'angoisse, d'abord, pour cette femme, d'avoir donné naissance à quelqu'un qui ne grandirait pas, le soulagement, plus tard, et... Je ne sais pas... Je décelais chez elle une sécheresse, une sévérité... Pour les armer contre le malheur, était-elle devenue trop protectrice avec ses enfants, trop exigeante, exagérément autoritaire, ou est-ce que c'est moi que je voyais comme ça, à travers elle, la mère que je pourrais devenir si la vie me donnait des enfants normaux, monstre trop protecteur et sévère à outrance? La relation entre Aimée et sa mère était-elle vraiment l'inverse de la mienne avec maman? J'ai toujours été la plus forte, la raisonnable, celle qui se bat, et pendant un court instant, le moment que madame Langevin me montre l'escalier, que je descende les marches trop hautes en me tenant à la main courante, j'ai eu envie d'avoir une mère contrôlante, envahissante, exigeante, qui donnerait l'ordre à l'une de mes amies de me dire qu'elle me donnait l'ordre de venir lui parler! Pour une fois. Juste une fois. Voir comment c'était. Obéir.

Aimée et Guibou travaillaient déjà. J'ai chassé ces pensées mi-moroses mi-agréables en me disant que j'aurais le temps d'y revenir. J'ai pris mentalement une note, cependant: cuisiner Aimée, essayer de la faire parler de sa relation avec sa mini-mère.

Dans mon quartier, les sous-sols aménagés n'existent pas. Le rez-de-chaussée est habituellement de plain-pied ou presque, et le solage n'a été creusé que pour isoler la maison de la terre trop froide en hiver. Chez Aimée, il fallait monter sept ou huit marches, à l'extérieur, avant d'atteindre le balcon et en redescendre une quinzaine par un escalier qui partait du corridor, près de la cuisine, pour aboutir, comme chez les Américains, parce que c'était une bâtisse plus récente, plus moderne que celles de ma rue, dans une immense pièce qui faisait toute la longueur de la maison et qu'on avait arrangée en salle familiale, avec télévision, tourne-disque et, gâterie entre toutes les gâteries, projecteur de films huit millimètres. Aimée bébé? Aimée enfant? En première communiante? À sa graduation de l'école secondaire? Avec ses sœurs qu'elle semblait tant craindre?

C'était sombre, plutôt laid, mal éclairé, une drôle d'odeur montait du tapis shaggy couleur rouge sang pour faire gai, mais c'était aussi absolument charmant.

Une énorme bouteille de vin avait été transformée en lampe, un filet de pêche où s'accrochaient quelques fausses étoiles de mer pendait du plafond, une œuvre en macramé ornait un des murs, quelqu'un s'était essayé sans grand résultat au pop art sur une toile désormais abandonnée dans un coin. J'imaginais de jeunes adultes barbus vêtus de noir, des pipes de bois, une guitare, des chandelles qui brûlent et l'odeur des Gitanes sans filtre. Ça philosophait, mais pas trop, ça parlait du R.I.N., ça réglait le sort du monde au-dessus d'un verre de mauvais vin et de cendriers jamais vidés. Les trois sœurs Langevin trônaient au milieu de tout ça pendant que leur mère se morfondait à l'étage en les imaginant en danger de perdre leur vertu. Aimée vertueuse? Faites-moi rire!

La famille Langevin avait recréé en même temps le rêve américain (pour les parents?) et la boîte à chansons à la mode typiquement québécoise (pour les trois filles?). Il ne manquait que le chien labrador pour parfaire le côté américain et une petite scène pour la boîte à chansons, où je voyais très bien Aimée chanter du Hervé Brousseau. Ou «Que c'est beau, c'est beau, la vie!»

«Tu as fait la connaissance de ma petite maman?»

Elle arborait ce sourire insolent que j'ai toujours envie d'effacer avec une bonne claque bien placée.

J'avais donc raison. Elle avait tout planifié. Elle avait manqué l'événement, nous en voulait et se réfugiait dans l'insolence?

«Monsieur Boulizon est arrivé plus tôt, on a commencé à travailler sans toi…»

Elle lisait dans mes pensées, à présent! Elle répondait à mes questions sans que j'aie à les formuler. Elle avait manqué l'événement, le regrettait et me le faisait savoir? Tant pis pour elle! J'avais envie de remonter l'escalier sans dire un mot, de sacrer mon camp, de la laisser répéter avec Guy Boulizon dans le rôle d'Andromaque!

«Ta petite maman voudrait justement te dire deux mots, Aimée.»

Elle a fait comme si ce que disait sa mère n'avait aucune espèce d'importance, mais j'avais cru deviner un zeste d'irritation et même de la nervosité dans son geste. Sa petite maman serait peut-être moins discrète que moi au sujet de la scène qui n'avait pas eu lieu et Aimée avait peur d'en manger toute une. Même à vingt ans. Petite, la mère Langevin, mais néanmoins bouledogue!

Pendant ce temps-là, monsieur Boulizon s'était levé, nous nous étions serré la main. Une poigne vigoureuse et franche comme je les aime.

«Nous avons un peu déblayé le texte avec Aimée, mais maintenant que vous êtes arrivée, on va pouvoir commencer à travailler sérieusement.»

Aimée a alors fait une chose tout à fait inattendue. En tout cas, que je n'attendais pas, moi... Elle a lancé un rire de petite fille de douze ans idiote et trop agitée, a tapoché des yeux, a fait un tour complet sur elle-même en tapant des mains avant de se jeter dans un fauteuil à ce point décati qu'il a failli s'écrouler sous elle. Et elle a réussi à parler en même temps!

«Voyons donc! Monsieur Boulizon! Ce que vous racontiez sur la guerre de Troie était tellement intéressant! C'était du travail sérieux! Aucune des actrices qui travaillent une scène pour cette audition-là ne va être aussi bien préparée que moi, grâce à vous!»

Aimée minaudait sans honte. Allait-elle faire la même chose pendant la répétition, pendant l'audition? Allait-elle ensuite jouer la petite fille devant le jeune metteur en scène pour faire oublier qu'elle n'avait pas de talent, oserait-elle user d'un stratagème aussi gros pour obtenir un rôle dans une tragédie grecque?

Monsieur Boulizon semblait aussi étonné que moi devant cette nouvelle Aimée Langevin qui sortait de nulle part. Il a commencé par ouvrir de grands yeux étonnés pour me jeter ensuite une espèce d'appel au secours silencieux. Elle avait peut-être commencé avant que j'arrive, il se sentait prisonnier, appelait à l'aide, voulait que je le délivre…

Moi aussi j'aurais bien aimé que quelqu'un vienne me délivrer!

Il s'est installé dans le fauteuil qu'Aimée avait poussé pour lui au milieu de la pièce, lui conférant ainsi une importance qu'il n'aurait pas dû avoir. Après tout, nous étions là pour travailler une scène des *Troyennes*, pas pour écouter parler un professeur d'histoire de l'art. Tout semblait converger vers ce fauteuil, cependant, même l'éclairage avait été retouché : il baignait dans un halo jaunâtre vaguement théâtral qui le rendait inaccessible, presque irréel, au centre de tout. Parlez, on vous écoute, au lieu de regardez-nous nous débrouiller en imbéciles que nous sommes. Autre flagornerie étonnante pour quelqu'un qui, partout ailleurs, donnait une impression d'indépendance et de liberté, qui s'imposait comme une meneuse, une chef de gang, une faiseuse de troubles. L'habitude de servir à la maison, de céder la place à des parents exigeants, l'obligation de les placer au cœur de tout? Ou alors la volonté de plaire à tout prix? La petite fille prête à tout pour se faire accepter? (Je vous ai demandé de venir à ma rescousse et vous prenez à mes yeux une importance exagérée…)

Je comprenais de moins en moins Aimée Langevin et ce que j'étais venue faire là. La mettre en valeur? Le mettre en valeur, lui? Servir de chaperon parce qu'Aimée osait inviter chez elle un homme beaucoup plus vieux qu'elle malgré les dictats et interdictions de ses parents? (Oui, même ça m'est venu à l'esprit tellement j'étais confuse.)

Guibou a toussé dans son poing, puis a ouvert son texte sur ses genoux. Il avait la même édition que nous et j'ai pensé que c'était Aimée elle-même qui lui avait fourni le livre. Elle n'en avait pas acheté deux, comme je l'avais cru, mais trois, prévoyant déjà demander à quelqu'un d'autre que moi de venir à son secours.

Monsieur Boulizon a parlé tout bas, comme pour appeler un certain recueillement dans ce soubassement habitué à des réunions plus bruyantes.

«Si vous voulez bien, nous allons commencer par faire une simple lecture du texte. À voix haute, bien sûr. Je ne vous demande pas de le jouer pour l'instant, seulement de le lire à haute et intelligible voix, du mieux que vous le pouvez, en articulant bien. Il faut beaucoup aimer un texte avant de le travailler.»

Aimée s'est évidemment imaginé qu'il avait voulu faire un jeu de mots avec son nom en utilisant le verbe «aimer» et a produit le rire le plus faux que j'avais jamais entendu de toute ma vie, quelque chose qui sortait à la fois du nez et de la gorge, qui descendait en cascades vrillées des notes hautes vers les notes basses, comme une roulade de chanteuse d'opéra, mais en plus fabriqué si la chose est possible. J'ai cru que Guibou allait se lever et se sauver sans demander son reste tellement le regard qu'il a jeté sur elle était affolé. A-t-il pensé la même chose que moi? S'est-il vu victime des attentions, des assauts d'Aimée Langevin et a-t-il frémi de terreur? À ce moment-là, à l'air qu'il faisait, j'aurais répondu que oui. L'homme qui réalise soudain qu'il est tombé dans un piège qu'il n'a pas vu venir est un spectacle bien triste à voir.

Quand elle s'est rendu compte à quel point elle était ridicule, Aimée a coupé son rire brusquement, mais on aurait plutôt dit qu'elle avait manqué d'air, qu'elle allait s'étouffer d'une seconde à l'autre, surtout qu'elle était devenue d'un beau rouge brique qui suggérait plus l'apoplexie que l'embarras.

Guibou a fait comme si de rien n'était, nous a répété sur le même ton que nous pouvions commencer.

Aimée parlait la première. Hécube disait : « Pauvre patrie ! », Andromaque, moi, ajoutait : « Je te quitte en pleurant ! » et ainsi de suite sur une vingtaine de répliques. Ce n'était pas une scène longue, mais c'était difficile parce que ça partait d'une douleur plutôt générale (celle de perdre sa patrie) pour se diriger rapidement vers des souffrances plus personnelles, plus cuisantes (les maris, les frères, les fils, morts, des héros immenses réduits à rien, l'amour envolé à jamais). C'était bouleversant et ça demandait d'immenses actrices.

Aimée a attaqué ça... Je ne sais pas comment décrire ce qu'elle a fait avec sa première réplique, j'ai peur de manquer de vocabulaire ou de précision. C'était un peu le pendant de son rire, mais sur le mode tragique. À l'intérieur d'une phrase très courte (deux mots) elle a réussi à moduler une myriade de sons tous plus tragiques, tous plus étirés, tordus, miaulés les uns que les autres. Son « pauvre » était étalé sur plusieurs secondes, montait, descendait, tremblotait, alors que son « patrie » était livré comme un coup de fusil ou, plutôt, comme un pet qui lui aurait échappé : « Pôôôôôôôvre ptr ! » À la fin de sa performance – c'en était une, complète, qui contenait déjà à elle seule la totalité de la tragédie, la pièce aurait pu s'arrêter là –, Aimée a levé les yeux vers Guibou, en quête d'un compliment qui, bien sûr, est-il besoin de l'ajouter, ne vint pas.

Je ne savais pas si je devais continuer, ajouter ou non mon « Je te quitte en pleurant » sans le jouer comme nous l'avait demandé monsieur Boulizon. Devais-je plutôt la suivre, elle, dans son interprétation déjà hallucinée, faire une folle de moi parce que jamais, au grand jamais, je n'arriverais à la cheville du ridicule que venait d'atteindre Aimée ?

Les yeux ronds comme un chat qui fait pipi, catastrophé, Guibou a levé la main avant que j'enchaîne.

« Aimée, je vous avais demandé de ne pas inter-préter notre première lecture de la scène... »

Elle a encore une fois tapoché des yeux, elle a encore une fois produit son maudit sourire si énervant.

«Mais je l'ai tellement travaillée, monsieur Boulizon, je ne sais pas si je suis capable de revenir en arrière…»

Il a posé ses mains bien à plat sur le livre, à l'évidence pour s'empêcher de la gifler.

«Essayez, Aimée. Faites comme si c'était la première fois que vous la lisiez.»

Elle a haussé les épaules en enfant gâtée, l'air de dire c'est bien la première fois qu'on me demande de régresser au lieu d'avancer… Elle s'est même permis un petit soupir d'exaspération. La diva, déjà! Et tout ça pour aller passer une audition avec l'espoir d'obtenir un rôle presque muet dans un lieu théâtral sans doute à peine mieux aménagé que celui-ci!

«Vous pouvez prendre une minute pour vous concentrer, si vous voulez…

— Non, non, c'est correct, je vais lire tout ça sans expression, sans âme, sans même une seule intonation, puisque c'est ce que vous voulez!»

Je l'aurais frappée. Vraiment. Je me serais levée de mon fauteuil et je serais allée lui imprimer ma main dans le visage. Pourquoi est-ce que je ne suis pas partie tout de suite, alors qu'il en était encore temps? Je dois avouer qu'arrivée à ce point, je crois qu'une certaine curiosité malsaine y était pour quelque chose, une volonté, sûrement inconsciente mais très forte, de voir jusqu'où me mènerait cette histoire absurde, cette aventure si inattendue dans ma vie jusque-là contrôlée, policée, réglée. Je m'étais laissée embarquer dans une équipée ridicule, tant pis pour moi, j'allais boire la coupe jusqu'à la lie.

Aimée m'a jeté un rapide coup d'œil, comme à une subalterne sans importance (mais là, je crois que j'exagère, que j'extrapole, elle n'était quand même pas si monstrueuse…).

«On y va. Et n'oublie pas de ne pas jouer!»

Cette première lecture s'est plutôt bien déroulée. Du moins à mon avis. Le fait d'entendre le texte lu par deux personnes me le rendait plus limpide, plus accessible. Malgré le fait qu'étaient nommés des personnages dont je ne savais toujours rien, Ajax, Achille, Polyxène, et qui ne m'intéressaient pas – j'avais manqué le cours d'histoire de Troie que Guibou venait de donner à Aimée –, la douleur des deux femmes, exprimée à haute voix, envahissait tout, on oubliait le reste, on sentait leur angoisse d'avoir à partir, leur souffrance de se retrouver seules en pays inconnu chacune de son côté, coupées de tout ce qu'elles avaient connu, aimé, possédé.

Je pouvais m'identifier à cette solitude, à cette détresse d'être isolée dans un monde qui n'est pas pensé pour nous et qui nous repousse. Moi aussi j'avais été jetée sur un rivage pour lequel je n'étais pas faite. Ma tragédie n'avait pas changé l'histoire du monde comme la guerre de Troie, on n'en parlerait sûrement pas dans deux mille ans, mais il fallait quand même que je la vive, moi, au jour le jour, que je la traverse jusqu'au bout, et sans le soutien d'un auteur grec pour l'exprimer!

Jamais je n'arriverai, même dans mes rêves les plus fous, c'est bien évident, à traduire par écrit comme je le voudrais le trou dans mon âme, le pincement au cœur qui ne me quitte pas parce que j'ai toujours sous les yeux ce que la société considère comme la norme, le désespoir devant une chose définitive, une tare physique qui ne changera pas et, donc, à me soulager comme j'en ai tant besoin. Tous ces cahiers qui traînent dans mon placard m'ont-ils fait du bien? Ce que je jette sur le papier depuis une semaine, ce récit détaillé de ce qui m'a conduite au théâtre des Saltimbanques un lundi après-midi de janvier, ce ramassis de petites tragédies et de grandes bouffonneries servira-t-il à quelque chose, ou ne devrais-je pas plutôt me contenter de me consoler en lisant *Les Troyennes* et m'en tenir à ce qui est à ma portée plutôt que de me lancer dans des aventures qui ne sont pas pour moi, le théâtre, l'écriture?

Bien sûr, ce n'est pas à ça que je pensais en lisant la scène devant monsieur Boulizon. J'étais trop occupée à dire mes répliques le plus simplement possible, à essayer de ne pas buter sur les mots, surtout sur les noms de personnages, à bien prononcer parce qu'on ne parle pas sur une scène comme on le fait dans la vie. Mais tout ça était là, dans le texte, exprimé deux mille ans avant ma naissance, avec une clarté confondante, ma solitude à moi, ma douleur à moi. Pourquoi se donner la peine d'écrire après tant de beauté?

Après la dernière réplique d'Aimée, Hécube qui disait: «Comment peut-on, ma fille, comparer vie et mort? L'une est néant, l'autre admet encore l'espérance», il y a eu un silence dans le sous-sol des Langevin qui, lui aussi, entendait une tragédie grecque pour la première fois. Monsieur Boulizon s'est essuyé le front avec un grand mouchoir blanc comme on en voit souvent dans les films français.

J'ai pensé qu'on avait été en dessous de tout, qu'il allait se sauver en courant, qu'on serait obligées de se débrouiller toutes seules…

Mais, chose étrange parce que, après tout, c'est elle qui passait l'audition, ce n'est pas Aimée qu'il a d'abord regardée, c'est moi.

Et c'est à moi qu'il s'est adressé en premier.

«On va recommencer ça. Et cette fois, Céline, pouvez-vous essayer de ne pas rouler vos r? Et d'abandonner votre accent montréalais?»

Moi, je roulais mes r? Moi, j'avais un accent montréalais?

Le choc fut grand, mais je ne laissai rien transparaître. Je me contentai de dire poliment: «Oui, monsieur Boulizon», baissai la tête sans rien ajouter. Et je serais bien en peine d'expliquer dans quelle langue j'ai baragouiné la scène des *Troyennes* la deuxième fois. Probablement un sabir incompréhensible d'où tout r était absent: «Un aut'e Ajax, hélas, au'a su'gi!», avec un accent sorti de ce que j'avais retenu des films français qui passent à la télévision, Pierre Larquey ou Jean Tissier disant du Euripide! J'étais énervée, perturbée au point que je ne me souviens de rien. Ai-je lu le texte imprimé dans le livre? N'ai-je pas plutôt proféré des incantations incompréhensibles tirées des manuscrits de la mer Morte? Je ne le saurai jamais. Ce devait être grotesque, tellement, d'ailleurs, que Guibou ne m'a rien dit à la fin de cette lecture qui m'avait fait monter le sang à la tête et laissée essoufflée, pantelante. Il n'a même pas regardé dans ma direction. Il s'est concentré sur l'interprétation d'Aimée – rose de plaisir de voir l'attention enfin revenue sur elle –, lui prodiguant conseils et trucs, lui disant où respirer, lui recommandant de ne pas aller trop vite, sinon elle avalait des mots, etc.

Moi, pendant ce temps-là, est-ce que j'avalais mes mots au point qu'ils devenaient inaudibles? Était-je inécoutable jusqu'à en être devenue invisible?

Comme d'habitude, dans ces moments où j'ai l'impression de cesser d'exister tant je me trouve nulle, je me suis revue avec un sac de papier brun sur la tête et, oui, je l'avoue, je me suis dit une fois de plus que c'était tant mieux comme ça, que je dérangerais moins, que je serais moins dans le chemin des autres, qu'une naine sans talent était exactement ce dont Aimée avait besoin pour aller passer sa maudite audition. À côté de moi, elle aurait l'air d'Edwige Feuillère et le jeune metteur en scène lui offrirait au moins Andromaque sinon Hécube!

Je les ai regardés travailler en essayant de me faire oublier.

Je savais bien que j'avais un accent, je ne suis pas idiote. Mais un accent *montréalais*? Avec les r roulés? Ça, j'avoue que je ne m'étais jamais posé la question. À bien y penser, oui, nous roulons tous nos r à la maison... Et les religieuses qui m'ont enseigné aussi (et comment, elles réussissaient presque à introduire des r dans des mots qui n'en contenaient pas!). Après tout, un enfant répète ce qu'il a entendu, c'est normal. Un Français né ici parlerait comme moi. C'est un mauvais exemple, un Français né ici ne serait pas Français et ne parlerait donc pas comme un Français, c'est évident. Mais c'est drôle d'imaginer un Français capable de s'exprimer comme moi... En tout cas, il aurait honte devant ses compatriotes, c'est sûr!

Quand j'étais enfant, les seuls Noirs que j'avais vus, par exemple, étaient des acteurs américains ou des musiciens de jazz à la télévision; je croyais donc que tous les Noirs venaient des États-Unis et parlaient anglais en venant au monde. Quand j'ai vu mes premiers Haïtiens dans le tramway Papineau, j'ai eu un choc qui a duré plusieurs jours. Papa m'avait alors expliqué qu'Haïti était un pays où on parle le français, comme dans plusieurs pays d'Afrique, aussi, qui appartiennent ou ont appartenu à la France ou à la Belgique. Il m'avait expliqué que tous les Noirs du monde viennent originellement d'Afrique. Je lui avais demandé : «Ça veut dire que si on adoptait un enfant noir, il parlerait comme nous autres?» Il m'avait répondu que oui, en ajoutant : «Si on adoptait un enfant jaune aussi! Tu comprends, c'est de nous autres qu'il apprendrait à parler, il répéterait ce qu'on dit, de la même façon, avec les mêmes intonations... Avec le même accent...» J'avais peut-être cinq ans, je ne connaissais pas ma propre différence qui ne s'était pas encore mani-festée et j'étais incapable d'imaginer un petit noir ou une petite jaune qui parlait comme moi. Encore aujourd'hui, d'ailleurs : quand Babalou – on dit de lui qu'il est le fils illégitime du consul du Brésil ; il est noir comme l'ébène et c'est un des plus beaux êtres humains que j'aie jamais vus de toute ma vie –, déguisé en quelconque vahiné, maquillé, teint, complètement refait, chante une chanson de la Bolduc, avec turlutage, onomatopées et tout, les deux bras m'en tombent tellement je trouve ça absurde. Il faudrait pourtant que je m'y habitue, il y en aura peut-être de plus en plus dans l'avenir.

Et voilà qu'à vingt ans, on venait de me faire comprendre que non seulement je roule mes r, mais qu'en plus les Montréalais parlent différem-ment des habitants de Québec! Ou plutôt non, ça je le savais, je m'en étais rendu compte quand nous étions allés visiter la sœur de ma mère à Qué-bec, mais à ma grande honte, je dois avouer que je croyais que c'étaient eux qui avaient un accent, pas moi!

J'étais donc la norme pour moi mais une excep-tion à Québec? Et pour monsieur Boulizon? Et pour le reste du monde? Quand les Français me reprenaient, au restaurant, représentaient-ils la norme absolue ou seulement pour eux? Est-ce que la seule vraie façon de prononcer les mots étaient la leur? Et jouer Euripide avec mon accent comme je venais de le faire était-il vraiment un crime? Obliger Aimée Langevin à se débloquer la mâchoire pour produire un «Lourd est le joug de la nécessité» qui semblait sortir d'un téléthéâtre produit en France était-il la seule façon pensable d'interpréter Hécube? Si quelqu'un osait monter *Les Troyennes* dans mon accent, est-ce que ce serait un scandale? Et dans sa propre langue, Hécube elle-même avait-elle un accent? Un accent troyen? Différent de l'accent de ses ennemis, les Grecs? Allait-on se moquer de son accent troyen là où elle servirait d'esclave?

Si j'avais été seule, j'y aurais réfléchi plus sérieusement, mais j'avais du travail à faire, une future actrice à mettre en valeur, une nouvelle amie à soutenir dans ce qui pourrait très bien s'avérer une épreuve difficile, alors je me suis rangée du côté de la norme qui m'était imposée, encore une fois, et j'ai écouté monsieur Boulizon indiquer à Aimée où mettre l'accent tonique et comment bien prononcer les mots.

Et je n'y ai plus repensé avant aujourd'hui, alors que la Duchesse et ses congénères sont justement en train de beugler des vers de Racine dans un joual des plus réjouissants à entendre: «Pour qui sont ces sarpents qui sifflent sus nos taïtes?».

J'aimerais bien avoir eu leur courage.

Je ne sais pas comment s'est terminée la répétition avec Aimée et Guibou. Je ne me souviens d'à peu près rien. Je revois Aimée, debout, qui lève le bras vers le plafond, les yeux révulsés, le menton tremblotant, mais je ne suis pas convaincue que ça se soit vraiment passé, c'est peut-être un souvenir que je me suis inventé pour occulter les autres, les vrais, les enfermer à double tour dans un coffre-fort enfoui quelque part dans ma mémoire et dont j'espère ne jamais retrouver la clef... Je préfère ne pas savoir ce qui s'est passé, surtout après ce que m'a dit monsieur Boulizon avant de partir. Ça, oui, je m'en souviens. Je suppose qu'on se souvient toujours des avertissements du destin. Monsieur Boulizon, en fin de compte, aura été ma Cassandre à moi. Que je n'ai pas écoutée, bien sûr, puisque c'est le sort des Cassandre de crier dans un monde de sourds.

Nous avions fini de répéter, Aimée semblait ravie, elle roucoulait en tournant autour de monsieur Boulizon – ce qui était plutôt difficile vu l'encombrement de la pièce –, moi j'essayais de sortir de ma torpeur. Avais-je seulement donné la réplique, avais-je été utile à quelque chose? En tout cas, j'avais une fois de plus cessé d'exister. Personne ne me parlait. En fait, Aimée était la seule à parler et forçait un peu la note en montrant un enthousiasme pour le moins exagéré. Debout au milieu de la pièce, les mains dans les poches de sa veste de laine aux coudes renforcés par des morceaux de cuir, à l'évidence pressé de partir, de sacrer son camp de ce piège à rat là où il n'aurait jamais dû mettre les pieds, Guibou attendait qu'Aimée nous fasse comprendre que la séance était terminée pour se jeter dans l'escalier qui menait au rez-de-chaussée. Mais elle nous gardait là tous les deux, pérorait, tournoyait dans la pièce, nous montrait des souvenirs de la famille Langevin qui ne nous intéressaient pas, photographies, œuvres d'art et *tutti quanti*, témoignages pathétiques d'une famille sans grandeur mais qui voulait prouver qu'elle avait existé. Voulait-elle nous retenir pour ne pas rester seule avec sa petite maman *qui avait deux mots à lui dire*, retarder l'échéance d'une conversation qu'elle anticipait avec frayeur et qu'elle aurait voulu reporter, c'est le cas de le dire, aux calendes grecques?

Guibou finit par prendre l'initiative et se dirigea tout à coup vers l'escalier en regardant sa montre.

«Vous allez m'excuser, toutes les deux, mais j'ai un cours à neuf heures, demain matin.»

Aimée fit celle qui ne comprenait pas.

«Voyons donc, monsieur Boulizon, il n'est même pas dix heures!»

Comment répondre à une telle niaiserie sans être impoli? Il le fut, mais avec élégance.

«Je dois le préparer et je suis en retard.»

C'était faux, évidemment, nous le savions, Guibou donnait les mêmes cours depuis des années, il devait les connaître par cœur. Aimée se rendit à son argument, mais on sentait qu'elle en cherchait un elle-même pour nous garder plus longtemps dans son antre étouffant.

À court d'idées, elle finit par grimper l'escalier en essayant de faire froufrouter sa jupe trop serrée pour cela. (Elle portait volontiers la mini-jupe, invention diabolique qui n'était pas du tout faite pour les femmes de son gabarit.)

J'allais passer devant Guibou, m'engager dans l'escalier, lorsqu'il m'a retenue par le bras.

Il a attendu qu'Aimée ait quitté le sous-sol en criant : «J'arrive, petite maman!» avant de me demander :

«Vous êtes sûre, Céline, que vous voulez passer cette audition?»

J'ai très bien compris les implications de ce qu'il venait de me dire. Toutes. Mais j'ai répondu à côté de la question, j'ai emprunté un chemin tortueux pour m'empêcher de réfléchir.

«Ce n'est pas moi qui passe l'audition, monsieur Boulizon, vous le savez bien, c'est Aimée. Moi, je ne suis que la réplique.»

Il m'a regardée pendant de longues secondes. Il savait que j'avais compris ce qu'il voulait me dire, il avait le choix de me laisser faire à ma guise ou de se porter à mon secours.

Il a fait les deux ou, plutôt, il a visé entre les deux, et c'est, je crois, ce qui m'a perdue. S'il m'avait défendu de me présenter à l'audition, je lui aurais obéi, j'avais besoin que quelqu'un le fasse, que quelqu'un me brasse, me sorte de ma torpeur, me mette le nez devant mon problème parce que j'étais trop lâche pour y faire face. Au lieu de cela, il m'a laissée libre.

«À votre place, je sais ce que je ferais.»

Ce n'était pas assez clair, ce n'était pas assez péremptoire. Ce n'était pas un ordre. J'avais besoin, encore une fois, qu'on me donne un ordre!

Je souhaite à Cassandre d'avoir été plus articulée, plus évidente dans ses prédictions!

Madame Langevin nous avait préparé un lunch!

Un plat de sandwiches à l'anglaise, triangulaires, sans croûte, nous attendait sur la table à café du salon, accompagné d'une théière fumante et d'un assortiment de mignardises, de petits fours et de sablés. Alors que tout ce que nous voulions, monsieur Boulizon et moi, c'était de disparaître le plus vite possible de cette maison, nous sauver en courant pour ne plus jamais y revenir!

La mère d'Aimée elle-même était installée dans un énorme fauteuil à oreilles qui lui donnait l'air d'une vieille poupée abandonnée par des petites filles négligentes d'une autre époque. Ses pieds ne touchaient pas le sol, mais ça ne semblait pas la déranger. Elle devait penser qu'elle avait assez d'autorité naturelle pour qu'on passe par-dessus un détail aussi trivial. Moi, je m'assois toujours sur l'extrême bord des fauteuils, juste sur une fesse s'il le faut, pour sentir le plancher, au moins, au bout de mes pieds, sinon je suis mal à l'aise parce que je pense que tout le monde va se concentrer sur mes jambes trop courtes. Pas elle, semble-t-il. La coiffure retouchée, les bijoux bien en vue et nombreux, le sourire figé dans un visage où tout sonnait faux, elle était un reproche vivant, le comble du savoir-vivre qui exige qu'on reçoive bien les étrangers même si on n'a pas envie de les voir *et qu'on a deux mots à dire à sa fille*. Et Guy Boulizon, professeur d'histoire de l'art par-dessus le marché, était un *vrai* étranger! Si j'avais été la seule invitée, je n'aurais probablement même pas eu droit à une tasse d'eau chaude citronnée! (Pourquoi elle recevait un Français autour d'une tradition anglaise, et à la mauvaise heure en plus, ça, il faudrait le lui demander. À moins que ce ne soit parce qu'elle avait préparé ça à toute vitesse, à la dernière minute, que c'était tout ce qu'elle avait pu trouver dans le fond de son frigidaire. Pourtant, les mignardises suggéraient le contraire... Elle ne gardait quand même pas des restes de mignardises dans son armoire!)

Après de courtes protestations de la part de Guibou – madame Langevin ne voulait rien entendre, on sentait qu'il n'était pas question qu'elle se soit donné tout ce mal pour rien –, nous nous sommes retrouvés autour de la table à café, et Aimée, en bonne fille qui a bien appris sa leçon, a versé le thé pendant que nous la regardions en silence parce que personne n'avait rien à dire à personne. C'était guindé, froid, cérémonieux pour rien – un sandwich au jambon haché et une tasse de thé en poche aurait amplement fait l'affaire –, mais on savait recevoir chez les Langevin et, surtout, on voulait que ça se sache et que ça se répande jusque dans le cercle fermé et snob des Français de Montréal.

Monsieur Boulizon mordillait du bout des dents un sandwich au roastbeef froid plein de nerfs – je le savais, je venais d'en essayer un –, pendant que je me battais avec un morceau de jambon cuit qui goûtait encore l'agent de conservation tellement il avait été vite jeté entre deux tranches de pain Weston. C'était à la fois sec, le pain, et mouillé, le jambon, si la chose est possible. Le pain collait au palais, il fallait tortiller la langue pour le déloger, j'ai failli m'étouffer à deux reprises, sauvée de justesse par le thé trop chaud qui m'a laissé une brûlure à la gorge et un aphte au bout de la langue.

Aimée a bien essayé d'animer un peu la conversation, mais personne autour de la table n'avait envie de lui répondre: nous lui en voulions tous pour une raison ou pour une autre. Alors elle souriait. Aux anges. En fixant un point du mur où courait une fissure qu'on avait essayé de dissimuler derrière une œuvre d'une des filles Langevin qui représentait quelque chose, une excroissance velue brun foncé, virile, indécente, issue d'un cerveau malade et que madame Langevin devait détester. Comment ce tableau avait-il abouti là? Pour passer le temps, j'essayais d'imaginer la scène:

«Tu vas me passer sur le corps avant d'accrocher ça là, toi!

— Mais il faut cacher la craque, maman!

— On la cachera avec autre chose!

— Mais c'est moi qui l'ai fait!

— Justement!

— Et tes grands discours sur la liberté d'expression, qu'est-ce que tu en fais?

— La liberté d'expression, ma petite fille, ça ne se situe pas toujours en dessous de la ceinture!»

J'étouffais mon fou rire dans ma tasse de thé. Parce que, bien sûr, pour moi, l'auteur de ce tableau hideux ne pouvait être que mon amie Aimée.

Madame Langevin a bien posé quelques questions au grand étranger de passage, ornement inattendu en ce soir de semaine de son salon que ses voisins, échaudés, devaient éviter comme la peste, mais elles étaient tellement générales que les réponses furent laconiques et teintées d'une impatience mal dissimulée que la maîtresse de maison vit très bien même si elle joua l'innocence. La tension se mit à monter dans la pièce aux meubles trop gros. Monsieur Boulizon, pourtant si généreux, fulminait au-dessus de sa tasse de thé, madame Langevin regardait sa fille avec des poignards dans les yeux, Aimée faisait l'idiote, mais en silence, ce qui était à la fois un tour de force et d'un grand ridicule; quant à moi, d'abord exaspérée, j'avoue que je commençais à m'amuser et que j'aurais voulu que la soirée continue. Jusqu'à une explosion finale, laide, tonitruante, violente? Peut-être bien.

Ce fut Guibou lui-même, en fin de compte, qui mit fin au malaise, comme au sous-sol, quelques minutes plus tôt. Il en avait assez de jouer les invités polis, il voulait retrouver l'air pur de la rue Masson, la neige, la sloche, le froid, n'importe quoi pourvu que ce ne soit pas chez les Langevin, et il se leva tout d'un coup, après avoir expédié sa dernière tasse de thé, heureusement refroidie, en une seule gorgée.

«Cette fois, il faut vraiment que j'y aille. Merci beaucoup pour cette… cette intéressante soirée, Aimée, madame Langevin… Et vous, Céline, je vous reverrai au restaurant…»

Il n'avait tout de même pas envie de me laisser seule avec deux femmes qui allaient d'un moment à l'autre, ça se sentait, s'engueuler comme des gorgones enragées? Il comprit mon air suppliant parce qu'il ajouta aussitôt:

«Je crois que vous n'avez pas de voiture, Céline… Vous voulez que je vous raccompagne chez vous?»

J'ai sauté sur l'occasion comme un chien errant sur une poubelle de restaurant.

Madame Langevin ne s'est pas levée pour venir nous reconduire à la porte, elle est restée juchée sur son fauteuil, encastrée dans le velours, la tasse de thé sur les genoux, raide et bouillonnante de rancœur. Peut-être qu'elle ne voulait pas qu'on la voie sauter en bas du fauteuil ou glisser en raidissant les jambes, parce que c'est ce qu'elle aurait à faire, je suis bien placée pour le savoir. Elle nous adressa un dernier sourire figé, un signe de tête qui ne voulait rien dire, et nous regarda sortir de la pièce, probablement encore plus soulagée que nous.

Dans l'entrée, Aimée m'a embrassée en me disant:

«Merci beaucoup, Céline. Je pense qu'on a bien travaillé.»

Bien travaillé? La seule chose dont j'étais sûre, c'est que je n'avais pas roulé un seul r de toute la seconde partie de la soirée!

Ai-je besoin d'ajouter que le court voyage entre Rosemont et le Plateau-Mont-Royal ne fut pas des plus guillerets?

Nous aurions pu rire de ce qui venait de se produire, les sandwiches pas mangeables, la conversation inexistante, l'œuvre d'art grotesque sur le mur que j'avais surpris Guibou en train de regarder à un moment donné, la petite maman, et même la répétition… Mais nous n'étions pas assez intimes pour nous permettre cette familiarité, chacun de nous ne sachant pas si l'autre pensait la même chose, avait réagi de la même façon, senti les mêmes malaises. Monsieur Boulizon croyait peut-être qu'Aimée et moi étions de grandes amies, moi-même j'ignorais le degré exact de leurs relations. Était-elle son étudiante favorite, la trouvait-il géniale dans son interprétation d'Hécube? C'était peu probable, mais on ne sait jamais… Nous restions donc tous les deux sur notre quant-à-soi, lui les yeux rivés sur la rue parce qu'il s'était remis à neiger, une neige de janvier, toute en rafales, moi le nez collé à la fenêtre, à ma droite, mon éternelle incertitude lovée autour du cœur.

J'ai passé ma vie à être incertaine de tout. Des sentiments des autres à mon égard (sympathie, pitié, dégoût?), des miens pour eux. Je passe souvent à travers des périodes d'hostilité et de colère tellement fortes qu'elles me rendent intolérante, injuste et me font dire et faire des choses que je regrette, mais trop tard. J'en veux au monde entier et ceux qui s'adonnent à passer près de moi à ce moment-là payent pour les autres. Incertaine des choix que j'ai faits, de ceux que j'ai à faire, du bien-fondé de mes décisions, je ressasse pendant des mois des niaiseries qui ne valent pas la peine qu'on s'y attarde cinq minutes (ce carnet que je noircis depuis quelques jours en fait foi), je garde rancune pour des idioties et je nourris des plans de vengeance jamais assouvis parce que je ne suis pas une violente.

J'emmagasine. J'accumule. Je rumine.

Et c'est ce que je faisais dans la voiture de monsieur Boulizon : je ruminais. Pas seulement la soirée qui venait de se terminer, les raisons de son existence, aussi, ce qui m'avait poussée à accepter qu'elle se déroule, que le maudit projet d'audition au théâtre des Saltimbanques soit encore suspendu au-dessus de ma tête, que je me laisse emporter, caler, me noyer dans une situation que je n'avais pas choisie, que j'avais laissée se développer et que je pourrais annuler d'un seul coup de téléphone si je le voulais. Manque de courage? Goût de l'aventure? Simple besoin de changement comme je l'ai écrit au début de ce texte? N'importe quoi, même le danger, pourvu que ce soit autre chose, pourvu que ce soit différent?

Et si Aimée avait eu raison? S'il existait quelque part au fond de moi un vieux reste de rêve jusque-là étouffé devant l'impossibilité d'imaginer une actrice, une grande actrice, une actrice sérieuse avec mon physique? Une petite Phèdre. Une petite Blanche Dubois, une Hécube naine. Mais non. J'avais beau fouiller, je ne trouvais pas de période de ma vie où j'aurais rêvé de monter sur une scène. De toute façon, je me serais empêchée d'y rêver, je me suis censurée tellement souvent! Justement! C'est ça! Cherche! Fouille! T'es-tu empêchée de faire ce rêve, comme tant d'autres que tu pourrais nommer, parce que tu savais dès le départ qu'il était irréalisable? Tu prétends avoir hésité avant d'accepter le projet d'Aimée, mais si c'était faux? Si tout ce temps-là tu avais su que tu allais dire oui? Regarde derrière tes agissements, en dessous, à côté.

Le froid de la vitre mouillait mon front, ça me faisait du bien. J'ai fermé les yeux au moment où nous traversions de Lorimier. J'ai revu maman, un dimanche après-midi, alors que nous passions devant le Palais des Nains, sur la rue Rachel, après une marche au parc Lafontaine. Elle me tient la main. Elle se penche vers moi, me montre le Palais des Nains où, dit-on, tout est proportionné au physique de ses habitants et dont j'ai passé une partie de mon enfance à rêver que j'y habitais. (De petits meubles. Une petite cuisine. Une petite salle de bains. Un petit téléphone, les téléphones étaient tellement lourds quand j'étais enfant! Une maison de poupée à mon échelle. Et pour quelques sous, on pouvait visiter tout ça, s'amuser de l'exiguïté de la cuvette des toilettes, de l'étroitesse des lits. Évidemment, on m'en avait toujours interdit l'accès.) Elle parle. Son haleine sent déjà le rye. Déjà. Le rye. «C'est épouvantable de se donner en spectacle comme ça. Faire payer le monde pour leur montrer comment vivent les nains! Promets-moi que tu feras jamais ça, toi. Que tu me feras jamais honte comme ça. Promets-le!» Est-ce que j'ai étouffé quelque chose à ce moment-là, un besoin, une chimère jamais assouvie depuis? Est-ce que j'ai enfoui à jamais un rêve pour plaire à ma mère?

Je croyais en toute honnêteté que la réponse était non, mais j'ai entrevu pendant un court instant non pas un instrument de vengeance contre ma mère, ce serait exagéré, mais disons une curiosité de savoir ce qu'elle dirait si elle apprenait un jour que sa fille au physique si particulier allait monter sur les planches, exhiber sa honte à elle, le grand échec de sa vie, au vu et au su d'un public payant. Tout ce temps-là, est-ce que c'est sa honte à elle que j'ai transportée sur mes épaules, que j'ai laissée me détruire?

J'allais trop loin. Il fallait éviter à tout prix d'envisager ce genre de considérations, les implications en étaient trop inquiétantes.

De toute façon, une fois de plus, ce n'est pas toi, Céline, qui vas passer l'audition, c'est Aimée Langevin!

Ça aussi, si j'y réfléchissais…

Nous étions arrivés devant chez moi. La maison à trois étages, l'escalier extérieur, le balcon où j'avais traversé en solitaire les étés de mon enfance, le siège de toute ma vie. Où rien n'était pensé pour les petites personnes. J'espérais que monsieur Boulizon parte tout de suite, qu'il ne me verrait pas me tenir à la rampe pour grimper chaque marche trop haute pour moi. Mais il m'avait déjà vue monter un escalier chez Aimée et je n'y avais pas pensé, alors pourquoi est-ce que ça devenait important maintenant?

J'ai ouvert la porte, j'ai remercié monsieur Boulizon de m'avoir raccompagnée, je lui ai demandé d'excuser mon silence, une migraine m'avait prise aussitôt sortie de chez Aimée… Il a fait comme s'il me croyait et je lui en ai su gré. Avant que je referme la porte, il s'est penché pour que je voie bien son visage.

«Pensez bien à ce que je vous ai dit, Céline.»

Y penser? Je vais probablement le ruminer pour le reste de mes jours, en rajouter, l'embellir, l'interpréter, le soupeser, en tirer des conclusions contradictoires, les analyser à leur tour à m'en rendre malade!

Le matin de l'audition, c'est la douleur qui m'a réveillée. Comme d'habitude, je savais vaguement depuis un bon moment que j'avais mal. Mes dernières heures de sommeil avaient été traversées de coups de poings au ventre et de douleurs situées autour du plexus solaire. Quelques secondes avant d'ouvrir les yeux j'ai souhaité, encore une fois, que cette période du mois n'existe pas: pour ce que ça servait, au fond… Le rêve de devenir mère de famille un jour valait-il toutes ces souffrances? Mes règles ont toujours été difficiles, au point même que j'ai dû consulter plus souvent qu'à mon tour des fumistes qui jonglaient avec les mots parce qu'ils ne savaient pas quoi me dire. D'abord en compagnie de ma mère quand j'étais trop jeune, ensuite toute seule comme une grande fille. Pour me faire chanter des généralités ou des idioties, bien sûr. On m'a dit d'endurer, qu'il n'y avait rien à faire, que chez certaines femmes c'était comme si elles mettaient au monde un enfant chaque mois (bel avenir en perspective), on m'a parlé d'un bassin trop étroit, ou mal formé à cause de mon physique particulier, on a supposé que c'était de l'endométriose et que ça allait passer quand j'aurais un enfant (c'est commode pour une fille de quatorze ans), on s'est surtout débarrassé de moi en me conseillant les célèbres et surfaites Midol, en m'en chantant les bienfaits et vertus: c'était la panacée, le cadeau tombé du ciel pour les femmes qui traversaient *cette période du mois.*

C'est donc presque pliée en deux que je me suis rendue à la salle de bains. J'avais demandé ma demi-journée à Nick, promettant que je serais au poste pour midi, Janine avait accepté d'assurer le déjeuner toute seule. Une chance, parce que j'aurais été bien incapable de commencer ma journée au restaurant pour ensuite me rendre avec Aimée au théâtre des Saltimbanques. J'ai pris une douche presque brûlante – des fois ça fait du bien –, j'y suis restée longtemps, ceux qui allaient suivre m'en voudraient, mais tant pis. J'entendais déjà une de mes sœurs me crier à travers la porte que l'eau chaude ne provenait pas directement du fleuve Saint-Laurent, mais rien de tel ne s'est produit, il était trop tôt, ils dormaient tous du sommeil du juste.

J'ai tiré le petit banc qu'on laisse sous l'évier à mon intention, j'ai essuyé la vapeur sur le miroir de la pharmacie qu'on a toujours refusé d'abaisser de quelques pouces parce que personne dans la famille ne voulait avoir à se pencher pour s'admirer dedans. Mon Dieu! Quelle tête! Des poches sous les yeux eux-mêmes injectés de sang, le pli de douleur qui barrait le front, la bouche amère parce qu'il est difficile d'avoir l'air normal quand une tringle de fer vous fouille le bas-ventre. Ce n'était tout de même pas ça qui allait vendre le talent d'Aimée Langevin aux Saltimbanques! Le sac de papier brun sur la tête, encore une fois. Là aussi il faudrait que je me fasse oublier. J'ai repassé mon texte en me brossant les dents, une deuxième fois en me brossant les cheveux, toujours ternes et raides, du moins me semble-t-il, pendant mes menstruations.

Quand j'ai eu fini de me maquiller, j'étais à peu près potable. J'avais dissimulé les poches sous mes yeux, ravivé mes lèvres avec le rouge que je garde pour les grandes occasions, imposé un semblant de forme à mes cheveux, réveillé mes yeux avec du rimmel.

Deux Midol – tant pis pour les effets secondaires qu'on m'avait d'abord cachés –, mes bottes, mon manteau, mes gants, mon chapeau de fourrure, mon foulard pour me protéger la moitié du visage, et me voilà partie. J'avais décidé de me rendre au restaurant à pied, j'aurais donc un grand tronçon de la ville à traverser dans le froid glacial de janvier. La marche me ferait peut-être du bien. Au début, j'avançais un peu courbée tellement j'avais mal, puis, effet des médicaments ou de la marche, la douleur s'est un peu estompée pour se réduire ensuite à une présence sourde mais pas trop souffrante au bas-ventre, et j'ai accéléré le pas. Quand je suis arrivée à la rue Rachel, aux abords du parc Lafontaine, j'avais presque oublié la calamité mensuelle et, je dois l'avouer, je fredonnais sans trop m'en apercevoir «Que c'est beau, c'est beau la vie…»

Il n'y a rien de plus beau au monde que le parc Lafontaine un matin d'hiver après une grosse neige. La souffleuse venait de passer, les allées étaient bien déblayées, les ombres portées des bancs de neige avaient pris une belle couleur bleu intense, ça crissait sous mes pieds, mon haleine produisait une buée qui s'élevait dans l'air glacé. J'étais la seule tache de couleur dans l'immensité blanche, une petite silhouette trottinante qu'on aurait facilement prise pour un enfant qui faisait l'école buissonnière sans savoir où se réfugier pour passer le temps. Habillée chaudement, comme ça, emmitouflée sous des couches de lainages et de coton ouaté, on me prend souvent pour un enfant. Surtout si, comme ce jour-là, je cache mon visage derrière ce que ma grand-mère appelait «un nuage de laine». Mais je n'ai croisé personne de toute ma traversée du parc. Parfois le vent était si fort que je devais lui tourner le dos. Les branches craquaient, s'agitaient, mais les arbres restaient le tronc bien droit, comme un défi à la poussée pourtant si violente du vent du nord-ouest.

Puis je me suis rendu compte que je faisais tout pour éviter de penser à ce qui m'attendait dans quelques heures : la longue marche si tôt le matin, la traversée du parc Lafontaine – malgré l'excuse de la douleur –, la chanson de Jean Ferrat chantée à mi-voix dans le vent et le froid pour m'empêcher de réfléchir, alors qu'à dix heures précises j'allais, *moi*, oser réciter du Euripide devant un jeune metteur en scène qui ne saurait probablement pas quoi penser – ou qui le saurait trop, justement! – de cette naine sans talent au front de beu. J'ai haussé les épaules et j'ai continué mon chemin. Il était trop tard, il n'y avait pas de retour en arrière possible, j'allais accomplir ce matin-là ce que je préparais depuis des jours à mon corps défendant pour rendre service à une fille que je ne pouvais même pas considérer comme une amie.

La côte Sherbrooke était glissante. J'ai failli me casser la gueule trois fois. Des plaques de glace noire se cachaient sous la couche de neige, il était impossible de les voir et j'ai valsé tout le long de la rue Saint-Denis, entre Sherbrooke et Ontario. Passé minuit, on m'aurait crue saoule!

J'avais donné rendez-vous à Aimée au restaurant, nous serions donc sûres d'arriver au théâtre en même temps. Je me voyais mal assise dans la petite salle de théâtre à attendre la future actrice dont je n'étais que la réplique, le faire-valoir, au milieu des autres aspirantes qui me regarderaient sûrement d'un air suspicieux… Non, mesdemoiselles, ne vous en faites pas, je n'ai pas la prétention de vouloir faire partie de votre clique, je ne suis là que pour aider quelqu'un d'autre à triompher!

Aimée était installée à la table de sa classe près de la vitrine.

Pendant que j'enlevais mes nombreuses pelures, Janine est arrivée avec l'assiette d'Aimée, le numéro 2 Spécial que ne désavouerait pas un bûcheron après trois jours perdu en forêt : des œufs, du bacon, des patates, des fèves au lard *et* des pancakes!

«Aimée! Tu n'as pas envie de manger ça avant de te présenter à l'audition!»

Elle ajoutait justement du beurre et du sirop d'érable à ses pancakes.

«Ça va me faire passer mon trac si je mange! Excuse-moi si je ne t'ai pas attendue, Céline, j'avais trop faim!»

Janine est revenue avec la cafetière. Elle me faisait de grands yeux ronds en me montrant Aimée, l'air de dire: Elle va leur vomir au visage si elle mange tout ça! J'ai commandé des toasts avec une tranche de fromage jaune orange sans toutefois être convaincue que je pourrais y toucher, tellement je commençais à être énervée.

Aimée, la bouche pleine, parlait pour ne rien dire, avalait sa nourriture avant de l'avoir mâchée, sans l'apprécier, comme si elle avait été en retard, alors que nous avions tout le temps; elle s'étourdissait pour s'empêcher de réfléchir et je la comprenais. À sa place, cependant, j'aurais quand même été plus prudente avec la nourriture, j'aurais cherché autre chose pour me changer les idées. La lourdeur de ce qu'elle dévorait sans même y penser l'empêcherait sans doute de se concentrer quand viendrait le temps. À moins qu'elle n'y soit habituée. J'avais déjà remarqué qu'elle mangeait toujours beaucoup et vite même, ce qui était plutôt rare, lorsqu'elle se retrouvait seule à sa table. Tout en mâchouillant un morceau de pain grillé que Janine avait généreusement badigeonné de beurre, j'imaginais une grosse Aimée pas mariée, frustrée, avec un passé plus intéressant que son avenir, racontant à qui voulait l'entendre ses aventures à l'Institut des arts appliqués, la période la plus excitante de son existence, le lieu de ses hauts faits et accomplissements...

Comme pour répondre à mes pensées, Aimée m'a montré le dernier morceau de pancake qui pendait au bout de sa fourchette:

«Je ne vois pas pourquoi je prends la peine de le manger, je pourrais me l'appliquer directement sur les cuisses!»

Nous avons beaucoup ri. De nervosité, bien sûr, mais aussi parce que c'était drôle. Je souhaitais à Aimée de garder intact ce beau sens de l'humour et du ridicule, elle en aurait bien besoin, la pauvre!

Mais c'est elle, en fin de compte, qui a rompu le cours de ce moment de détente dont nous avions tant besoin.

Soudain, l'air de rien, au moment où je m'y attendais le moins, elle m'a demandé sans me regarder:

«Comment tu m'as trouvée, hier?»

Pour gagner du temps (je n'allais quand même pas répondre à ça!), j'ai fait comme si je ne comprenais pas:

«Qu'est-ce que tu veux dire?»

Elle a poussé son assiette vide dont elle venait d'essuyer le fond avec son dernier bout de pain, puis a levé sur moi un regard tellement suppliant que j'ai tout de suite su qu'il fallait que je mente.

«À la répétition. Avec monsieur Boulizon. Comment tu m'as trouvée, hier, à la répétition avec monsieur Boulizon. T'avais très bien compris.»

Si elle savait que j'avais compris, elle connaissait aussi la réponse, non? Alors pourquoi insister?

J'ai décidé de tricher en répondant avec une question dont je connaissais moi-même la réponse et qui, je le savais, la boucherait:

«Et toi, comment tu m'as trouvée?»

Fin de la discussion.

Elle s'est emparée de la facture comme si elle me faisait un cadeau royal et a trottiné vers la sortie. J'ai entendu le cling-cling de la caisse, des rires parce qu'Aimée devait avoir encore dit quelque chose de drôle à la caissière de jour.

Janine a levé les deux pouces en signe de bonne chance, Nick m'a envoyé la main.

J'ai remis mes vêtements d'enfant de quatre ans qui se prépare à aller jouer dehors et j'ai suivi Aimée qui venait de passer la porte du Sélect en serrant son texte des *Troyennes* contre sa poitrine. Elle avait encore besoin de son texte, ou si c'était juste un genre qu'elle se donnait?

Le ciel s'était couvert, le vent s'était levé, la neige avait recommencé à tomber.

Personne n'aurait pu deviner qu'il y avait une salle de spectacle à cet endroit. Les autres théâtres que je connaissais avaient pignon sur rue, on ne pouvait pas les manquer, le Théâtre du Nouveau-Monde en plein centre-ville, le Rideau Vert au cœur de mon quartier, le Quat'Sous sur l'avenue des Pins près de la *Main*, l'Égrégore sur la rue Dorchester, à l'ouest. Mais là, au coin de Bonsecours et Saint-Paul, où personne ne va jamais sauf quelques touristes perdus? Quel genre d'acteur pouvait bien avoir envie de se produire dans un local impossible à trouver au fond d'une cave humide et froide?

Aimée m'a un peu rassurée sur le pas de la porte en me disant qu'elle avait vu plusieurs spectacles dans cette salle, que c'était un endroit respectable tenu par des gens très talentueux dont on entendrait sûrement parler dans les années à venir et dont on pourrait peut-être un jour se vanter de les avoir connus avant qu'ils deviennent célèbres.

Je l'ai poussée du coude.

« En tout cas, si tu deviens célèbre, toi, je ne sais pas si je vais me vanter de t'avoir connue! Et d'avoir participé à tes débuts! »

Elle a daigné rire, a ouvert la porte, m'a poussée dans l'entrée à l'odeur de poussière où flottait, j'en étais convaincue, le bacille de la peste noire. J'ai donc été la première à déboucher dans le minuscule hall où attendaient déjà quelques candidates visiblement nerveuses qui m'ont regardée comme si j'arrivais d'une autre planète. Je pouvais lire la seule et unique pensée qui leur traversait la tête : une naine dans *Les Troyennes*? J'avais envie de leur crier : «Qui vous dit que notre mère Ève n'était pas une naine et que vous n'êtes pas toutes anormales?» Je me suis contentée de relever la tête – le remède de ma mère à toute agression – en me dirigeant vers la plus proche chaise libre. Qui s'avéra, bien sûr, trop haute pour moi. Je n'allais tout de même pas leur faire le cadeau de grimper dessus comme un enfant de quatre ans, alors j'ai décidé de rester debout à côté, soi-disant pour céder la place à Aimée, la vraie star de notre duo, celle dont je me vanterais peut-être un jour de lui avoir servi de réplique à l'aube de sa glorieuse carrière!

Une toute jeune fille est sortie de la salle, les larmes aux yeux. Elle tenait son texte serré contre elle. Elles nous a regardées, la lèvre tremblante.

«Je n'ai même pas été capable de me rendre jusqu'au bout de ma scène… J'étais trop nerveuse…»

On sentait les semaines de travail, d'espoir, le rêve brisé en moins de quelques minutes. Elle a pris son manteau sur sa chaise restée vide, l'a enfilé maladroitement.

La prochaine candidate était déjà debout, le soulagement inscrit sur le visage : une rivale de moins, une chance de plus d'aboutir dans le chœur des *Troyennes*.

J'ai eu envie de suivre la pauvre fille, de prendre mes jambes à mon cou, moi aussi, de sortir de là pour ne plus jamais revenir, même en spectatrice. Parce que je n'allais peut-être pas pouvoir me rendre moi non plus au bout de la scène de *quelqu'un d'autre* qui, en plus, m'en voudrait pour le reste de ses jours et à qui je serais obligée de servir chaque après-midi des plats trop gras pour sa santé. Plus d'espoir, plus de rêve, une femme frustrée qui en sert une autre.

Aimée, qui semblait connaître deux ou trois filles, engagea la conversation en essayant de dissimuler sa nervosité sous une couche d'indifférence amusée qui ne trompait personne. Elle parlait trop, trop fort, tombait sur les nerfs de tout le monde, ne semblait pas s'en rendre compte, et lorsque son nom fut appelé, elle était au bord de se faire taper dessus par six aspirantes actrices qui n'en pouvaient plus de son babillage sans but et sans fin.

À l'instant même où Aimée a poussé la porte de la salle, mes crampes ont repris. Une douleur fulgurante au bas-ventre, un rayon de feu qui m'a presque pliée en deux. J'ai vu des étoiles noires danser devant mes yeux, j'ai cru que j'allais m'évanouir, que ma fin était arrivée, que j'allais partir en grands bouillonnements de sang expulsés de mon ventre au su et au vu de la relève du théâtre montréalais. Je me suis appuyée au chambranle en prenant une grande respiration. Du calme. Du contrôle. Pas le temps d'avaler un Midol. Tout serait terminé dans un petit quart d'heure.

Une vague odeur de moisi flottait dans le théâtre ; j'ai vu venir le moment où j'allais me plier en deux pour remettre sur le bois usé du plancher mon petit déjeuner pas encore digéré. N'empêche que ça, au moins, ce serait une entrée fracassante à côté de l'air piteux, faussement humble que venait d'emprunter Aimée aussitôt la porte franchie, probablement dans l'espoir d'obtenir le rôle par pitié. On aurait dit qu'elle avait déjà commencé à jouer ! Hécube elle-même descendait l'allée de gauche de la petite salle, mais une petite Hécube toute boulotte, sans personnalité, dont Troie n'aurait jamais voulu comme reine et que j'avais moi-même envie de pousser par-derrière pour la faire tomber. Attends d'être rendue sur la scène avant de jouer, niaiseuse ! J'en ai oublié mes douleurs !

Quelqu'un a dit :

«Montez sur la scène, s'il vous plaît, et dites-nous vos noms. »

J'avais le goût de hurler : «Pas moi ! Pas moi ! Je ne veux pas qu'on sache qui je suis ! »

Je n'avais jamais vu une scène aussi basse de toute ma vie : une marche ! Ils devaient placer les spectateurs par ordre de grandeur, les Saltimbanques, les plus petits en avant, les autres derrière pour ne rien cacher du spectacle... Pourquoi ne pas faire de théâtre dans leur salon, tant qu'à y être, ou dans le sous-sol des Langevin ? C'était déjà aménagé ! Un fou rire nerveux m'a secoué les épaules pendant que nous nous dirigions vers le milieu de la scène (nous avons dû franchir l'équivalent d'une dizaine de pieds tout au plus).

J'ai entendu Aimée réciter son nom comme si c'était une révélation d'une importance capitale. Aiméééée Laangevan ! J'ai relevé la tête pour dire le mien. Parce qu'il le fallait bien. Parce qu'on nous l'avait demandé. Et j'ai figé net.

C'était ça, le jeune metteur en scène plein d'avenir ? Mais je le connaissais très bien ! C'est un des clients les plus assidus du Sélect, un des seuls piliers de l'après-midi *et* du soir, un petit brillant qui voit tout, qui observe tout, qui interprète tout, surtout la gang de la Duchesse qu'il espionne de loin sans oser l'aborder, se contentant de rire aux plaisanteries et de pencher la tête pour écouter les confidences. On sent qu'il voudrait leur parler, devenir leur ami, mais il n'ose pas encore, et tous, ils me l'ont dit, trouvent ça touchant. Il est souvent le centre de leur conversation, d'ailleurs, parce qu'il a la drôle de manie de sucer son pouce comme un enfant de deux ans alors qu'il doit bien approcher la vingtaine. La Duchesse dit souvent de lui qu'il doit avoir le pouce plus propre que le reste du corps :

« Si jamais il trouve le courage de nous parler, la première chose que je vais lui demander, c'est de mettre une catin à son pouce ! Et de le ranger ailleurs ! Si ça a du bon sens ! Un garçon de son âge ! Si j'étais sa mère, moi... À moins que sa mère le change encore de couche ! »

Il arrive à toute heure du jour et de la nuit avec sa bande d'échevelés et de barbus qui commentent avec passion les films qu'ils viennent de voir ou les spectacles auxquels ils ont assisté. Ils ont l'air de se trouver drôles, utilisent à tout bout de champ le mot «sublime» (tout est *sublime* avec eux, ce qu'ils trouvent laid comme ce qu'ils trouvent beau, ce qu'ils aiment comme ce qu'ils détestent), passent des commentaires pas toujours généreux sur les autres clients, mangent vite, brettent volontiers en tétant leur Coke, repartent en déplaçant autant d'air que lorsqu'ils sont arrivés. Lui, il mange toujours la même chose : un *hamburger platter* trois sauces pas de *coleslaw* accompagné d'un grand Coke ; il n'a jamais dérogé, pas une seule fois. Ses amis essaient bien quelquefois de le convaincre d'essayer un autre plat, mais il leur répond toujours : «C'est ça que j'aime !» en se plongeant avec un évident bonheur dans son assiette débordante de frites. Une fois, juste pour voir, j'ai fait semblant d'oublier qu'il ne voulait pas de *coleslaw*. Il m'a regardée droit dans les yeux et a vidé sa portion de chou mouillé sur la table en me disant : «Je le sais que vous avez fait exprès !» Je lui aurais mis mon poing dans la face ! Mais il a produit un sourire absolument irrésistible, quelque chose de si malin et de si intelligent qu'il était impossible de se formaliser de son impertinence. Je lui ai dit qu'il avait raison, que je voulais le tester. Il s'est excusé, a ramassé son dégât et, à partir de ce moment-là, s'est avéré adorable et poli.

Et c'est devant lui que j'allais réciter des répliques écrites depuis deux mille cinq cents ans ? Un client ! Qui allait revenir demain. Et peut-être même tout à l'heure, à l'issue des auditions ? J'allais lui servir son *hamburger platter* trois sauces pas de *coleslaw* après avoir joué Andromaque devant lui ? Quelle horreur !

Il a sorti son pouce de sa bouche, m'a fait un sourire aussi beau que la fois où je lui avais servi du *coleslaw*.

«Je vais enfin savoir ton nom de famille, Céline !»

Les trois ou quatre personnes dispersées à travers la salle ont souri. Deux m'ont envoyé la main. Des clients, eux aussi. C'était eux, les fameux Saltimbanques? J'aurais dû m'en douter, parce que je savais qu'ils évoluaient dans le milieu du théâtre, et rester chez moi! Ou au restaurant, à les attendre! Pour les servir.

Et quand j'ai enfin dit mon nom, une drôle de chose s'est produite. Je ne suis pourtant pas timide, je suis maintenant habituée à parler à plusieurs personnes en même temps mais là, sur la scène, comme ça, à côté d'Aimée qui ne semblait pas voir d'un bon œil que le jeune metteur en scène me parle à moi plutôt qu'à elle, un blocage s'est produit dans ma gorge. J'ai tout d'un coup manqué de salive et ce qui est sorti de ma bouche était une espèce de bouillie informe qui n'avait aucun sens et qui donnait à peu près: Ç'line P'lin. Un toussotement. Presque un éternuement. Mon nom ainsi déformé s'est écrasé devant moi sur le plancher et je l'ai regardé disparaître entre les lattes de pin blanc mal jointes.

Aimée a alors décidé de prendre les choses en mains et lui a expliqué que c'est elle qui passait l'audition, que j'étais sa réplique, qu'elle allait (pas que nous allions, *qu'elle allait*) jouer la première scène entre Hécube et Andromaque, scène qu'elle avait d'ailleurs travaillée avec le grand professeur Guy Boulizon.

Quel toupet!

Mais le jeune metteur en scène n'a pas été dupe. Il a commencé par froncer les sourcils, puis il a demandé à Aimée:

«Guy Boulizon? Ce n'est pas le professeur d'histoire de l'art de ton école, ça, Aimée?»

Elle a rougi, pâli, est restée plaquée, comme marbrée de honte de s'être fait prendre, elle a toussé dans son poing puis, malheureusement pour elle, a essayé de s'en sortir avec un mensonge tout à fait ridicule au lieu de prendre son trou.

«Oui, mais je pense qu'il a enseigné l'art dramatique en France avant de venir ici... C'est du moins ce qu'il m'a dit. Mais avec ces maudits Français-là, hein, on ne sait jamais...»

Il s'est fourré le pouce dans la bouche en la regardant avec des yeux ronds. Il ne la croyait pas, la trouvait ridicule et le montrait. Je ne sais pas comment elle s'y prend, où elle va puiser la dose d'insouciance ou d'inconsciente que ça demande chaque fois, mais elle a encore réussi à faire comme si de rien n'était en produisant ce fameux rire faux qui semble lui servir de bouche-trou ou de paravent quand elle ne sait plus quoi faire. Son rire éteint dans des graves dignes de Denise Pelletier, elle s'est avancée au bord de la scène en levant le bras au ciel, prête à livrer son «Pauvre patrie...».

Il l'a interrompue du geste.

«J'aimerais vous voir bouger en scène. Toutes les deux. Nous allons faire une chose... Vous allez sortir de scène, toi, Aimée, par la gauche et toi, Céline, par la droite, vous allez attendre trente secondes en vous concentrant et j'aimerais que vous fassiez une entrée. Le chœur entre et sort de scène souvent pendant la pièce... Vous allez vous croiser avant de commencer à parler, et quand vous aurez terminé la scène, vous sortirez par où votre compagne est entrée. Ça va? Vous avez bien compris? Vous vous croisez, puis vous sortez par où l'autre est entrée...»

J'avais tout compris, je ne suis pas idiote, mais je n'avais rien enregistré; mon cerveau était comme une passoire, j'avais les pieds coulés dans le ciment, le cœur au bord des lèvres, une douleur presque insupportable me coupait le ventre en deux, je voulais m'en aller chez moi, me coucher, dormir! Nous n'avions pas prévu de mise en scène, la veille, et voilà que j'avais à traverser le plateau deux fois sous les yeux de quatre juges cachés dans le noir, moi qui suis déjà trop consciente de mon physique!

Je me suis retrouvée en coulisse je ne sais trop comment – j'avais dû me déplacer comme un zombie fraîchement débarqué d'Haïti –, je ne me suis pas concentrée du tout, sauf peut-être sur mon ventre qui me faisait souffrir, puis, je suppose au bout de trente secondes mais qui m'ont paru une éternité, j'ai entendu la voix du jeune metteur en scène plein d'avenir :

«Quand vous voulez…»

J'ai levé les yeux sur l'autre coulisse située tout près vu l'étroitesse de la scène. Au lieu de se concentrer comme on nous l'avait demandé, Aimée me faisait de grands signes en me montrant le metteur en scène, l'air de dire : «C'est dans la poche, si je ne l'intéressais pas, il ne m'aurait pas demandé de me déplacer, tu vas voir, je vais l'avoir, le rôle…» Non seulement la peau de l'ours était vendue, mais le manteau était déjà cousu !

«M'avez-vous entendu? Quand vous voulez, Aimée, Céline… N'oubliez pas, vous avez été des femmes très importantes, parmi les plus respectées de Troie, et vous repartez esclaves après avoir tout perdu…»

Aimée m'a fait une grimace qui se voulait comique avant de voûter le dos et de se placer une main sur le cœur.

Mais moi, qu'est-ce qu'il fallait que je fasse? La même chose? Tituber en m'avançant sur la scène comme si quelqu'un venait de me tirer une balle dans le dos? Je n'avais jamais fait ça! Même pas enfant, toute seule dans ma chambre! Et je ne voulais pas le faire! J'étais une serveuse de restaurant, fière de l'être sans pourtant être heureuse de son sort, c'est vrai, mais je n'étais pas frustrée au point de venir ici, ce matin, traverser une petite scène en chancelant pour ensuite répondre à une aspirante actrice des répliques dont je ne comprenais que la moitié! La bête à plusieurs têtes me dévorait déjà le foie. La honte. Mon pain quotidien.

Alors j'ai décidé de ne rien faire du tout. Pas de main sur le cœur. Pas de titubage. Je me souviens avoir traversé la scène en me tenant le plus droite possible. L'éternelle leçon de ma mère devant l'adversité. Si tu souffres, au moins qu'on le lise dans tes yeux. J'ai croisé Aimée qui avait l'air de traîner une pierre de la grande pyramide tant elle se tenait courbée. Nous étions ridicules et, j'en étais convaincue, nous allions le payer cher.

Je suis restée dos à la salle pour laisser Aimée commencer la scène à sa guise. Je me retournerais au moment de livrer ma première réplique, en me concentrant surtout sur mes maudits r. Après tout, on ne me demandait pas d'interpréter un texte, mais simplement de dire des répliques pour aider ma compagne à bien livrer sa scène. Quelques longues secondes se sont écoulées dans le silence. Je crois qu'Aimée a en quelque sorte «mimé» sa douleur un peu plus longtemps que ne le lui avait demandé le metteur en scène. Ce devait être beau à voir! J'ai cru entendre quelqu'un ricaner, mais je n'en suis pas certaine. C'est trop facile, maintenant, avec le recul, d'imaginer des choses qui ne se sont pas produites, de leur trouver des raisons d'être, une explication, un sens. Quelqu'un *aurait dû* ricaner parce qu'Aimée était sûrement grotesque; ce petit rire méchant que j'ai dans la tête, cependant, suivi d'un toussotement dissimulé dans un poing, est peut-être juste le fruit de mon imagination qui a eu le temps depuis ce matin-là d'inventer des causes à ce qui s'est passé. À ma gaffe si anodine, si ridicule, mais qui m'a jetée, allez savoir pourquoi, dans ce gouffre de honte dont j'ai tant de difficulté à me sortir.

Mais chaque chose en son temps. Ma gaffe s'en vient. Me paraîtra-t-elle encore plus niaiseuse quand je l'aurai jetée sur le papier? Probablement. Mais j'ai besoin de le faire, alors allons-y.

Oubliant tous les conseils que lui avait donnés monsieur Boulizon la veille, Aimée s'est alors jetée dans ce qui pourrait bien être l'interprétation du personnage d'Hécube la plus loufoque de toute l'Histoire du théâtre. Ce n'était pas tragique, c'était burlesque, absurde, monstrueux. Elle avait repris sa voix de tragédienne (du moins, ce qu'elle croyait être une voix de tragédienne) qui provenait d'un endroit de la gorge jusque-là inconnu de moi, et modulait sans arrêt comme si elle n'avait pas su quel registre emprunter ou voulu se débarrasser d'une grippe naissante; chaque syllabe possédait sa propre couleur, chaque mot son univers habité de démons démentiels qui hurlaient leur hargne; elle étirait les sons, vrillait les tympans, roucoulait, hoquetait, postillonnait; chaque nom de héros ou de ville débordait de menace ou de sens caché qu'elle se croyait obligée de nous mimer; elle fulminait, elle tonnait, elle bramait, la boucane lui sortait quasiment par les oreilles, ses bras jetaient dans l'air des arabesques dignes des actrices du cinéma muet, elle récrivait en sémaphores les répliques qu'elle disait, enfin, bref, elle faisait une folle d'elle et tout ce que je pouvais faire, moi, c'était placer mes phrases à peu près aux bons endroits en espérant qu'elles réussiraient à traverser la tempête tropicale qui venait de se déchaîner sur la petite scène du théâtre des Saltimbanques en plein mois de janvier. La scène dura deux fois plus longtemps que la veille et l'hystérie qui s'en dégageait était suffisante pour donner une migraine d'une semaine à la personne la plus calme de l'univers.

L'extrait terminé, Aimée s'est figée dans une pose qui ressemblait à celle de Gloria Swanson à la fin de *Sunset Boulevard*, au pied du grand escalier du manoir de Norma Desmond. Elle restait là, immobile, les épaules droites, les yeux sortis de la tête, les bras tendus devant elle. Elle était prête pour son gros plan, Mister de Mille. Et elle ne sortait pas du plateau comme nous l'avait demandé le metteur en scène. Qui, refusant de lui venir en aide, ne faisait rien pour mettre fin à l'audition. Peut-être pour faire durer le plaisir… Nous formions donc toutes les deux une sorte de tableau vivant figé dans le temps dont on ne pouvait pas prédire la fin. Et, malheur à moi, comme on dirait justement dans *Les Troyennes*, j'ai voulu, moi, l'aider, la sauver, la tirer de ce mauvais pas, et je me suis perdue moi-même!

Je ne sais pas où j'ai pigé cet accent que j'ai emprunté, cette voix nasillarde, ce ton aux anti-podes de ce qui m'était naturel, mais toujours est-il que pour mettre fin à ce calvaire insupportable, j'ai joué l'idiote, moi qui ai toujours peur qu'on me juge mal. J'ai brisé le tableau vivant, je me suis tournée vers le metteur en scène, je lui ai demandé comme une imbécile qui ne comprend rien et avec un accent que je ne me connaissais pas:

«Andray, est-ceu que c'est per là que je sars?»

Ma question est restée suspendue dans les airs pendant quelques secondes avant de s'écraser sur le plancher de la scène pour se casser en mille miettes, comme mon nom un peu plus tôt.

J'ai *vu* un silence encore plus épais que celui qui régnait déjà sur la salle tomber sur nous comme une tonne de briques. J'ai *vu* chaque personne présente se mordre les lèvres pour ne pas éclater de rire. J'ai *vu* l'amusement au fond des yeux du metteur en scène, la moquerie sur le sourire esquissé autour de son pouce qu'il suçait. J'ai vu deux filles, peut-être de vraies actrices, elles, se pousser du coude. J'ai *vu* Aimée lever les yeux au ciel, exaspérée que j'aie gâché son moment de gloire. Et j'ai *vu* venir ma propre mort au cœur de ma honte. J'aurais dû savoir que c'est là que menait toute cette histoire, que cette fin était inévitable, que cette Andromaque humiliée au milieu de la scène du théâtre des Saltimbanques était le seul personnage que j'étais destinée à jouer.

J'avais réussi, avec une seule phrase, à me rendre encore plus ridicule qu'Aimée Langevin!

Je me serais étendue au fond du trou de six pieds de profondeur que je venais de me creuser moi-même et j'aurais accueilli avec reconnaissance les premières pelletées de terre jetées sur moi. Que je disparaisse une bonne fois pour toutes! Qu'on mette une croix sur mon passage ici-bas! Qu'on oublie que j'aie jamais existé!

J'ai fermé les yeux sous le poids de l'humiliation. Tout ça n'a duré que quelques secondes, peut-être une quinzaine, mais c'est gravé, sculpté en moi comme une blessure qui refuse de cicatriser, qui renaît chaque fois que je me réveille après avoir hanté mes rêves, que je n'arriverai jamais, sans aide, à décoller de mon âme, à arracher de ma mémoire, à trouver drôle. Ridicule, oui, tout ce que j'écris depuis deux semaines le prouve, mais drôle? C'est pourtant ça qu'il faudrait que je fasse: rire de moi, de ma stupidité, de ma prétention (l'Andromaque du Sélect!), de toute cette histoire, qui n'a en fin de compte aucune importance sauf celle que je lui prête par orgueil! «La vanité détruite par l'insignifiance», voilà le titre de mon histoire.

J'ai beau me répéter pour la millième fois que ce n'est pas moi qui passais l'audition, que c'est faux que j'ai cédé à la vanité, que je n'ai jamais voulu jouer dans *Les Troyennes,* qu'Aimée a été aussi grotesque que moi, que ma gaffe est venue de mon esprit chevaleresque, que je devrais plutôt être fière d'avoir voulu sauver une amie, le seul fait de savoir que le jeune metteur en scène de talent et sa bande ont répété cette histoire («Imagine-toi donc qu'elle s'est retournée vers moi et qu'elle m'a dit avec un accent français absolument impensable: «Andray, est-ceu que c'est per là que je sars?»), l'ont répandue, se la racontent peut-être encore en se tapant sur les cuisses, se la répéteront pendant des années, me tue. Personne ne les a revus au Sélect depuis l'audition! Ont-ils peur de m'éclater de rire en pleine face quand je vais leur demander ce qu'ils veulent comme breuvage avec leur club sandwich? Ils passaient leur temps ici, on ne les voit plus, il doit bien y avoir une raison! Oui: moi. La naine qui s'est vue grande comme Dyne Mousso! La waitress qui voulait passer pour une artiste! La serveuse qui a voulu franchir le fossé entre le monde ordinaire et ceux qui leur chient sur la tête! L'imbécile désormais étouffée dans son orgueil, confite dans son humiliation, enterrée dans un trou de honte. C'est leur tour, maintenant, d'être délicats avec moi? C'est ça? La pitié, en plus? On se passe de *hamburger platters* pour ne pas froisser la susceptibilité d'une waitress *qui fait tellement pitié, la pauvre?*

La fin de l'incident est bien sûr banale : le metteur en scène nous a remerciées poliment, il est même allé jusqu'à nous dire que ce que nous avions fait était plutôt intéressant, que nous aurions de ses nouvelles d'ici une couple de semaines parce que les répétitions commenceraient vers le 1er février, de ne pas trop espérer, cependant, parce qu'il voyait beaucoup de candidates...

Aimée reprenait son rire de gorge, roucoulait, tapochait des yeux, remerciait; moi, l'Andromaque des pauvres, pendant ce temps-là, j'essayais de me cacher derrière le col du chandail trop grand que je portais pour faire plus artiste... Je voulais mourir. Sur-le-champ. Ne pas avoir à traverser la salle sous les regards des témoins de mon humiliation pour ensuite essayer de faire bonne figure devant les jeunes filles peut-être pleines de talent qui attendaient derrière la porte. Ni pousser la porte qui menait à la vraie vie que je n'aurais jamais dû quitter, l'hiver, le mois de janvier, la neige, le restaurant, ma mère, la vie, la vie. La vie.

J'ai tout fait ça. En *slow motion*. Dans mon souvenir, j'ai mis des heures à traverser la petite salle, à m'habiller dans le hall sous le regard soupçonneux des autres candidates à qui Aimée racontait peut-être déjà ma bévue (encore la paranoïa!), à traverser le hall qui sentait plus que jamais le bois pourri... Mon cœur avait pris toute la place; je l'entendais battre, je le sentais battre, je le regardais battre, je n'étais plus qu'un cœur qui bat trop fort, au bord de l'explosion, de l'implosion, plutôt, parce que j'étais convaincue que le monde allait s'écraser sur moi. M'étouffer. M'enterrer.

Il ventait tellement fort dans la rue Bonsecours que la neige tombait presque à l'horizontale. Il faisait froid, gris, une tempête hypocrite et méchante s'installait sur Montréal qu'elle allait torturer pendant des heures pour la laisser ensuite épuisée mais ravissante. Nous marchions pliées en deux, Aimée et moi, elle perdue dans l'illusion que tout s'était bien passé, qu'elle était fière d'elle, qu'elle sentait qu'elle allait avoir le rôle, moi dévastée par une phrase de quelques mots qui était sortie de ma bouche presque à mon insu et que je porterais désormais comme un stigmate.

J'avais promis à Janine d'assurer le dîner ; je me dirigeais donc le plus rapidement possible vers les professeurs de l'Institut des arts graphiques, les clientes bêtes de chez Dupuis Frères, les employés de bureaux ou de boutiques, les *hot chickens*, les *pepper steaks*, la soupe du jour et le pâté chinois. Pas celui de ma mère, non, un vrai, bien ferme, qui se tient debout dans l'assiette, qu'on arrose de ketchup, qu'on mange trop vite, qui brûle l'estomac pendant des heures, qu'on se jure de ne plus jamais toucher en sachant qu'on y reviendra volontiers quand on le reverra au menu.

Que Madeleine guérisse donc, que je retourne à mes freaks du soir !

Janvier achève, j'ai écrit deux cents pages qui m'ont libérée sans vraiment me faire le bien que j'en attendais, Aimée n'a pas eu de nouvelles du jeune metteur en scène de talent et commence déjà à être amère.

Deuxième partie

REMONTÉE VERS LA LUMIÈRE

21 mars 1966

Lorsque j'ai commencé la rédaction de ce *Cahier noir*, j'étais au seuil d'une dépression nerveuse, et l'écriture m'a empêchée de glisser dedans tête la première. Maintenant que toute cette histoire est terminée, que la conclusion s'est avérée ce soir à la hauteur de mes attentes – pour une fois, je ne sors pas vaincue d'une aventure –, je ne pourrais pas dire de moi que je suis une femme heureuse, non, je ne le serai jamais, je peux cependant avancer sans trop risquer de me tromper que j'ai trouvé une certaine sérénité, une joie de vivre, un calme que je n'avais jamais connus, que je vais à partir de maintenant cultiver de façon à ne plus jamais me retrouver dans l'œil d'un ouragan, entre deux secousses, entre deux commotions, à la merci des soubresauts de la vie des autres.

Je vais revenir avec grand soulagement à la pratique de la discrétion, tout faire pour qu'on m'oublie malgré mon physique, me ranger, comme on dit dans les romans français. J'ai désormais des attaches encore plus profondes au Sélect, et j'ai bien l'intention d'en faire le centre de ma vie, l'œil de mon petit ouragan personnel.

Mes valises sont dans le corridor, juste devant la porte de l'entrée. À son retour du théâtre des Saltimbanques après la première officielle des *Troyennes*, maman se rendra vite compte que je suis partie. Il faudra qu'elle s'habitue à partir de maintenant à être une vraie mère avec les responsabilités qui viennent avec la job, en l'occurrence deux adolescentes tapageuses et perturbées dont les exigences souvent injustes peuvent rendre fou de colère, et un homme rongé par la hargne et incapable de l'exprimer.

Quant à moi, je vais descendre tout à l'heure pour la dernière fois le maudit escalier trop à pic de notre maison. J'ai déjà appelé un taxi. On m'a dit qu'il serait là dans un petit quart d'heure, mais vu l'état des rues de Montréal après les deux tempêtes de mars qui viennent de nous tomber dessus, j'ai sûrement une bonne demi-heure devant moi pour terminer ces premières pages de la deuxième partie de mes confessions.

À partir de demain, mon récit se fera d'une minuscule chambre perdue au milieu d'un immense appartement du Vieux-Montréal, place Jacques-Cartier, au quatrième étage d'une ancienne manufacture. Le vieux monte-charge me sera bien utile parce que les marches des escaliers de cet édifice sont encore plus hautes que celles de la maison du Plateau-Mont-Royal où j'ai jusqu'ici passé toute ma vie. En fait, je m'en vais me réfugier dans un nid de travestis, m'étourdir de musique sud-américaine, de perpétuels drames infantiles, au milieu de perruques invraisemblables, de costumes impensables, de personnages improbables, mes amis.

Le responsable de cette maison de fous, de cette volière décorée à l'année longue comme une vitrine de Noël, un œuf de Pâques, un party d'Halloween, celui à qui le propriétaire a confié le soin de signer le bail sans se douter dans quoi il s'embarquait, du moins je le lui souhaite, le pauvre homme, s'appelle Jean-le-Décollé, c'est un fou, un illuminé, le travesti le plus invraisemblable de l'Histoire, et son amitié m'est devenue depuis quelque temps ce que j'ai de plus cher au monde.

Je viens d'entendre le klaxon du taxi. Déjà. Je reviendrai à mon *Cahier noir* aussitôt sortie du lit, demain matin.

Je n'ai laissé aucun mot pour ma famille, aucune explication, aucune demande de pardon. S'ils veulent apprendre quelque chose à mon sujet, ils savent où me trouver, le Sélect n'est pas au bout du monde. Mais j'ai l'impression qu'ils vont se draper dans leur dignité, comme d'habitude, se réfugier dans leur profonde conviction qu'ils ont raison contre moi, contre ce que j'ai osé faire ce soir, pour mieux me condamner. Comme d'habitude. La seule différence est que je ne serai plus là pour essuyer leurs reproches. Jamais.

Le chauffeur de taxi est monté comme je l'avais demandé, il vient de sonner. Je vais lui confier mes deux petites valises au demeurant pesantes et descendre l'escalier pour la dernière fois, sans me retourner.

Aucun regret pour le moment. Plus tard, on verra.

22 mars

Je viens de me lever.

Je me suis réveillée dans un environnement complètement différent de tout ce que j'ai jamais connu. Le soleil n'était pas à la même place dans la chambre, le lit plus mou, la décoration à mon avis absurde. Et laide. Mais d'une laideur que je dirais amusante, sympathique. J'avais l'impression d'être en montre dans une vitrine d'Ogilvy's consacrée aux années cinquante. Tout est jaune et rouge!

Je me suis fait un café. Dans une drôle de cafetière qu'on visse, italienne selon Jean-le-Décollé, qui m'a fait un peu peur au début mais dont j'ai vite apprécié l'odeur pénétrante, réconfortante. Ça s'appelle, semble-t-il, un espresso. Et c'est bien loin du café qu'on sert au Sélect. Et c'est tellement fort que ça réveillerait un mort enterré depuis la prise de Troie!

La tasse fumante devant moi sur la table de la cuisine elle aussi jaune et rouge, je me sens capable de continuer la deuxième partie de mon *Cahier noir*.

Allons-y…

Pendant les deux semaines où Aimée n'a pas eu de nouvelles de l'audition, je me suis étourdie de travail. J'ai mis les bouchées doubles au restaurant en faisant parfois deux shifts par jour – Marie passe toujours une semaine chez sa sœur, à Miami, après Noël, et je l'ai remplacée elle aussi. J'ai décidé de faire le ménage du printemps, à la maison, en plein mois de janvier, sans l'aide de quiconque, évidemment, parce qu'ils me trouvaient tous folle, surtout ma mère. J'ai rédigé mon *Cahier noir* avec l'énergie du désespoir, comme si la dernière page constituait mon Saint-Graal personnel alors qu'elle n'a présenté en fin de compte qu'un soulagement, bienvenu, soit, mais pas du tout définitif. (Peut-être que le récit de la deuxième partie de mon aventure m'apportera enfin la paix. La vraie.) J'ai fulminé de honte, j'ai pleuré, j'ai imaginé pour moi, pour Aimée, pour le monde entier des châtiments sévères, douloureux, humiliants ; je me suis juré de me mêler désormais de mes affaires, de ne plus m'embarquer dans des tribulations absurdes pour lesquelles je ne suis pas faite, bref de rentrer dans le rang. De me perdre dans cette foule anonyme où, de toute façon, je peux disparaître sans problème puisque j'en représente toujours le plus petit maillon, sinon le plus insignifiant. Je me noie facilement dans une foule parce que les yeux ne sont jamais à ma hauteur. Il faut regarder vers le bas pour me découvrir, et peu le font, occupés qu'ils sont à guetter le temps qu'il fait, leur état mental, le regard que les autres jettent sur eux, pas les petites personnes qu'il faut se pencher pour voir, non, les autres, les grandes, celles dont l'avis compte.

Mes rapports avec Aimée se sont aussi beaucoup transformés pendant cette période : elle est devenue lointaine, froide, me saluant à peine quand elle entrait au restaurant, évitant de me parler quand j'avais à la servir, souvent perdue dans ses pensées, triste au point que ses amis le lui faisaient remarquer. De clown de sa classe, elle était passée à la grosse fille dépressive qui recherche le silence et la solitude pendant que son entourage s'en désole parce qu'il n'en devine pas la raison. Elle avait été trop sûre d'obtenir un rôle dans le chœur des

Troyennes, je suppose que le silence du jeune metteur en scène de talent l'insultait, l'humiliait, et que ma présence quotidienne à la périphérie de son cercle de connaissances lui rappelait sans cesse ce qui était sur le point de devenir un des mauvais souvenirs de sa vie, une erreur qu'elle aurait de la difficulté à se pardonner (ainsi qu'au metteur en scène en question). Je crois que nous voulions chacune à notre façon oublier cette petite heure passée au théâtre des Saltimbanques, mais que la présence de l'autre rendait le déni impossible, le souvenir cuisant incontournable, la rancœur inévitable. J'aurais préféré qu'elle cesse de venir au Sélect, elle aurait mieux aimé que je retourne travailler le soir. Je la servais mal, elle ne me laissait plus de pourboires, comme si nous nous punissions mutuellement d'avoir essayé de nous rapprocher.

Et c'est ce moment-là, un soir creux, en fait, où, épuisée, j'avais demandé à Nick la permission de partir plus tôt, que Jean-le-Décollé a choisi pour faire sa grande rentrée en ville. Je ne suis pas rentrée tôt et, grâce à lui, j'ai pu reléguer pour un temps Aimée dans la catégorie des mauvais souvenirs qu'il vaut mieux traiter avec mépris.

Ce soir-là, c'était un petit mardi, je m'en souviens très bien, on aurait dit que tout le monde s'était donné le mot pour ne pas se présenter au Sélect. J'étais arrivée à sept heures du matin, il était onze heures du soir, je dormais presque d'épuisement sur la banquette des serveuses, Huguette, une nouvelle encore flottante qui travaillait à temps partiel parfois le midi, parfois le soir, se nettoyait les ongles avec un produit qui sentait tellement fort qu'on ne percevait presque plus l'odeur de la nourriture grasse de Nick (les méchantes langues, la Duchesse, Greta-la-Vieille, Babalou, diraient que c'était un mal pour un bien), Jean Ferrat susurrait une fois de plus son insupportable hymne à la vie, j'en avais assez, je voulais retourner chez moi même si ce qui m'y attendait n'était pas particulièrement agréable. Nick avait accepté de me laisser partir, ne prévoyant pas de rush important pour la fin de la soirée; il avait même décidé de fermer plus tôt, une fois n'est pas coutume.

J'avais le manteau sur le dos, j'en boutonnais le dernier bouton, lorsque la porte du Sélect s'est ouverte, réveillant du coup la caissière qui s'était assoupie le nez dans l'argent qu'elle était en train de compter.

Jean-le-Décollé, la tête couverte d'un pansement vieux de plusieurs jours qui lui faisait une espèce de turban blanc cassé et brun, couvert du manteau de borg rayé gris et noir qu'il porte quand il veut faire croire qu'il est pauvre («Un travesti en vison, c'est absurde! Le travesti, par définition, est pauvre et doit se contenter de la fausse fourrure la plus cheap possible, la plus laide possible, la plus piquante possible, la plus repoussante possible!»), les bas de nylon ravalés dans des bottes de feutrine qui prenaient visiblement l'eau, vision pathétique voulue, calculée, mon Jean-le-Décollé qui m'avait tant manqué s'est appuyé contre le chambranle de la porte d'entrée qu'il tenait ouverte et m'a crié à travers le restaurant, parce que c'est uniquement à moi qu'il veut avoir affaire quand il vient manger au Sélect ou s'y réchauffer:

«J'en avais assez de la villégiature, j'ai décidé de m'échapper!»

Je me suis jetée dans ses bras, il m'a soulevée comme une poupée qu'on retrouve après des mois de recherches, il a tournoyé dans l'entrée en me secouant, en m'embrassant, en lançant des cris de joie proches parents de cris de guerre parce que sa voix rauque, même lorsqu'elle se veut douce, a des modulations menaçantes, résultats d'années de whisky cheap et de gin frelaté. Et de cigarettes Turret.

Jean-le-Décollé est l'une des personnes que j'aime le plus au monde et ses absences prolongées et fréquentes me sont toujours pénibles. Personne ne l'avait vu depuis l'été et les potins avaient volé bas pendant un certain temps avant de se calmer d'un seul coup : sur la *Main*, les absents ne sont jamais très longtemps regrettés, surtout quand les raisons de leur disparition ne sont pas nombreuses, comme c'est le cas pour Jean-le-Décollé. Quand on ne l'a pas vu depuis quelques jours, deux noms d'institutions nous viennent à l'esprit : Bordeaux et Saint-Jean-de-Dieu. La prison ou l'asile. Arrêté pour sollicitation en dehors des périmètres de la *Main* où les pots-de-vins de Maurice-la-piasse n'ont plus d'effet, ou enfermé après une crise particulièrement violente de paranoïa, de schizophrénie, simulée ou non.

Quand on le revoit, toujours aussi flamboyant malgré les mauvais traitements ou une thérapie, nouvelle, douteuse, pour laquelle il vient de servir de cobaye, il faut faire comme si de rien n'était et reprendre la conversation avec lui là où on l'avait laissée avant son départ. Surtout, ne pas demander d'explications, ne pas montrer de compassion. Jean-le-Décollé ne déteste rien plus que la pitié ou l'apitoiement. Il faut être aussi dur avec lui qu'il l'est avec les gens qu'il n'aime pas. Même moi, il me reproche parfois de ne pas être assez bitch, de laisser passer des occasions en or de produire un bon mot bien douloureux ou une repartie assassine. («Les oiseaux de nuit sont des oiseaux de proie, pas des canaris qui serinent des romances !») Il a élu la nuit, prétend-il, parce que ce qu'il a vu du jour l'a écœuré. Et d'après ce qu'il m'a raconté de sa vie avant qu'il n'emprunte le nom de Jean-le-Décollé, je le crois.

Jean-le-Décollé s'est trop longtemps appelé frère Jean-Baptiste pour que ça ne laisse pas de traces. Frère enseignant par pure indécision devant les trop nombreux choix de carrière, peut-être aussi par paresse et pour faire chier un père anticlérical qui votait rouge autant à Québec qu'à Ottawa, plus porté sur ses confrères que sur l'enseignement du français ou de l'histoire du Canada, mauvais professeur mais, c'est lui qui le dit, amant dépareillé et insatiable, il avait passé des années à forcer le lit de novices boutonneux à l'haleine pas toujours fraîche ou d'hommes mûrs soi-disant consacrés à Dieu qui s'étaient jusque-là contentés de rêver de ce qu'il venait leur faire sans jamais oser le mettre en pratique. Quand ils voulaient, c'était trop facile, quand ils résistaient, il les trouvait imbéciles et frustrés. Ils étaient tous, sans exception, mauvais au lit et ses nuits finissaient la plupart du temps avec un goût d'imposture, d'inaccompli. Il avait alors caressé le dessein de se faire prendre pour qu'on le mette à la porte, mais il s'était vite rendu compte qu'il jouait dans la communauté un rôle précis et précieux dont il ne s'était jamais douté : le sexe hypocrite. Tout le monde savait ce qu'il faisait, on suivait avec intérêt ses aventures sans lendemain, on essayait de deviner ses prochaines victimes, on rêvait secrètement de sa visite, on s'en confessait ensuite tout en jurant qu'on n'était pas coupable, que ça s'était déroulé sans consentement, on recevait l'absolution, on se mettait à souhaiter son retour. Ses frasques avaient depuis toujours fait le tour de la communauté dont il avait tout ce temps été la dupe, il se crut lésé, moqué, méprisé et avait décidé de porter un grand coup, de provoquer sa propre chute en feignant de tomber amoureux du frère directeur qui, hélas, le crut, l'aima et le décapita presque lorsqu'il apprit la vérité. D'où le nom de Jean-le-Décollé. Comme Salomé avec le saint du même nom, le frère directeur demanda la tête de Jean-Baptiste, l'obtint, au propre comme au figuré : le travesti portait fièrement au cou une cicatrice prouvant que la passion chez les frères enseignants était une chose qu'il ne fallait pas prendre à la légère.

Et Jean-le-Décollé, il me l'a avoué un soir de boisson, a refusé de prendre un nom de femme lorsqu'il s'est retrouvé sur la *Main*. Non pas pour se distinguer des autres travestis, mais pour avoir sans cesse en tête la double origine de sa nouvelle vocation : frère enseignant au nom prémonitoire et victime de la rage qu'on peut provoquer chez quelqu'un qu'on a trop humilié. Il disait souvent : «J'ai failli perdre la tête. Littéralement. Et je dois me le rappeler sans cesse si je ne veux pas m'attirer d'autres problèmes du même acabit. Je suis peut-être le travesti le plus prudent de la *Main* avec ses clients.»

C'est difficile de ne pas demander de ses nouvelles à quelqu'un qu'on n'a pas croisé depuis des mois, qu'on est ravi de revoir, mais j'y suis arrivée. Pas Mona, l'idiote, qui a pris la peine de sortir du cubicule où elle reste enfermée toute la soirée pour venir l'embrasser et lui demander en plein sous le nez comment il allait et où il avait passé tout ce temps-là...

Seuls ses yeux ont trahi ses pensées, sinon Jean-le-Décollé est resté un gentleman. Enfin, si on peut dire ça d'un homme vêtu d'une robe rouge à paillettes si usée et si déchirée qu'on ne sait pas comment elle lui tient sur le corps, les épaules raides, le port haut, la sacoche fourrée sous le bras, le rouge à lèvres mal appliqué, la perruque posée de guingois sur son crâne désormais chauve. Il est même allé jusqu'à répondre poliment à la caissière, signe qu'il allait vraiment mieux s'il avait été malade ou qu'il était fort content d'être sorti de prison.

«J'ai été où bon me semble, ma bonne dame, et il me semble que ça n'a pas d'importance *whatsoever* !»

Quand il est furieux et qu'il veut le cacher, Jean-le-Décollé émaille ses phrases de mots anglais, pas toujours à bon escient d'ailleurs, et c'est là une source constante de bisbille entre la Duchesse et lui. Du haut de sa hauteur, la Duchesse de Langeais lance souvent à Jean-le-Décollé que le mot anglais qu'il vient d'utiliser ne signifie pas du tout ce qu'il pense, ce dernier s'en trouve piqué, hurle, argumente, fulmine. L'autre le laisse faire, un petit sourire méprisant aux lèvres, puis, pour clore la discussion, lui demande des nouvelles de son cousin Marcel que Jean-le-Décollé lui a déjà avoué, dans un moment de faiblesse, avoir croisé à quelques reprises dans différentes institutions à travers le Québec. Plutôt que de répondre à tant de bassesse – tout le monde sait que le cousin de la Duchesse est schizo et se trouve enfermé depuis des années quelque part dans les Laurentides –, Jean-le-Décollé, pour ne pas avoir à développer le sujet, se drape dans sa dignité offensée et sort du restaurant en sacrant en anglais.

Ce soir-là, cependant, il a eu pitié de Mona. Mais, sa réponse terminée, il a semblé tirer un trait sur l'existence de la caissière, l'image de celle-ci s'est éteinte dans son œil avant même que son regard quitte son visage, c'était comme si elle n'avait plus été devant lui, grasse et rose, volubile et sentant trop fort l'échantillon de parfum pigé entre les pages d'un magazine américain. Il a sur-le-champ oublié qu'elle existait.

Moi, par contre, il m'a prise par la main et m'a tirée vers la table des serveuses où Huguette, pas encore habituée aux habitudes étranges des créatures de la *Main*, nous regardait arriver avec des yeux affolés. Les travestis lui font encore peur, la pauvre, elle ne sait pas comment leur parler, se mélange sans cesse dans les genres, appelle Maurice madame et Greta-la-Jeune monsieur, s'offusque de leurs plaisanteries pas souvent subtiles, c'est vrai, mais toujours efficaces, et, le pire de tout, se permet de rire d'eux en leur présence. Est-il besoin d'ajouter que les jours d'Huguette sont comptés au Sélect? Nick tient à sa clientèle et sa clientèle ne tient pas du tout à Huguette…

J'ai fait les présentations. Huguette a tendu sa main toujours moite à Jean-le-Décollé qui n'a pas pu retenir une vague grimace de dégoût. Il s'est ensuite essuyé sur une serviette de papier qu'il a fait semblant – encore le gentleman – de vouloir plier pour nous aider. Jean-le-Décollé ne se parfume jamais, il préfère se savonner au Irish Spring à l'odeur si caractéristique et si persistante. Il prétend que le client aime sans se l'avouer retrouver l'odeur du mâle, propre mais mâle tout de même, sous les habits de femme parce que c'est avec un homme, au fond, qu'il veut baiser. (Hosanna dit la même chose depuis des années, mais Jean-le-Décollé cite rarement ses sources et fait semblant que l'idée vient de lui.)

Huguette, peut-être incommodée par l'odeur du Irish Spring qui envahissait tout le restaurant depuis l'arrivée de mon ami, s'est trouvé une excuse pour aller rejoindre Nick et son assistant à la cuisine.

Jean-le-Décollé m'a pris la main en me regardant droit dans les yeux.

«Tu as changé, toi. On dirait qu'il t'est arrivé quelque chose d'important depuis qu'on s'est vus.»

Alors tout est sorti. D'un seul coup. Ce que j'avais mis tant de minutie, que j'avais eu tant de difficulté à coucher sur le papier pendant des semaines s'est libéré en une courte heure: une logorrhée d'une relative violence mêlée à des sanglots irrépressibles, des éclats de voix qui se produisaient sans que j'en aie vraiment conscience et même des éclats de rire, enfin, lorsque j'ai raconté l'audition, le ridicule d'Aimée, ma gaffe, tout ça a jailli de moi comme un geyser rafraîchissant, me nettoyant les intérieurs, soulagement que j'avais en vain cherché dans le *Cahier noir* et qui se présentait en confession verbale devant un travesti que je n'avais pas vu depuis des mois.

Jean-le-Décollé ne m'a pas interrompue une seule fois. Je pourrais même avancer sans me tromper qu'il n'a pas bougé d'un poil pendant cette heure complète où, heureusement, personne n'est entré dans le restaurant. Quand j'ai eu terminé mon récit, en me mouchant dans une serviette de papier qu'Huguette avait pliée plus tôt, je me suis rendu compte que

Nick et ses employés s'étaient installés à l'autre bout de la salle, près de la cage de Mona, et jasaient en attendant la fin de mon histoire. Ils auraient pu protester, partir, exiger que je parte moi aussi, au lieu de quoi ils avaient patiemment attendu en papotant, Nick la cigarette au bec, Mona la main sur le genou de son amant. Huguette et Lucien, l'assistant haïtien de Nick, marié et père de trois enfants, continuaient quant à eux et par pur désœuvrement un flirt superficiel entamé depuis quelques jours et qui ne mènerait nulle part. Les langues allaient bon train, au restaurant, des paris avaient été lancés, mais moi j'étais convaincue que ces deux-là n'avaient rien en commun, qu'il ne se passerait rien entre eux, que le téléphone arabe qui reliait sans cesse le Sélect à la *Main* serait bien déçu. Pas de vrai cancan, pas de bon morceau à se mettre sous la dent, pas de femme trompée ni de petit ami évincé. L'ennui.

J'ai même cru comprendre qu'ils avaient barré la porte pour qu'on ne me dérange pas. Je leur en sus gré, leur envoyai timidement un signe de la main.

« Ça sera pas long, j'ai fini ! »

Nick a éteint sa cigarette en envoyant dans l'air déjà saturé du restaurant sa dernière volute de fumée grise.

« C'est ça, dépêche-toi, ma patience a des limites. »

Celle de Mona aussi, parce qu'elle leva les yeux au plafond comme lorsqu'un client lui présente un billet de vingt dollars. Nick se contenta de lui dire sans la regarder :

« Tu aurais pu partir, Mona, je te l'ai dit. »

Piquée au vif, elle lui pinça l'avant-bras, chose qu'il détestait entre toutes.

« Tu m'avais juré que tu passerais la nuit chez nous !

— Tu restes à deux rues ! Tu ne peux pas marcher deux rues toute seule ?

— Pas après la fermeture ! C'est toi qui ne veux pas ! »

— On a fermé plus de bonne heure, ce soir! De toute façon, je t'ai dit ça il y a cinq ans! Aujourd'hui, il n'y a plus de danger, personne ne veut plus rien savoir de toi, tu ne cours plus aucun danger!»

Je ne voulais pas être la cause d'une autre bisbille entre eux – elles sont nombreuses et parfois virulentes –, alors je me suis levée pour partir en remerciant Jean-le-Décollé de m'avoir écoutée. Il m'a retenue par la main. Lui aussi m'a parlé sans me regarder.

«Pendant les mois où j'étais disparu, j'étais en dedans.»

En dedans, ça voulait dire en prison. Ça voulait dire Bordeaux. Pour l'hôpital psychiatrique, il aurait dit Saint-Jean-de-Dieu. Il aurait dit: «Pendant les mois où j'étais disparu, j'étais à Saint-Jean-de-Dieu.» Il avait dit en dedans: la prison. Parce que Bordeaux est un mot maudit, interdit, banni du vocabulaire de la *Main*. Il porte malheur. Il est chargé de violence, d'injustice, de lâchetés inavouables, de crimes jamais punis contre les créatures de la nuit. Jean-le-Décollé n'en avait jamais dit autant à qui que ce soit et il semblait lui-même étonné. Aussitôt sa phrase terminée, il a ouvert son sac de crocodile en carton bouilli pour se donner contenance, il a fouillé dedans comme s'il ne savait pas très bien où se trouvait son rouge à lèvres, l'a sorti, l'a ouvert, s'est barbouillé le kisser en gestes lents et savants.

Je ne savais pas quoi répondre. J'appréciais sa franchise, j'en étais touchée, troublée même, parce que j'ignorais pourquoi il me faisait confiance tout à coup, lui qui se vantait de pouvoir se sortir tout seul de n'importe quel mauvais pas, mais rien d'intelligent ne me venait à l'esprit. Alors je me suis contentée de lui serrer le bras dans un geste que je voulais affectueux.

Il a fermé son bâton de rouge à lèvres, il a fermé son sac, il a fermé les yeux.

«Si tu savais ce que c'est, la prison, pour un gars comme moi…»

Il n'avait pas eu besoin d'une heure pour me faire comprendre ce qu'il venait de traverser; j'ai vaguement aperçu des images de violences inouïes, de viols, d'humiliations, des silhouettes d'horreur ont dansé devant mes yeux, j'ai entendu des cris de douleur, au loin, au fond de ma tête. Je restais plantée là près de lui, mon regard à la hauteur du sien même si j'étais debout, et rien ne venait, pas la moindre parole de soulagement ou de simple encouragement.

Il a fini par ouvrir les yeux, a tourné la tête dans ma direction.

«C'est pire que tout ce qui vient de te passer par la tête, Céline…»

Des larmes l'ont caché à ma vue. Il a détourné la tête, pour ne pas les voir, je suppose, pour ne pas pleurer lui aussi, une faiblesse suffisait pour la soirée.

Voyant qu'il ne voulait surtout pas s'étendre sur le sujet, je me suis éloignée en me mouchant. Les choses semblaient s'être envenimées à la table de Nick. Mona se rongeait l'intérieur de la joue en couvant Nick d'un air méchant – on sentait qu'il allait y goûter, le pauvre –, Huguette semblait bouder Lucien qui fumait, les yeux dans le beurre, un vague sourire aux lèvres. Il nous avait dit, un soir, avec son bel accent que nous avions mis quelques mois à comprendre, au début: «Quand vous me vewwez dans la lune, ne me déwangez pas, je suis heuweux!» Et ça lui arrivait n'importe où, les bras plongés dans l'eau de vaisselle sale, devant des œufs qu'il laissait brûler, au milieu du geste de verser du vinaigre sur les tables du restaurant pour les désinfecter. Sauf pour les œufs qui faisaient hurler Nick, on le laissait faire. Il nous avait dit que les couchers de soleil qu'il voyait en imagination étaient somptueux, nous le laissions à ses couchers de soleil somptueux.

J'ai commencé à enfiler mes gants.

«C'est correct, on peut y aller, on a fini.»

Mona a haussé les épaules.

«J'espère que ça a fait du bien, parce que c'était long rare!»

Je lui ai refilé mon plus beau sourire.

«Oui, Mona, ça a fait du bien. Et tu ne sauras pas de quoi il était question. Mais merci beaucoup à vous quatre de nous avoir attendus.»

Quand Jean-le-Décollé a parlé, je me suis rendu compte qu'il était tout près de moi dans l'allée entre les tables.

«Ton Aimée Langevin, là, tu me l'enverras. Je vais lui dire deux mots, moi...»

Il n'a serré la main de personne, pas même la mienne, il s'est dirigé vers la porte que Nick a débarrée pour lui, il est entré dans la nuit.

Les autres travestis et les diverses guidounes du Coconut Inn ou de chez Fine Dumas qui essaie en vain de lancer un club privé sur la *Main* depuis que le maire Drapeau a fermé son bordel en vue de l'Exposition universelle de l'année prochaine le recevraient dans quelques minutes avec des cris stridents sinon sincèrement joyeux, ils s'inquiéteraient de la pâleur de son teint, de sa maigreur encore plus prononcée qu'avant son départ – «Un régime de six mois de chiens sales, mon Jean?»–, mais ne lui demanderaient pas d'où il vient. La rumeur a dû les renseigner depuis longtemps et ils tiennent à leurs dentiers.

Je l'ai regardé s'éloigner sur le trottoir, reine déchue de retour d'exil, Hécube des pauvres, frileusement enveloppé dans sa fausse fourrure, en route pour d'autres genres d'humiliations, acceptées d'avance, celles-là, et qui font, comme on dit, partie du plus vieux métier du monde.

J'ai dit à demain à Nick, à Huguette, à Mona, à Lucien. Un autobus passait; je l'ai pris. Trop froid pour marcher. Le Café Saint-Jacques avait l'air vide. Deux clients mangeaient dans la vitrine de

Géracimo, probablement un *pepper steak*, la spécialité de l'endroit, que Nick réussit mal mais que
Lucien est en train de ressusciter, au Sélect, à grands
coups de sauce piquante et de paprika. Il appelle ça
la touche haïtienne et les travestis trouvent que ça
fouette le sang, que ça prépare bien pour une nuit
passée à geler en talons hauts dans la neige sale.

Eux aussi, ceux et celles qui hantent les coins de
rues, la nuit, leurs jours sont comptés. Ils savent que
le maire Drapeau les regarde d'un très mauvais œil
parce qu'il faut à tout prix blanchir Montréal pour la
prochaine venue de millions d'étrangers à qui on a
promis une ville catholique – rien de moins que la
ville aux cent clochers! –, et que la vision d'horreur
qu'ils représentent, en particulier pour les vertueux
Américains, n'est pas très bonne pour l'image de la
ville consacrée, rappelons-le, à la Sainte Vierge elle-
même en personne.

Le manège du cul va continuer, bien sûr, après
tout le red neck a des besoins qu'il faut satisfaire,
mais il faudra cacher tout ça. Tout est permis à
condition de ne pas se faire prendre, et draguer
dans la rue, au su et au vu de tout le monde, est
une chose que les Américains n'arrivent pas à comprendre, sauf en vacances en Europe, pour eux le
berceau de tous les vices. Et comme le dit si bien la
Duchesse qui n'a jamais fait la rue de sa sainte vie :
« On ira travailler à l'intérieur! Les clients vont être
obligés de boire avant de fourrer, c'est tout! »

Pour le moment, l'argent que Maurice distribue
ici et là à divers échelons de la force policière de
Montréal les protège, mais pour combien de temps ?
Il y a quelques mois, on croyait Fine Dumas à
l'épreuve de tout, et la voilà qui crève de faim entre
deux restaurants chinois de la rue La Gauchetière !

J'ai imaginé Jean-le-Décollé reprenant sa place
au coin de la *Main* et de la Catherine, l'ancien frère
enseignant devenu guidoune, le froid mordant qu'il
aurait à endurer après la chaleur de la prison de
Bordeaux, les billets de dix dollars échangés dans

des entrées de maisons de chambres, le petit évier crasseux, la débarbouillette usée, le savon cheap, la queue, grosse, petite, circoncise ou non, expérimentée ou sans talent, peu importe, la petite mort sur un matelas trop bruyant, la culpabilité, peut-être, au bout des dix courtes minutes passées à s'essouffler ou à faire semblant, le silence, après, la tête baissée du client, le chapeau renfoncé jusqu'aux sourcils, le retour dans les rangs des fausses et des vraies filles qui vendent pour par cher ce qui en fin de compte ne vaut pas grand-chose.

Puis je me suis trouvée idiote. Je retombais dans ce que les créatures de la nuit appellent le «romantisme des travailleurs sociaux» et qu'elles couvrent de mépris. Bambi m'avait dit un jour entre deux séances de morphine : «Notre vie est plus simple et plus compliquée que ça, et ceux qui ne l'ont jamais connue devraient cesser d'imaginer ce que c'est. C'est inimaginable. Unique, mais inimaginable.»

J'ai donc mis un frein à mon imagination et j'ai essayé de me concentrer sur ce qui se passait, rien en fait, dans la rue Sainte-Catherine. J'ai laissé Jean-le-Décollé à ses clients pour me concentrer sur ce que je venais de lui raconter.

J'ai accompli hier la plus longue session d'écriture de toute ma vie. Vingt feuillets de mon *Cahier noir*! Ça me confirme que mon nouvel environnement, malgré le party qui a éclaté dans le salon vers deux heures du matin, me tenant réveillée jusqu'aux aurores, m'est bénéfique, que mon déménagement du Plateau-Mont-Royal au Vieux-Montréal était ce qui pouvait m'arriver de mieux à cette période-ci de ma vie. Mais je vais tout de même parler dès ce soir à Jean-le-Décollé. Il m'a promis la paix, il faudrait qu'il la livre! Je travaille le jour pour une semaine encore – Madeleine revient enfin au début de la semaine prochaine au bout de presque deux mois de repos! – et j'ai besoin de mes huit heures de sommeil. Je n'ai pas quitté les problèmes de boisson de ma mère pour me retrouver plongée dans ceux des travestis de la *Main*!

Mais revenons-en à nos moutons.

Quelques jours après la première visite de Jean-le-Décollé, Aimée Langevin s'est pointée au restaurant toute pimpante, en plein cœur d'après-midi. En fait, je l'ai entendue avant de la voir. J'étais à la cuisine en train d'expliquer une fois de plus à Lucien qu'un BLT sans bacon est un simple sandwich aux tomates – il l'oublie souvent parce qu'il déteste le bacon canadien, trop gras à son goût – lorsqu'un rire que je connaissais bien et que je n'avais pas entendu depuis un bon moment a éclaté dans le

Sélect, une cascade de notes perlées aboutissant à une sorte de bramement de gorge plutôt étonnant après ces trilles et ces triolets dignes de Pierrette Alarie ou de Joan Sutherland. La vraie Aimée Langevin était de retour! Et de bonne humeur! Ça ne pouvait signifier qu'une chose : elle avait eu des nouvelles, et des bonnes, de son audition pour *Les Troyennes*. J'en fus ravie pour elle.

Elle m'a tendu les bras, m'a serrée contre elle comme si nous nous étions quittées les meilleures amies du monde la veille, agissant à son habitude comme si de rien n'était : elle ne m'avait pas snobée depuis des semaines, elle était presque condescendante dans la joie de me retrouver, moi la petite chose sans importance qu'on peut tasser quand ça fait son affaire et faire semblant de récupérer avec ravissement, sans se préoccuper le moins du monde du mal ou de la peine qu'on a pu lui faire.

J'avais à la fois envie de la gifler et de l'embrasser.

Elle ne m'a pas laissé le temps d'exprimer mes sentiments, qui n'avaient pour elle aucune importance, d'ailleurs, et s'est jetée dans un de ses monologues sans fin remplis de détails et de détours inutiles qui vous laissent sur le carreau, épuisé et demandant grâce tant ils sont vertigineux.

Pour résumer, il avait téléphoné! Le futur grand homme avait téléphoné! Lui-même! En personne! Pour lui apprendre la nouvelle du siècle : elle avait décroché un rôle dans le chœur des *Troyennes*. (À l'entendre parler, il s'était excusé de l'avoir fait attendre si longtemps, mais je crois qu'Aimée a inventé de toutes pièces cette partie de l'histoire pour ne pas avoir à m'avouer qu'elle remplaçait quelqu'un qui s'était désisté à la dernière minute.) Elle commençait à répéter le lendemain soir, elle n'avait qu'une phrase à dire : «Et tu dis que tu te suspendais à des cordes.» Mais ce n'était pas grave, ce n'était qu'un début, c'était mieux que rien! Son rêve allait enfin se réaliser, elle allait monter sur une scène montréalaise. J'ai eu la décence de ne pas lui faire remarquer que cette scène n'avait qu'une marche de haut et se situait dans un trou humide que personne ne connaissait, je ne voulais pas lui péter sa balloune et surtout je voulais éviter de me faire traiter de casseuse de party.

Elle ajouta des détails dont je n'avais absolument pas besoin pour me réjouir de ce qui lui arrivait : elle venait d'avoir au téléphone la dessinatrice des costumes qui lui avait dit qu'elle s'inspirait des fresques crétoises aux si beaux bariolages pour souligner le côté barbare des Troyens plutôt que de la période classique grecque qu'on voit si souvent sur les scènes et qu'elle juge trop «esthétisante» à son goût – après tout, une guerre de dix ans venait d'avoir lieu, ce n'était pas le temps de vêtir les femmes de Troie de tuniques d'un blanc immaculé! –; elle venait de retrouver sa réplique dans le texte qui se situe au tout début du premier chœur de la pièce; elle s'inquiétait de savoir si le bariolage des Crétois la grossirait («Si les rayures sont horizontales, je suis faite!»), si ses amis la reconnaîtraient ainsi attifée, si le metteur en scène allait la placer au bord ou au fond de la scène… Elle était en même temps étourdissante, touchante et tuable. Et je plaignais le pauvre gars qui allait être obligé de la diriger! J'avais envie de lui rappeler que ce n'était pas Hécube qu'elle jouait, c'était une pauvre femme sans nom que probablement personne ne remarquerait, mais je me suis retenue pour la laisser à sa joie pour le moins débordante et qu'il fallait que je fasse semblant de partager.

Parce que je ne la partageais pas tout à fait.

J'étais contente pour elle, oui, bien sûr, elle allait réaliser un de ses rêves les plus fous, tant mieux, mais à mon grand étonnement, je ressentais comme un vide quelque part en moi, il manquait quelque chose à mon appréciation de ce qui arrivait à Aimée, je n'arrivais pas à applaudir complètement à sa chance inespérée, à me sentir concernée même si j'avais pris part à l'aventure. Un sentiment que je repoussais de toutes mes forces frôlait ma conscience, tournait autour de mon cœur, de mon plexus solaire, une bête étrange et sauvage que je ne pouvais pas chasser d'un simple geste de la main et qui, je le sentais, me dévorerait toute crue si je la laissais faire.

La jalousie?

Je mets un point d'interrogation parce que je n'en étais pas certaine. J'étais convaincue de ne pas vouloir devenir actrice. Je savais que j'avais accepté la proposition d'Aimée uniquement pour lui venir en aide, parce qu'elle ne trouvait personne d'autre pour lui donner la réplique. J'avais détesté chaque seconde passée sur cette scène, mimer la douleur de quelqu'un que je n'étais pas, j'avais été humiliée par ma gaffe pourtant insignifiante, mais dont j'étais incapable de me débarrasser, alors quoi?

Jalouse d'Aimée! Mais pourquoi?

Après l'avoir félicitée en contrefaisant une joie que je ne ressentais pas, j'ai inventé une excuse pour me rendre à la salle de bains des employés. Là aussi on tient un petit banc à mon intention, sous l'évier. Je l'ai tiré, je suis montée dessus, je me suis aspergé le visage d'eau glacée avant de me regarder. Je refusais que ce soit là la tête d'une jalouse, d'une vulgaire envieuse incapable de se réjouir de la bonne fortune d'une de ses amies. Ce trou au creux de l'estomac, cette espèce d'impression de manque, aussi, la certitude qu'on me lésait, qu'on me niait une chose à laquelle j'avais droit, avaient une autre source, j'en étais certaine. J'ai bien des défauts, mais la jalousie n'en a jamais fait partie. J'ai envié mes camarades de classe qui grandissaient plus vite que moi pendant mon adolescence, c'est vrai, mais ce n'était pas de la vraie jalousie, c'était une colère noire contre la vie, contre l'injustice devant un destin trop lourd à porter, une rage qui ne s'adressait à personne en particulier, même pas à mes parents pourtant responsables de mon physique.

Je n'avais jamais eu envie de frapper une de ces filles qui s'épanouissaient en beauté alors que je restais gauche et lourde, non, ce n'était pas elles que je haïssais, c'était moi, c'était contre mon destin que j'en avais, pas contre celui des autres. Mais là, maintenant, si je ne m'étais pas retenue, je serais sortie de la salle de bains pour aller fesser Aimée, la bourrer de coups de poing et de coups de pieds. De la jalousie, non, de la rancune, oui.

J'ai appuyé mon front sur la surface froide du petit miroir qui surplombe l'évier ébréché où traînent toujours des poils de barbe de Nick ou de Lucien. Un besoin de violence que je me savais incapable d'assouvir d'habitude parcourait tout mon corps, mais cette fois je me sentais la force de démolir la salle de bains au complet, de mettre le feu au restaurant, de casser un membre ou deux à Aimée pour l'empêcher d'aller répéter *Les Troyennes* d'Euripide, mais pourquoi?

La raison était simple, elle m'est venue simplement.

J'ai soudain compris que ce n'était pas la chose elle-même que j'enviais à Aimée. Elle pouvait bien garder son rôle dans *Les Troyennes*, imaginer qu'on allait la découvrir, en faire une actrice, une star, je m'en foutais, ce que je ne prenais pas, c'était que quelque chose arrive à Aimée, qu'un *événement* se produise dans sa vie alors que rien ne m'arrivait, à moi, comme d'habitude. Au contraire d'elle, je n'avais pas rêvé que cette maudite audition change quoi que ce soit à mon existence, et pourtant j'étais déçue que ça ne se produise pas!

J'avais besoin que quelque chose m'arrive!

Jamais je n'avais vu mon avenir avec une telle précision : au Sélect, j'allais passer d'Aimée à «ma tante», puis de «ma tante» à «maman», puis… quoi? Grand-maman? Une vieille petite serveuse qui trotte sur ses petites pattes pour servir à des travestis leur pitance quotidienne de graillon? Toute une vie passée à parcourir les allées d'un greasy spoon, sans espoir que rien jamais ne change? La waitress la plus originale en ville – imaginez, une naine! –, qu'on viendrait voir de partout pour rire d'elle en la regardant parcourir les allées du restaurant comme une souris dans un labyrinthe?

Il fallait que je mette fin à tout ça moi-même avant que ça me tue! Pas parce que je n'aimais pas mon métier, mais parce que je n'étais pas faite pour lui, même physiquement, et, surtout, parce que j'avais besoin de changement! La vie d'Aimée allait *peut-être* changer, pourquoi pas la mienne? Mais où aller, vers quoi me diriger? Je ne savais rien faire d'autre que de servir des *hamburger platters* et des BLT sans bacon fabriqués par un Haïtien qui trouvait la nourriture du Sélect trop fade!

Je me suis repassé le visage à l'eau froide. Ne rien laisser paraître, dissimuler à tout prix ce nouveau sentiment qui me rongeait, faire comme d'habitude. Faire comme. Toute mon existence en deux mots.

Quand je suis revenue dans le restaurant, Aimée trônait au milieu de sa bande qui venait de se joindre à elle après un quelconque cours de dessin ou de menuiserie. On la congratulait, on la flattait, on lui prédisait un avenir improbable, on mélangeait tout, l'actrice, la star, la personnalité publique. Aimée ronronnait. Littéralement. Je l'entendais ronronner. Elle se voyait au Théâtre du Nouveau-Monde, nouvelle Denise Pelletier en meilleur, elle se voyait au Théâtre du Rideau Vert, nouvelle Yvette Brind'Amour en meilleur, elle se voyait à la télévision, héroïne du téléroman le plus populaire de tous les temps, écrit pour elle, on pouvait quasiment l'entendre rêver sous les encouragements de ses amis aussi naïfs qu'elle.

Au milieu des félicitations et des flatteries, une toute petite personne, pas très élégante dans sa gaucherie, est venue s'appuyer sur le bord de sa table et lui a demandé un peu trop poliment:

«Qu'est-ce que je pourrais vous servir, madame Langevin? Notre *hamburger platter* est célèbre jusque dans les rangs des plus grands artistes de Montréal, vous savez! Je vous le conseille fortement!»

Son rire était-il sincère? A-t-elle senti l'ironie dans ma voix, la pointe de dérision, de raillerie? Et la hargne dans mon cœur?

Je ne le saurai jamais.

Mais ce que je sais, c'est que je n'en fus pas du tout réconfortée ni soulagée. Rien de ce que j'entreprenais ne semblait y arriver, d'ailleurs, je me rendais très bien compte que je n'arrêtais pas de l'écrire depuis des lustres. De temps en temps, c'est vrai, la chape de plomb qui pesait sur mon cœur semblait se soulever un peu, ça durait quelques heures, parfois toute une journée, puis le couvercle se refermait sur mon âme, j'avais l'impression de m'enterrer moi-même dans un trou que je creusais au fur et à mesure, alors que j'aurais voulu le combler une fois pour toutes et passer à autre chose.

J'avais bien peur d'être une inconsolable.

J'ai laissé Aimée à son triomphe et je suis retournée servir les clients du souper qui commençaient à arriver.

Dès que je suis entrée à la maison, ce soir-là, j'ai senti que quelque chose n'allait pas. Cette fausse tranquillité faite de non-dits et d'accusations inexprimées dont j'avais pris l'habitude de me méfier depuis si longtemps régnait dans l'appartement. Ça puait la pizza de livraison, papa dormait devant le poste de télévision ou faisait semblant, il n'y avait aucune trace de mes deux sœurs – est-ce que le conte dit si Cendrillon était plus vieille que ses deux méchantes demi-sœurs? en tout cas, elle n'était pas naine, ça c'est sûr! – et j'entendais maman parler toute seule dans sa chambre. Quelque chose était arrivé. Les deux seules sources de lumière provenaient du salon et de la chambre de maman, le reste était plongé dans le noir. Et le monologue lointain que j'entendais me disait assez bien qu'une bouteille avait été vidée, que des menaces sans explications avaient été lancées et mises en application, qu'une femme saoule gisait dans son lit, aux prises avec des démons, imaginaires ou non.

J'étais fatiguée, le coup de feu avait été prolongé par le groupe d'amis d'Aimée qui avait décidé de fêter son introduction au théâtre – dans un rôle sans importance, sans nom, sans personnalité, au milieu d'un groupe de femmes toutes habillées de la même façon, dois-je le rappeler –, ils avaient été bruyants, achalants, pour une fois je ne les avais pas trouvés drôles, j'avais donc juste envie de me déshabiller, de faire ma toilette, de me jeter dans mon lit avec l'espoir de m'endormir immédiatement et de me perdre dans une longue nuit sans rêves.

Comme je n'avais pas le goût d'avoir une discussion dénuée de sens et sans fin avec la femme soûle qui parlait toute seule, je suis passée devant sa chambre sur le bout des pieds comme une enfant coupable qui rentre chez ses parents après une fugue qui a affolé tout le monde.

Le plancher craque.

Ma mère s'est redressée dans son lit et a lancé:

«C'est toi, Céline?»

La voix était pâteuse, rauque, un cliché de voix d'alcoolique, et je me suis dit que j'allais subir une fois de plus un cliché de discussion avec une alcoolique.

Je me suis appuyée contre le chambranle de la porte de sa chambre.

Ça sentait l'alcool mal digéré, le vomi, quelque chose d'autre aussi, que je n'arrivai pas à identifier tout de suite. Puis ça m'est venu quand j'ai vu ses yeux bouffis, la sueur sur son front et sur sa gorge mal couverte par une jaquette qui lui glissait des épaules. Le corps mal lavé. Elle avait recommencé à négliger sa toilette. Quoi qu'il se soit produit, c'était grave.

«Oui, c'est moi. Mais je suis fatiguée, maman, je voudrais aller me coucher.»

Elle m'a lancé une petite boule de papier qu'elle tenait au creux de la main.

«T'as osé me faire ça?

— J'ai osé te faire quoi?

— Y a un gars qui a téléphoné, cet après-midi… J'ai écrit son nom sur le papier…»

Une espèce de rage mal contenue l'empêchait, en plus de la boisson, de s'exprimer clairement; elle mâchait ses mots, les crachait, informes, presque inaudibles, sans souci, on aurait dit, ce qui était plutôt étonnant de sa part, de former des phrases complètes. Je crois que je n'arriverais pas à les rendre fidèlement par écrit si j'essayais, je ne saurais pas comment transcrire les sons qui sortaient de sa bouche, personne, je crois, n'a jamais essayé de le faire, alors les dialogues qui vont suivre, ses répliques à elle, en tout cas, ne seront pas très près de la réalité...

J'ai déplié le papier, puis j'ai sursauté en voyant le nom qui y était inscrit.

«Je lui ai demandé pourquoi il téléphonait. Il me l'a dit. Tu as osé me faire ça! Tu as osé aller passer une audition pour jouer dans une pièce! Tu vas aller te trimbaler sur une scène, exhiber ma honte devant tout le monde! Je t'ai appris à te faire oublier, à t'arranger pour toujours être discrète, et tu vas aller jouer dans une pièce de théâtre pour faire rire de toi! Pour faire rire de moi!»

J'étais tellement étonnée que je n'ai rien trouvé à lui répondre. De toute façon, que lui dire? Que je n'avais pas passé l'audition? Pas vraiment? Que c'est l'autre fille qui l'avait passée? Que j'étais aussi surprise de cet appel qu'elle l'était elle-même? Que je n'avais jamais eu l'intention d'aller lui faire honte sur une scène? Elle ne m'aurait pas crue.

«Si tu me fais ça, Céline... Si tu oses me faire ça...»

Mais j'étais déjà partie. Je me dirigeais vers le téléphone accroché au mur de la cuisine.

«Céline! Reviens ici immédiatement! Je n'ai pas fini de te parler!»

Il allait avoir ma façon de penser!

J'ai failli démolir le téléphone en composant son numéro.

Et je l'ai agressé de belle façon tout de suite après son «Allô?».

Il m'a écoutée avec beaucoup de calme. Je l'entendais respirer pendant que je lui faisais mon boniment. Je l'imaginais dans une cuisine comme la nôtre, appuyé contre un frigidaire, un petit sourire moqueur aux lèvres. Un petit sourire moqueur que j'aurais bien aimé lui effacer d'une bonne claque bien placée.

À mon grand étonnement, il m'a d'emblée avoué que c'est effectivement mon physique qui l'intéressait. Pas de tergiversations, pas d'accroires, il est allé droit au but après que je lui eus demandé pour la troisième fois de suite, sans me donner la peine de respirer, pourquoi il me rappelait alors que je n'avais pas passé d'audition.

«Ce n'est quand même pas à cause de mon grand talent, je sais que je n'en ai pas!»

Il a ri. Et je suppose qu'il s'est enlevé le pouce de la bouche pour me répondre.

«Si tu le croyais vraiment, tu ne serais jamais venue à l'audition, Céline, même pas pour rendre service à ton amie. Mais c'est vrai que c'est à cause de ton physique que je te rappelle. Je t'ai trouvée très courageuse de te présenter sur une scène dans un texte classique et je me dis que ce serait intéressant que tu sois dans le chœur. Après tout, c'est toi qui as fait les premiers pas... Je ne suis pas allé te pêcher dans la rue, tu t'es présentée toi-même au théâtre... J'ai même décidé de t'attacher à Hécube, si tu acceptes, de faire de toi sa suivante, sa duègne, tu serais très présente dans le spectacle. Et je t'ai trouvé une réplique sans r : «Le noble pays du Pénée, beau socle où s'élève Olympie, on le loue pour son opulence.»

Dans mon grand énervement, j'avais donc en plus roulé mes r sans m'en rendre compte!

«Mais je ne veux pas, je n'ai jamais voulu monter sur une scène! Je te jure que c'est vrai!

— Je ne t'y oblige pas, non plus. Si tu me dis non, on se retrouvera au restaurant au-dessus d'un *hamburger platter* trois sauces pas de *coleslaw*, c'est tout... Mais ce serait bien dommage...»

Je me suis revue dans la salle de bains des employés du Sélect, j'ai retrouvé la boule dans ma gorge, le poids sur mon cœur. J'avais voulu un changement, j'avais envié celui qui se préparait dans la vie d'Aimée Langevin, il s'en présentait un le jour même et j'étais en train de le refuser.

«Mais pourquoi tu ne nous as pas rappelées avant aujourd'hui, Aimée et moi? Est-ce qu'on est des bouche-trous? Aimée se pavane en disant à tous ceux qui veulent l'entendre que tu as besoin d'elle, mais je trouve que deux semaines, c'est bien long pour se décider…

— Aimée est un bouche-trou, c'est vrai. C'est peut-être la plus mauvaise actrice que j'ai jamais vue, mais elle aussi a un physique intéressant. C'est la seule grosse fille qui s'est présentée, avec une autre que j'aurais voulu avoir mais qui s'est désistée au dernier moment, et je veux pour le chœur des femmes très différentes les unes des autres. Pas des actrices qui se ressemblent toutes. Je la connais un peu, je pense pouvoir la contrôler… Sinon, j'en ferai la comique de Troie… Il devait bien y en avoir une… Quant à toi… Écoute, si ça t'a pris du courage pour te présenter au théâtre des Saltim-banques, ça me prenait à moi aussi une certaine dose de courage pour te rappeler alors que c'est Aimée qui avait passé l'audition… Si ça avait été toi, je t'aurais rappelée le soir même… J'hésite depuis deux semaines, je ne me suis pas non plus présenté au restaurant parce que je ne voulais pas t'offrir le rôle à brûle-pourpoint… et t'offenser. Si j'ai eu le courage de te rappeler ce soir, c'est qu'on fait une lecture complète de la pièce, avec toutes les actrices, demain soir, et qu'il sera trop tard, après le début des répétitions… C'était maintenant ou jamais. Et si ça peut compter dans la balance, sache que j'ai un peu demandé Aimée pour t'avoir, toi…»

Flatterie ou non, mensonge éhonté ou non, le coup a porté. Quelque chose qui ressemblait à une joie méchante est passé… C'est drôle, j'avais l'impression que ça venait du téléphone, que ça voyageait par le fil du téléphone pour se loger dans mon oreille avant d'envahir mon corps comme une chaleur bienfaisante. Oui, c'était bien de la méchan-ceté, ça en avait la saveur acide, ça satisfaisait mon besoin de me défouler, ça jetait sur ma journée un baume rafraîchissant, consolation inattendue au milieu d'un moment difficile… et c'était tellement bon! J'étais préférée à Aimée! C'est moi qu'on aurait dû fêter, plus tôt, au restaurant! C'était moi l'élue et elle, le bouche-trou!

Un silence gênant s'étirait entre nous. Il n'y a rien de plus terrible qu'un silence au téléphone. On ne se voit pas, on ne sait pas si l'autre s'apprête à parler ou pas, on cherche quelque chose à dire, on ne trouve pas, l'autre non plus… Et plus ça dure, plus c'est difficile à rattraper.

C'est lui qui a mis fin à ce moment bizarre, en fin de compte, après ce qui m'a semblé être une éternité:

«Réfléchis-tu, ou es-tu en train de chercher des injures dignes de ce que tu penses de moi?»

Cette fois, c'est moi qui ai ri. Et en riant, j'ai su que maman m'entendrait. Qu'elle se demanderait pourquoi je riais. Pourquoi j'osais rire après la scène qu'elle venait de me faire. Qu'elle se douterait que j'étais en train d'accepter d'aller lui faire honte sur une scène. Après ce qu'elle venait de me dire. Et c'est justement ce qu'elle venait de me dire, la scène qu'elle venait de me faire, sa rage lorsqu'elle apprendrait que j'allais monter sur une scène malgré sa défense formelle, ce moyen de vengeance inespéré, cette planche de salut qui m'ont convaincue d'accepter l'offre pourtant absurde du jeune metteur en scène plein d'avenir, beaucoup plus, en tout cas, que la simple satisfaction de faire chier Aimée Langevin.

J'ai accepté son offre avec une petite voix hésitante. Comme si j'abdiquais devant une volonté plus grande que la mienne.

Il a semblé ravi, il a lancé un joyeux: «C'est sublime!» qui m'a remplie de plaisir – j'étais désirée et je me rendais au désir de l'autre! –, il m'a donné rendez-vous au théâtre des Saltimbanques le lendemain soir à sept heures. J'ai raccroché après lui avoir dit qu'il n'était pas obligé de me donner une réplique, ce à quoi il m'a répondu qu'il n'en était pas question, que toutes les femmes du chœur devaient avoir au moins une réplique chacune.

J'avais un rôle que je n'avais pas convoité dans *Les Troyennes* d'Euripide, je n'avais pas demandé combien de temps on répéterait, quand on jouerait la pièce – j'avais un métier, non, j'allais recommencer à travailler le soir la semaine suivante, non? –, je ne savais même pas si le projet était réalisable, je me doutais même sérieusement qu'il ne l'était pas, mais j'étais euphorique!

Maintenant, il fallait que j'apprenne la nouvelle à maman… et à Aimée!

Laquelle serait la plus enragée?

Maman n'était pas dans sa chambre. Je l'entendais cracher dans la salle de bains. Je me suis assise au bord de son lit pour l'attendre. Comment papa faisait-il pour dormir depuis des années dans cette odeur d'alcool mal digéré? Il passait de plus en plus souvent ses nuits dans le sofa du salon, soit, mais pas toujours. Que ressentait-il quand il se glissait à côté d'elle, quand il sentait sa chair molle contre sa cuisse, le long de son bras? Du dégoût pour ce qu'elle était devenue alors qu'il l'avait tant aimée? D'abord, l'avait-il aimée passionnément comme elle l'avait aimé passionnément? Au contraire de maman, il n'en parlait jamais, il ne se confiait pas, gardait tout en dedans en vrai mâle nord-américain pour qui les sentiments et surtout leur expression sont suspects et même répréhensibles. L'amour qu'il avait peut-être éprouvé pour elle autrefois transparaissait moins, il semblait même impensable, absurde, quand, enragée, vitupérante, injuste, maman l'agonissait d'injures devant leurs trois enfants, l'humiliait de reproches au sujet de la vie qu'il n'avait pas pu lui payer et à laquelle elle était convaincue d'avoir eu droit. Pourquoi ne l'avait-il pas quittée depuis longtemps, pourquoi restait-il là, impuissant, le dos voûté, à endurer des abus qu'il ne méritait pas? Était-ce là aussi une forme d'amour? Ou simplement de l'autopunition? Sadisme sans doute inconscient d'un côté, parce que maman n'est pas, au fond, une méchante personne, masochisme assumé de l'autre? Encore le jeu du bourreau et de la victime…

Quand maman est revenue, je n'ai pas osé la regarder entrer en titubant, se diriger d'un pas mal assuré vers le lit, s'y jeter comme sur une bouée flottant à la surface d'une mer déchaînée, je n'en avais pas besoin, j'en avais trop souvent été témoin. L'odeur qu'elle dégageait en passant près de moi soulevait le cœur. Je sais que c'est terrible de dire ça de sa propre mère, mais j'en ai trop souvent souffert pour l'excuser comme un malaise passager et le passer sous silence. Comment taire une chose qu'on endure depuis si longtemps? Ce *Cahier noir* doit servir à ça aussi! Me laver de tout, même de ça! Mais en suis-je vraiment lavée quand je l'ai couché sur la page blanche? Pas sûr. Je parle souvent de soulagement, passager ou définitif, mais il y a une énorme différence entre se soulager de quelque chose et en être *débarrassée*. Serais-je jamais débarrassée des choses que je confesse ici chaque jour, pourrais-je d'une façon définitive les mettre derrière moi et les oublier? Trouver des raisons pour pardonner, je veux bien, mais oublier!

Je ne l'ai pas regardée non plus quand je lui ai raconté dans ses moindres détails le coup de téléphone que je venais de faire. Je voulais qu'elle sache tout. Pas seulement qu'on m'offrait un rôle dans une pièce vieille de deux mille ans et que j'allais donc, à sa grande honte à elle, m'exhiber sur une scène chaque soir pendant des semaines, mais surtout que mon nanisme, pas mon talent, non, le fait que je sois une naine était la principale raison pour laquelle on m'offrait de jouer dans *Les Troyennes* d'Euripide. J'allais jouer la suivante naine d'Hécube, la reine de Troie. J'allais la suivre partout. Je serais de toutes les scènes, on me remarquerait sûrement, on se demanderait qui est *cette naine* qui ose monter sur une scène en sachant qu'on ne voit qu'elle parce qu'elle est si différente! J'exagérais, j'en mettais, j'en beurrais épais. Pour une fois, c'est moi qui faisais mal et je ne peux pas dire que je le regrettais. C'est moi, tout à coup, qui savais viser, qui devenais diserte et pertinente, mais mon esprit n'était pas embrumé par l'alcool et je crois bien que j'ai improvisé l'un des plus beaux monologues de ma vie. Je me suis inventé des rêves d'actrice que je n'avais jamais eus, un travail de préparation autour de l'audition que je n'avais pas fait, une exaltation à l'idée de monter sur la petite scène du théâtre des Saltimbanques que je ne ressentais pas. C'était précis, efficace et, du moins je l'espérais, dévastateur.

Mais j'avais compté sans son instinct de survie qui la porte si souvent à des hauteurs de méchanceté insoupçonnées, et c'est elle, en fin de compte, j'aurais dû le prévoir, qui m'a clouée au plancher. Comme d'habitude. Titre du tableau : *L'expérience écrasant le talent novice*.

Sa réponse a été courte, étonnante, ravageuse.

Quand j'ai eu fini ma diatribe, elle a laissé passer un moment, probablement pour que je la croie endormie. Je savais qu'elle ne dormait pas, qu'elle avait bu chacune de mes paroles, accusant le coup chaque fois qu'un élément de ce que je lui racontais la frappait de plein fouet, les yeux fermés, peut-être, mais les sens en alerte, à la recherche du point faible, de la faille par où elle pourrait se glisser pour me rendre mes coups. Moi, naïve, je croyais, pour une fois, qu'il n'y avait pas de faille à mon récit, que, pour une fois, je l'avais mise au tapis, que, pour une fois, elle ne s'en relèverait pas.

Et quand je l'ai entendue se racler la gorge comme lorsqu'elle vient de trouver une bonne réponse à nos arguments, j'ai compris, avant même qu'elle ouvre la bouche, que la partie était perdue, que c'est moi qui allais me retrouver inconsciente sur le tapis et regrettant d'en avoir tant dit.

Elle a dû se plier en deux pour venir me taper sur l'épaule, le geste paternaliste, elle le sait, que je déteste le plus au monde.

«J'ai rien qu'une chose à te dire, ma *petite fille*. Quand viendra le temps de la première, mets-moi sur la liste de tes invités. Je veux être là. Ce soir-là. Je tiens absolument à te voir faire tes débuts au théâtre. Je veux te voir te dandiner dans une toge grecque au milieu d'une gang de belles filles sexy qui vont jouer les beautés de Troie! La suivante d'Hécube? Ben non! La bouffonne d'Hécube! Et si t'entends quelqu'un rire quand tu vas faire ton entrée sur la scène, dis-toi bien que c'est moi, ta propre mère, qui exprime sa honte, qui s'en débarrasse, en riant de toi! Je veux être là! Je veux être là pour te voir faire une folle de toi! Et pour te renier à tout jamais, après!»

J'étais déjà debout, je me dirigeais déjà vers la porte, je n'arrivais pas à marcher assez vite, je savais que je me dandinais comme elle venait de le dire parce que c'est vrai que je suis ridicule quand j'essaie de courir... Je n'avais pas encore trouvé refuge dans ma chambre quand je l'ai entendue crier:

«Et je te préviens, je vais *rire* pendant tout le spectacle! Je vais être le premier être humain à rire pendant toute une représentation des *Troyennes* d'Euripide! Grâce à toi, la bouffonne d'Hécube!»

Elle était capable de le faire! Je savais qu'elle était capable de le faire!

J'étais perdue!

Aimée Langevin, pour sa part, a joué les philo-
sophes lorsque je lui ai raconté ma conversation
téléphonique, le lendemain après-midi. Je ne crois
pas qu'elle ait vraiment bien pris la nouvelle – elle
était fort naïve si elle croyait que le metteur en
scène ne jetterait pas un seul petit regard dans ma
direction pendant l'audition, après tout elle m'avait
choisie pour attirer l'attention ailleurs que sur son
manque de talent, non? –, mais elle a réussi à cacher
sa déception. Plus que moi la veille, en tout cas. Elle
a continué à sourire tout le long de mon récit, se
doutant dès le départ où il allait aboutir, jouant la
surprise quand le metteur en scène m'offrait le rôle,
allant jusqu'à me tapoter la main pour me montrer
qu'elle partageait mon étonnement. J'entendais mes
tantes s'écrier devant une nouvelle croustillante :
«Va-t'en donc, toi! Va-t'en donc!»

Aimée a pris le temps de boire une gorgée de son
Coke avant de me répondre. Je la voyais réfléchir,
chercher ses mots. Elle voulait se montrer contente,
soit, c'était de bonne guerre, mais pas enthousiaste,
il ne fallait tout de même pas exagérer… Le visage
qu'elle voulait se composer semblait difficile à trouver
parmi une panoplie de possibilités de masques allant
de l'étonnement béat à la simple surprise. Elle a fini
par s'en choisir un, plutôt du côté de l'ennui amusé
que de la franche excitation :

«C'est le fun. On va travailler ensemble pendant
un bout de temps…»

Elle a posé son Coke puis m'a regardée, les sourcils froncés, comme si elle s'inquiétait pour moi.

«Mais comment tu vas faire avec ta job, Céline?

— Toutes les filles qui font du théâtre amateur ont des jobs, tu le sais très bien, c'est pour ça que ça s'appelle du théâtre amateur...

— Oui, mais c'est des jobs de jour! Tu m'as dit que tu retournerais travailler le soir aussitôt que Madeleine va revenir, la semaine prochaine! On va répéter le soir, tu sais! Toutes les répétitions se font le soir!»

J'ai cru apercevoir une pointe d'ironie au fond de ses yeux. Elle ne croyait quand même pas que je n'y avais pas pensé!

«J'en ai parlé avec Nick. Marie va me remplacer tout le temps que ça prendra, le temps des répétitions et le temps des représentations. Il ne veut surtout pas que je rate cette chance-là. Ça ne se représentera peut-être plus... C'est juste six semaines, après tout. Marie a déjà accepté.»

Ce qui n'était pas tout à fait exact. Nick s'était un peu fait tirer l'oreille avant d'accepter que je continue à travailler le jour, prétextant que la clientèle du soir s'ennuyait de moi, ce qui était plutôt gentil, et que, de toute façon, le chiffre d'affaires avait un peu baissé depuis que je n'étais pas là pour assurer le dernier coup de feu de la soirée, quand les fifs et les folles, selon sa propre expression, envahissaient le restaurant, ce qui était plutôt flatteur. Mais probablement faux. Nick est prêt à tout, même au pire chantage émotif, pour qu'on fasse à sa tête. Et il passe volontiers et très rapidement de la flatterie aux menaces quand ça fait son affaire. Mais j'ai réussi à lui faire comprendre que c'était important pour moi – ça aussi c'était faux, c'était important pour la honte que ça causerait à ma mère, pas pour moi! – et il a fini par accepter d'appeler Marie pour lui demander de me remplacer, le soir, pour six semaines, à partir du lundi suivant. Elle n'était pas chez elle, il a laissé un message à son fils. Qui semblait ravi de passer des semaines sans sa mère pour le surveiller.

C'est là que nous en étions, j'avais donc menti à Aimée. Qu'arriverait-il si Marie refusait de me remplacer le soir? Je n'allais tout de même pas quitter mon emploi juste pour assouvir une vengeance, ce plat qui se mange froid, dit-on, contre ma mère, hypothéquer mon avenir pour une raison d'amour-propre!

Quoique…

Cette fois, Aimée, qui avait cru me piéger, a mal caché sa déception. Elle a tapoté l'arborite de la table du bout des doigts.

«Mon Dieu, vous pouvez choisir vos shifts comme ça, vous autres! Vous êtes chanceuses!»

Lisait-elle en moi comme je lisais en elle? Pouvait-elle voir le mot mensonge écrit en toutes lettres sur mon front? S'amusait-elle à essayer de me faire trébucher? Savait-elle que je savais qu'elle savait que je savais? Il n'y a pas de fin à ce genre de petit jeu de forces, et j'ai décidé de couper court à notre conversation avant que nous ne devenions toutes les deux paranoïaques. Moi, en tout cas.

«Bon, bien, on se revoit ce soir à la lecture?»

Elle a alors fait une dernière tentative pour… non pas me rabaisser… je cherche le mot… mais, disons, assurer sa supériorité sur moi, le fait qu'elle était le premier choix – le metteur en scène m'avait pourtant assuré le contraire – et moi le bouche-trou appelé à la dernière minute:

«Est-ce qu'il t'a donné une réplique individuelle, Céline, ou si tu vas dire le texte en même temps que tous les membres du chœur?»

Je savais que ma réplique était plus longue que la sienne et je la lui ai servie, je l'avais déjà apprise par cœur, avec un évident plaisir:

«Oui, à un moment donné, je dis: "Le noble pays du Pénée, beau socle où s'élève Olympe, on le loue pour son opulence." C'est beau, hein? Et il l'a choisie parce qu'il n'y a pas un seul r! Il en a même cherché une pour me la donner… Peut-être qu'il avait peur que je refuse, sinon…»

Elle a accusé le coup en blêmissant un peu.

Et elle a inventé sur place, devant moi, le mensonge le plus fumeux de la journée, le plus dangereux, aussi. Sans réfléchir aux conséquences, elle a lancé, l'air de rien mais blanche de hargne :

«En tout cas, moi, il m'a dit qu'il allait me donner la dernière réplique de la pièce. À la toute fin, le chœur dit : "Il nous faut bien nous diriger vers les bateaux des Grecs." C'est la toute dernière réplique. Il m'a dit qu'il allait peut-être me la donner tout de suite ce soir… C'est moi qui finirais le spectacle !»

Elle a semblé réaliser l'énormité de son propos *en le disant*. De blanche qu'elle était, elle est devenue rouge brique en quelques secondes. Je serais là, à la lecture, le soir même, qu'allait-elle faire lorsqu'on arriverait à cette réplique-là ? Irait-elle voir le metteur en scène avant la lecture, le supplierait-elle de la laisser terminer le spectacle juste pour me damer le pion ? Elle savait très bien qu'il l'enverrait chier ! Elle s'était piégée elle-même et j'ai décidé de ne montrer aucune pitié.

C'est moi, cette fois, qui lui ai parlé avec condescendance.

J'ai feint un sursaut, j'ai simulé l'enthousiasme.

«Mon Dieu, Aimée, il t'a trouvée bonne rare ! C'est étonnant qu'il t'ait pas offert un plus grand rôle !»

Si j'avais eu une barbe, j'aurais ri dedans.

Les acteurs, les vrais, parlent souvent du trac, de ses conséquences sur la santé autant mentale que physique dans certains cas, de l'état de panique dans lequel il vous jette, de la paralysie qui empêche de faire une entrée en scène, des gaffes qu'il peut engendrer, le manque de salive, l'oubli de la première réplique (et même des suivantes). À les entendre, de grands artistes ont abandonné la scène à cause de lui, préférant l'anonymat du studio de cinéma ou de télévision, soulagés à jamais de ses affres et de ses effets.

Jusque-là, j'avais toujours pris ça avec un grain de sel, me disant qu'ils exagéraient, qu'ils s'écoutaient parler, que toutes les sortes de nervosités se ressemblaient, que celle-là n'était pas pire qu'une autre, que ça devait ressembler à ce que je ressentais avant les examens de fin d'année quand j'allais encore à l'école, il n'y a pas si longtemps, que ça prenait bien des artistes pour tout exagérer comme ça…

C'est penchée au-dessus de la cuvette des toilettes des employés, vers six heures du soir, que j'ai changé d'idée. Tout ce temps-là, j'avais eu tort : ça ne ressemblait à rien de ce que j'avais jamais ressenti. C'était de la nervosité, oui, mais comme décuplée par une impression de monter à l'échafaud, un goût de défaite assurée, une conviction que ça ne cessera jamais, que l'horrible nausée restera là, indéracinable, définitive, qu'on mourra vidé de toute énergie.

Je me trouvais ridicule, je me traitais de tous les noms, après tout je m'en allais juste à une lecture de pièce où je n'aurais que quelques mots à prononcer, alors pourquoi me mettre dans un tel état? Je n'y pouvais rien, je pensais à tout ce que je risquais pour une chose qui ne m'intéressait pas vraiment, aux conséquences que ça pouvait entraîner, aux menaces de maman, aussi, surtout aux menaces de maman qu'elle était très capable de mettre à exécution.

Est-ce que j'avais le droit de gâcher une première de théâtre pour assouvir un besoin de vengeance et régler un problème entre ma mère et moi? La réponse était évidemment non. Alors, qu'est-ce que j'allais faire là, dans quelques heures, au fond d'une vieille maison de la rue Bonsecours, au milieu de jeunes acteurs et de jeunes actrices dont je me préparais à bousiller une soirée qui serait si importante pour eux? Mon trac était donc double: celui de l'actrice qui se sait mauvaise et qui a peur de faire rire d'elle, même pour une seule petite réplique, celui de la saboteuse qui doute de la pertinence du geste qu'elle va poser et, surtout, de son utilité. Parce que même si maman se présentait à la première des *Troyennes*, même si elle riait à gorge déployée pendant tout le spectacle comme elle l'avait promis, qu'est-ce que ça changerait, au fond? Me sentirais-je mieux? Et elle, se sentirait-elle soulagée? Et de quoi? Et pour combien de temps? Et les autres, les vrais acteurs, finiraient bien par apprendre que la folle en question était ma mère, non? Me traiteraient-ils comme une merde pour le reste des représentations comme je le méritais?

Après avoir vomi tout ce que j'avais mangé dans la journée, je me suis retrouvée à la cuisine du restaurant, étourdie, les jambes flageolantes, une serviette d'eau froide posée sur le front par un Nick aux sourcils plus tricotés serré que jamais. Un vrai Grec qui en console une fausse.

«Te mettre dans un état pareil pour une pièce de théâtre! Tu n'as pas honte? Ta place est ici, Céline, pas sur une scène!»

Lui qui prétendait deux ans plus tôt qu'une naine était *absolument incapable* de devenir serveuse! Que mes jambes étaient trop courtes! Que mes bras étaient trop courts! Que ça ne s'était jamais vu! Nulle part!

J'étais au bord de tout annuler, de téléphoner au théâtre, dire que j'étais malade pour les six semaines qui venaient, quand Aimée Langevin s'est amenée avec son singe mort de peur et son rire de gorge. Une troisième raison d'être traquée! Damer le pion à la folle!

Elle a exécuté quelques entrechats plutôt malhabiles devant la caisse de Mona qui n'a même pas daigné lever les yeux sur elle tant elle était absorbée par la lecture d'un roman Harlequin que Nick venait de lui prêter. Aimée a caché son dépit sous un haussement d'épaules qui se voulait méprisant et m'a cherchée du regard. Nous étions convenues de nous rencontrer au restaurant, comme le matin de l'audition, pour ensuite nous rendre ensemble au théâtre. Chacune de nous deux ne connaissant personne d'autre dans la distribution, nous nous épaulerions en essayant le mieux possible de cacher… eh oui, notre trac!

Aimée s'est jetée sur moi comme si elle ne m'en voulait plus (dans le besoin, oublier les antagonismes et les rivalités!), plus *busy-body* que jamais, riant trop fort, parlant trop fort, sentant trop fort un parfum que je ne connaissais pas et que j'aurais préféré ne jamais sentir de toute ma vie. Ça puait la fleur oubliée dans un vase dont on n'a pas changé l'eau depuis longtemps, ça prenait à la gorge et ça n'aidait en rien la nausée qui me pliait encore en deux à peine quelques minutes plus tôt. Quand elle m'a serrée sur sa vaste poitrine, j'ai failli perdre connaissance. Je pouvais presque voir l'air vibrer autour d'elle, comme dans les bandes dessinées.

Je me disais qu'elle allait sûrement assassiner tous les acteurs présents à la lecture dans cet endroit confiné et presque insalubre où les odeurs devaient être exacerbées par le manque d'air.

«Es-tu prête, Céline? Moi, comme diraient les Anglais, je suis *ready to kill*! On va leur montrer!»

Leur montrer quoi? Deux dindes prêtes à être farcies? Deux victimes expiatoires? Deux boucs émissaires? Deux imbéciles présomptueuses qui méritent juste d'être condamnées et punies?

Ma réponse a dû lui sembler laconique, mais c'est tout ce que j'ai trouvé à lui dire:

«Prête ou pas prête, j'y vas!»

Et j'y ai été.

Nous sommes arrivées à l'heure des quétaines. C'est-à-dire très tôt. Parmi les premières. Non. Les premières, en fait. Je me suis installée dans un coin sombre où il serait difficile de se rendre compte de ma présence, j'ai étendu mon manteau sur mes jambes, j'ai ouvert mon livre sur mes genoux. Des choses que m'avaient enseignées ma mère dès mon plus jeune âge lorsque nous avions à nous rendre quelque part où personne ne nous connaissait. Rester discrète le plus longtemps possible, ne pas jeter ma différence à la tête des gens, attendre qu'ils la découvrent peu à peu, d'eux-mêmes, l'assimilent, l'acceptent. Aimée m'a regardée d'une drôle de façon. Alors je me suis dit qu'elle avait raison, que nous allions passer six semaines avec les gens que nous attendions, à nous trimbaler d'un bord à l'autre de la scène en nous lamentant sur les malheurs de Troie et, surtout, avec ses femmes dont je ferais partie, pourquoi essayer de me dissimuler? J'ai plié mon manteau, je l'ai posé sur le dossier de mon fauteuil – la lecture allait se faire dans la salle probablement à cause de la distribution importante du spectacle –, j'ai regardé les autres arriver sans essayer de me cacher. Peut-être pour la première fois de ma vie.

Solitaires, dans certains cas, mais surtout en grappes de quatre ou cinq parce que la plupart se connaissaient déjà, ils arrivaient, le sourire aux lèvres, l'excitation bien visible sur leur visage. Les chanceux. Ils n'auraient pas, eux, à essayer de se faire accepter d'un groupe qu'ils ne connaissaient pas!

Ça s'embrassait, ça se donnait des claques dans le dos, ça demandait des nouvelles des blondes, des chums, des maris, des femmes. Et même des enfants. Ils étaient joyeux, semblaient ravis de se retrouver après une trop longue séparation. Ils avaient quelque chose dans le visage qui nous manquait, à Aimée et à moi. Ou, plutôt, c'est à eux qu'il manquait quelque chose : l'inquiétude de ne pas être à la hauteur de ce qu'on attendait de nous, la nervosité qui m'avait martyrisée toute la nuit, le maudit trac qui m'avait pliée en deux au-dessus des toilettes du Sélect. Ils ne semblaient pas réaliser la portée de ce qu'ils se préparaient à faire, une sorte de confiance calme émanait d'eux, on aurait dit que la cérémonie chaleureuse qui se déroulait en ce moment même était plus importante que la lecture qui allait suivre.

À notre grand étonnement, aussitôt les effusions terminées, ils sont tous venus nous voir, nous les petites nouvelles qui ne partagions pas leur excitation parce que mortes de peur. Le metteur en scène faisait partie du plus gros groupe, le plus bruyant, le plus joyeux, je ne l'avais même pas vu arriver tant il était noyé dans la confusion générale. Il nous a embrassées toutes les deux, nous a souhaité la bienvenue et nous a présentées à tout le monde. Des noms ont été lancés, trop nombreux pour que je puisse les retenir, des poignées de mains ont été échangées, toutes sincères, toutes chaleureuses. Personne n'a semblé étonné de retrouver une naine dans le groupe ; il les avait peut-être prévenus. Il les avait sûrement prévenus.

Aimée, sans doute pour souligner sa supériorité sur moi, me donner l'impression qu'elle faisait déjà partie de leur groupe, de leur monde, s'est tout de suite montrée familière avec quelques-uns d'entre eux qu'elle avait dû croiser auparavant mais qui semblèrent quelque peu étonnés de sa désinvolture. (Tapochage d'yeux, rires de gorge, mains baladeuses, embrassades, tout le répertoire y a passé. Ils étaient bruyants? Elle pouvait l'être plus qu'eux! Et le prouvait!) Moi-même, j'en ai reconnu plus d'un du restaurant, mais je me suis faite discrète, espérant qu'ils ne se souviendraient pas d'où ils me connaissaient. Je leur avais servi des club sandwiches et ils allaient me retrouver en suivante d'Hécube, la reine déchue de Troie! Mais je n'étais peut-être pas la seule waitress présente, après tout. Une autre, plusieurs autres venaient peut-être elles aussi de servir des club sandwiches toute la journée. Après tout, nous étions des amateurs, il fallait avoir les moyens de se payer le plaisir de faire du théâtre!

Nous étions une bonne quinzaine dans un lieu qui ne devait pas contenir plus de soixante places, et je me suis dit que, heureusement, mes débuts à la scène se feraient devant une bien petite foule. Et, surtout, que le scandale provoqué par ma mère folle, s'il avait lieu, éclaterait devant peu de monde. Et ferait peu de bruit.

Cette fois, j'ai bien regardé la salle. C'était minuscule, le plafond était bas, ça sentait l'humidité, les sièges étaient inconfortables, on y cherchait en vain une sortie de secours, c'était probablement un nid à feu, mais une atmosphère de recueillement presque liturgique y régnait malgré les coups de gueules et les rires, une chaleur qui n'avait rien à voir avec le fait d'avoir chaud ou froid, quelque chose qui ressemblait à ce qu'on ressent devant l'aboutissement d'un rêve longtemps caressé, la satisfaction d'accomplir ce pourquoi on était fait même si on n'en faisait pas encore une profession. Des gens comme ceux qui m'entouraient en ce moment accomplissaient chaque soir devant d'autres qui étaient contents de les regarder, d'être présents, d'en être témoins, des choses magiques qui expliquaient comment le monde est fait et pourquoi ceux qui l'habitent agissent comme ils le font. Ils mimaient le monde pour le comprendre et le faire comprendre. Le théâtre ne m'était jamais apparu comme un moyen d'expression – je lui préférais l'écriture –, je n'avais jamais eu envie d'en faire partie, mais j'en avais toujours senti et respecté, en tant que spectatrice, le côté sacré. Je suis convaincue qu'on ne fait pas ça juste pour gagner sa vie.

Le mot élus a traversé mon esprit. Moi qui ne m'étais jamais sentie choisie ni même désirée, allais-je me retrouver tout à coup plongée au milieu d'un cercle de grands-prêtres, officiants vénérables d'une cérémonie dont je n'étais pas digne? Pour les mauvaises raisons? À cause du caprice d'un jeune metteur en scène?

Quelqu'un a frappé dans ses mains pour attirer l'attention et nous faire taire. Une très belle fille qui venait de m'être présentée comme l'un des directeurs de la troupe et qui allait interpréter le rôle d'Hécube nous a gentiment demandé de prendre des places parce que la lecture allait commencer. Le brouhaha qui a suivi était presque assourdissant. Bruit de bancs qu'on déplie, fin de conversation qu'on se promet de reprendre plus tard, rhume qu'on essaie de soulager en toussant une bonne fois pour toutes, rires nerveux, bottes qu'on secoue une dernière fois pour les débarrasser de la neige sale, petite exclamation parce qu'on ne retrouve pas son texte, où est-ce que je l'ai mis, ah! le voilà, il me semblait bien, aussi…

Aimée, à ce moment-là, était dans les bras du metteur en scène et lui susurrait quelque chose à l'oreille. Était-elle déjà en train de lui demander de lui confier la dernière réplique de la pièce? Aimée Langevin parle, fin du spectacle? J'ai eu honte pour elle et je ne l'ai pas regardée lorsqu'elle est revenue s'installer à côté de moi. Elle m'a donné un coup de coude avant de se pencher dans ma direction. Et elle a parlé un peu trop fort, comme si elle avait voulu que nos voisins l'entendent et pensent qu'ils se connaissaient bien, elle et son grand ami le metteur en scène.

«Il est tellement fin! C'est dommage qu'il ne *swigne* pas de notre bord! Il est aussi très cute! Quel gaspillage!»

J'ai trop fréquenté de gars *qui ne swignent pas de notre bord*, au restaurant, pour ne pas comprendre ce qu'elle voulait dire. J'ai pensé aux heures qu'il passait à reluquer la Duchesse, Jean-le-Décollé et leurs consœurs, à la déception qu'on lisait sur son visage quand ils partaient avant lui, et je me suis dit que j'allais le leur présenter à la prochaine occasion si, comme je le pensais, il était trop timide pour les accoster. Chacun de nous aurait ainsi introduit l'autre dans un monde nouveau, dans son cas un milieu qui semblait le fasciner, l'attirer, sans qu'il ait encore le courage de l'aborder, dans le mien un univers que je n'avais jamais pensé côtoyer et qu'il m'offrait à cause d'un malentendu, d'un hasard, presque d'une fatalité.

Il a sorti son pouce de sa bouche, s'est assis sur un petit banc qu'on avait placé à son intention au milieu de la scène – le jumeau de celui qui se trouve dans notre salle de bains, à la maison –, et nous a parlé du spectacle qu'il voulait faire. C'était simple, clair, il s'exprimait bien même s'il zozotait un peu – un caprice, une affectation de dandy? – ça vous donnait même envie de commencer à travailler tout de suite tant sa vision de la pièce, surtout centrée sur les personnages féminins, beaucoup moins sur la guerre de Troie perdue, était passionnante. À l'écouter parler, expliquer sa vision du texte, ses intentions, le style de spectacle qu'il voulait produire, exprimer sa passion pour ces femmes abandonnées, son mépris pour tout ce qui était guerrier, mâle, trop viril, je commençais à penser que je prendrais en fin de compte un plaisir fou à me rendre ici chaque jour pour revêtir la personnalité d'un être humain que je n'étais pas, même si je le faisais, au départ, à mon corps défendant et pour les mauvaises raisons.

Tout le monde l'écoutait, on ne l'a pas interrompu une seule fois. Il a parlé de chacun des personnages principaux en nous présentant leurs interprètes; les actrices semblaient ravies de son discours, les acteurs, moins, même s'ils savaient leurs personnages secondaires dans la pièce. Nous sentions tous qu'il ne serait pas facile, par exemple, d'être Ménélas dans cette production, le metteur en scène l'ayant traité de lâche et de trou de cul à plusieurs reprises.

Il a parlé du rôle qu'il voulait confier aux femmes de Troie après nous avoir nommées sans se tromper une seule fois, pourquoi il avait réduit le nombre des membres du chœur de treize à sept, faute d'espace sur le plateau. Heureusement, il n'a rien dit au sujet de la suivante qu'il voulait ajouter à l'action et qu'il m'avait confiée. Je me suis dit qu'il avait peut-être changé d'idée et j'en fus quelque peu dépitée. Tant qu'à faire hurler ma mère, aussi bien que ce soit à l'avant-scène, sous son nez, pas noyée dans une foule anonyme de Troyennes déchues!

Il a terminé son discours en disant que nous allions lire la pièce, mais sans les chœurs:

«Des chœurs pas travaillés, c'est juste comique et nous ne sommes pas là pour rire. Je m'excuse auprès des filles qui font partie du chœur et je leur demande de ne pas se sentir abandonnées. J'ai tenu à ce que vous soyez quand même là, ce soir, pour que vous entendiez Wilma, Rita, Diane, Francine, Michel, Jacques lire le texte pour la première fois. Vous ne les verrez pas souvent parce que nous allons travailler un peu à part, sauf pour Céline que j'ai l'intention d'attacher à Hécube comme suivante et qui fera partie de toutes ses scènes, ce que j'avais oublié de vous dire, tout à l'heure, excuse-moi, Céline, et je voulais que vous voyiez d'où ils partent pour se rendre là où ils seront le soir de la première.»

J'ai rougi jusqu'à la racine des cheveux. J'avais senti les regards de la quinzaine de personnes présentes, j'avais imaginé un quart de seconde l'envie des autres membres du chœur, la rancœur d'Aimée qui n'avait pas été distinguée des autres, comme moi, et qui m'en voulait, j'avais entendu tout le monde penser la même chose en même temps, comme dans un chœur grec: «Évidemment, c'est parce que c'est une naine! Il va attacher une naine à la traîne d'Hécube! Si j'étais une naine, j'aurais son rôle, rien de plus facile!» Et j'ai eu envie de me sauver cul par-dessus tête. M'éclipser, encore une fois, me dérober au lieu de faire face, me rendre aux arguments de ma mère, être dis-crète, me faire oublier, quoique se sauver comme une sauvage juste avant la lecture d'une pièce, au su et au vu de tout le monde, au beau milieu d'un discours, n'est pas ce qu'on pourrait appeler une sortie très discrète…

Wilma, qui allait jouer Hécube, m'a fait un petit geste de la main et un grand sourire. Au moins, elle, elle ne semblait pas m'en vouloir!

Évidemment, je suis restée paralysée à ma place. Je n'allais tout de même pas répéter la retraite après l'audition! Je ne sais pas si j'ai répondu au sourire de Wilma, mais je sais que j'ai voulu le faire.

Le metteur en scène nous a dit qu'il nous donnait une minute pour nous concentrer, que nous allions commencer la lecture tout doucement… Quelqu'un a baissé un peu les lumières.

Aimée m'a touché le bras.

«Moi qui avais pris la peine d'apprendre ma réplique par cœur!»

Heureusement, la pièce aurait duré un quart d'heure de plus!

J'ai fermé les yeux. J'allais écouter, puisque nous n'avions pas la responsabilité de lire, nous les membres du chœur. Mais aussitôt amorcée la scène entre Poséidon et Athéna, j'ai eu envie de regarder les acteurs travailler. Pour me rendre compte qu'au contraire de ce que j'avais pensé plus tôt – ils savaient mieux le dissimuler, c'est tout –, ils semblaient aussi nerveux que je l'avais été toute la journée. Le Poséidon s'épongeait le front, l'Athéna triturait le coin de son texte. Les autres acteurs les observaient avec compassion. Ça m'a rassurée.

L'heure et demie qui suivit fut un véritable délice.

Je n'ai pas de talent particulier pour lire des dialogues, même dans ma tête. J'ai tendance à les parcourir d'une façon plate, sans relief, même dans les romans, parce que je suis incapable de les interpréter, je suppose. Alors, un nombre incalculable de choses m'avait échappé à ma première lecture des *Troyennes*, des subtilités qu'on pouvait apporter à ce qui était écrit, par exemple, et qui éclairaient le texte, des inflexions de la voix qui accentuaient le pathos, des hésitations qui soulignaient d'avance ce qui allait venir, comme si le personnage cherchait ses mots, des choses qui existent déjà dans la vie, des tics, des éclats de voix, et dont se servent les acteurs pour interpréter leurs rôles, les rendre vivants. Ils n'en étaient qu'à la première lecture, ils n'avaient pas encore répété, et je les trouvais déjà bons! Hécube m'a tiré les larmes du corps dès sa première apparition, j'ai été outragée par son échange avec Talthybios, le soldat grec, qui osait l'insulter parce qu'elle était vieille et déchue, le cœur m'a fendu pendant la scène d'Andromaque à qui on enlevait son enfant pour aller le précipiter en bas d'un rocher, j'ai eu presque envie d'avoir pitié d'Hélène tout en me retenant pour ne pas frapper Ménélas, le désespoir d'Hécube, pendant la dernière scène, son abdication devant l'inévitable m'ont touchée autant que la fin de certains films français, à la télévision. Ce texte-là, en fin de compte, était beaucoup plus près de la réalité que je l'avais d'abord pensé.

Et c'est là, pendant les toutes dernières répliques, que je me suis rendu compte que j'avais peut-être eu raison quand j'avais lu la pièce: c'était plus intéressant sans le chœur! Du moins à mon avis... Wilma lisait la scène en sautant par-dessus les lamentations du chœur et ça nous permettait de nous concentrer sur elle, sur son malheur à elle, sur son sort à elle. Je n'avais pas besoin de la présence des autres femmes de Troie, à part celle des héroïnes, pour comprendre leur malheur.

J'ai alors réalisé, pendant le silence qui a suivi la dernière réplique, que j'étais *doublement* superflue dans ce spectacle : je faisais partie, encore une fois pour les mauvaises raisons, d'un groupe de femmes dont je n'étais pas sûre de la pertinence, de l'utilité de ses lamentations, et, en plus, *je n'avais pas le droit de faire aux acteurs ce que je me préparais à leur faire!* Je risquais de gâcher par ma seule présence et pour des motifs purement égoïstes, la première d'un spectacle auquel, de toute façon, je le savais maintenant, je me serais attachée en y travaillant. Un autre drame allait peut-être se dérouler, ce soir-là, mais secret, caché, un drame honteux n'impliquant que deux personnes qui n'avaient rien à voir avec le théâtre et qui se permettraient de bousiller Euripide et ses interprètes! Je ne pouvais tout simplement pas leur faire ça! Pour qui je me prenais? Défigurer le travail des autres pour assouvir une vengeance personnelle? Quelle horreur! Ils allaient travailler comme des fous pendant trois semaines, se mettre les tripes sur le plancher, le cœur à vif, pour exprimer la futilité de la guerre, ses effets dévastateurs sur les femmes autant que sur les hommes, et le rire de folle de ma mère allait tout détruire, leur travail et leur passion?

Les acteurs se congratulaient, on se pâmait sur l'actualité de la pièce – on a beaucoup parlé de la guerre du Vietnam, de la guerre d'Algérie –, on posait des questions au metteur en scène qui répondait avec une grande gentillesse. Je pouvais lire le contentement sur son visage, l'excitation à la perspective de travailler avec un groupe si talentueux, et je me sentais comme un traître : il m'offrait la chance de monter sur une scène alors que je n'en avais jamais rêvé, et j'allais le remercier, moi qu'il avait en plus distinguée parmi les sept membres du chœur, en sabotant son spectacle!

Je me suis permis d'aller lui dire que j'aimerais lui parler avant la fin de la soirée. Il a un peu froncé les sourcils, puis m'a demandé de rester après les autres. Tout le monde, comme par hasard, s'est donné rendez-vous au Sélect. Une bande de joyeux fous est sortie de la salle surchauffée, s'est précipitée dans un beau désordre vers la porte qui donnait sur la rue Bonsecours. On parlait de bière, on parlait de bouffe. J'ai cru entendre *hamburger platter* et club sandwich à plusieurs reprises.

Qu'est-ce que Janine allait dire en me voyant changer de camp?

Pas besoin d'ajouter qu'Aimée, pour sa part, a mal pris la nouvelle.

«Mon Dieu! Déjà chouchou du professeur! Ça va être beau à voir dans trois semaines!»

Elle est partie en faisant froufrouter son singe.

Comment parler de ces choses-là à quelqu'un qu'on ne connaît pas, lui apprendre que j'allais lui épargner la grande déconvenue dans laquelle j'avais failli le jeter sans qu'il se fâche, sans qu'il me traite de tous les noms, sans qu'il me chasse comme j'étais sûre de le mériter pour avoir seulement pensé faire une chose pareille, risquer de bousiller la première d'un spectacle sans penser aux conséquences pour les autres? Quoi inventer, surtout, quel fallacieux prétexte invoquer si je décidais de ne rien expliquer et de juste lui donner ma démission?

Mais, comme avec Jean-le-Décollé, je me suis laissée aller et j'ai presque tout déballé devant lui. Pas tout, non, c'est faux. Je ne suis pas entrée dans les détails, je ne lui ai pas raconté ma vie, en fait, je n'ai pas eu besoin de m'étendre sur ce qui nous dresse l'une contre l'autre depuis ma naissance, ma mère et moi, il a vite compris. La honte des deux côtés, la hargne chez ma mère, le terrible isolement chez moi. Le prix de la différence qu'il payait lui aussi à sa façon, je suppose. Je sais très bien que je n'ai pas le monopole de la douleur et que certaines souffrances, parfois, peuvent se recouper, se reconnaître, se compléter. Il m'a écoutée très attentivement, compatissant, se contentant de secouer la tête de bas en haut pour me montrer qu'il était à l'affût de chacune de mes paroles et m'encourager à continuer. Il avait planté son pouce dans sa bouche. Il me regardait droit dans les yeux pendant que je parlais.

Quand je lui ai eu dit que ma décision était finale, que c'était vrai que je ne pouvais pas revenir en arrière sans mettre son spectacle en danger, il a posé une main sur mon genou.

«Tu es sûre que ta mère pourrait faire une chose pareille? Tu n'exagères pas, un peu? Il me semble que c'est un peu gros...

--Tu ne la connais pas! Elle est capable de pire que ça! Elle a probablement déjà fait pire que ça!»

Il a produit un bizarre de petit sourire.

«J'aimerais bien ça la connaître...»

J'ai repoussé sa main avec le plus de douceur possible.

«Non, crois-moi, tu n'aimerais pas ça, la connaître... Tu voudrais la tuer au bout de dix minutes. »

Son sourire s'est accentué.

«J'aime bien les gens qu'on a envie de tuer au bout de dix minutes... Je m'amuse même parfois à en être...

— Tu ne l'aimerais pas, elle, crois-moi. Elle viendrait à bout de toi assez vite. Elle vient à bout de tout le monde, même de ceux qui se pensent très forts. Même moi, je me laisse prendre, imagine, depuis le temps!»

Il s'est levé en haussant les épaules, a commencé à rapailler ses affaires. Des vêtements trop légers pour la saison: un petit garçon qui s'est sauvé de chez lui avant que sa mère vérifie ce qu'il portait. Le col ouvert, comme ça, les souliers sûrement pas imperméables à la neige ni au froid, c'était étonnant qu'il n'ait pas déjà attrapé ce que mon père appelle un coup de mort... J'avais devant moi un adolescent attardé qui s'habillait en janvier comme si on était en mai et je me demandais comment il allait faire pour passer l'hiver. Il s'est vissé une tuque sur la tête et, tout de même, s'est roulé un foulard autour du cou, une longue chose en laine noire qu'il jetait par-dessus l'épaule comme un cache-nez dans les films européens. Sans doute pour faire artiste... Tout ce qu'il portait était noir, usé, accentuant son côté gracile, presque maladif, qui vous donnait envie de le protéger.

«En tout cas, tu vas me manquer, Céline. J'avais déjà pensé à ce que je te ferais faire dans le spectacle...»

Je l'ai interrompu parce que je lisais très bien dans son petit jeu.

«Le chantage sentimental ne marche pas avec moi! J'y suis depuis longtemps immunisée. Ne viens pas me dire que tu pensais déjà à la pauvre suivante d'Hécube qui est incapable de dire une seule réplique comme du monde quand tu as toutes ces magnifiques actrices à faire travailler! Voyons donc! Crois-moi, tu vas vite m'oublier... Et je vais essayer de faire la même chose de mon côté...»

Il n'a rien répondu. Il semblait apprécier ma franchise.

Nous avons remonté la rue Bonsecours bras-dessus bras-dessous.

Il essayait de cacher ses tremblements, se frappait les mains l'une contre l'autre pour se réchauffer, riait trop fort quand je lui disais qu'il devrait se vêtir plus chaudement, l'hiver prochain, si jamais il se rendait jusque-là...

Arrivés au coin de Sainte-Catherine et de Saint-Denis, nous avons aperçu la bande d'acteurs dans la vitrine du Sélect. Ils mangeaient déjà. Certains avaient même l'air d'avoir terminé. Aimée Langevin passait justement d'une table à une autre; elle semblait rendue au milieu d'une histoire que personne n'avait envie d'écouter. Ça se voyait à travers la vitrine : les regards la fuyaient, des haussements d'épaules se faisaient évidents, quelques-uns lui tournaient carrément le dos.

Mon compagnon s'est arrêté pile, l'a regardée en fronçant les sourcils.

«Mon Dieu! Je l'avais oubliée, celle-là… Qu'est-ce que je vais faire avec elle? C'est vrai, tu sais, que je l'ai demandée pour t'avoir, toi… Trois semaines! Trois semaines à répéter avec ça!»

Cette fois, il était sincère et j'ai regretté de l'abandonner à la merci de la redoutable Aimée Langevin.

J'ai décidé de ne pas l'accompagner au restaurant, de le laisser annoncer aux autres que je ne ferais pas partie des *Troyennes*. Pourquoi me replonger dans tout ça? Mona m'a aperçue à travers la porte, m'a envoyé la main, comme pour me dire «à la semaine prochaine… on va enfin se retrouver…».

J'avais le cœur dans les talons quand j'ai pris l'autobus.

Aussi bizarre que ça puisse paraître, j'ai trouvé la solution à mon problème en montant l'escalier extérieur de notre maison. Au bas des marches, j'étais une femme découragée qui avait cru quelques heures plus tôt tenir l'instrument de sa vengeance pour le voir aussitôt se dissoudre, s'envoler, disparaître, une femme qui, une fois de plus vaincue, venait se réfugier dans le fond de son lit pour ruminer sa rancœur, et une minute plus tard – je mets beaucoup de temps à grimper un escalier, j'ai déjà expliqué pourquoi –, tout avait changé.

Je ne saurais dire ce qui, au juste, m'a inspiré cette idée. Peut-être la gentillesse du metteur en scène, sa compassion, le fait que pour une fois je n'avais pas eu devant moi quelqu'un qui m'engueulait après une gaffe ou un choix, mais une personne curieuse qui m'écoutait avec une attention véritable, la certitude, aussi, que si je lui demandais ce service, il y réfléchirait, au moins, avant de m'envoyer promener. Je sentais même qu'il risquait d'accepter d'être mon complice. Il comprendrait, lui, la légitimité de ce que je me préparais à faire à ma mère et m'aiderait à le réaliser. En tout cas, c'est ce que j'espérais en débouchant sur le balcon...

C'était cruel, c'était tordu, mais pour une fois que je serais celle qui manipulait, pas la victime, j'ai décidé, et très vite, de passer outre aux hésitations de ma conscience pour me concentrer sur la satisfaction méchante que me procurerait ce qu'il faut bien que j'appelle ici une machination, parce que c'en était une, en bonne et due forme : le piège bien dissimulé quoique simple, l'attente dans l'inquiétude que ça ne fonctionne pas, puis la réalisation qui me laisserait, je l'espérais, pantoise de bonheur, peut-être aussi avec un goût d'amertume au fond de la gorge parce que la méchanceté ne goûte jamais bon, mais ça, pendant que je montais péniblement les marches et que je développais mon plan, je m'en foutais comme de l'an quarante.

Je m'étais trop souvent retrouvée au sol ; j'entrevoyais enfin une façon de me relever avec dignité, je n'allais tout de même pas la laisser passer pour des raisons de respect filial !

Le plus étrange était que ce besoin de vengeance, de vendetta, était nouveau chez moi. C'est-à-dire que j'avais passé ma courte vie à en rêver, bien sûr, à inventer, en particulier pendant ma si difficile adolescence, des plans de vengeance impossibles à exécuter tant ils étaient machiavéliques et compliqués ; jamais, toutefois, je n'avais osé penser que non seulement se présenterait un jour où me serait offerte une vraie occasion de punir ma mère pour tout ce qu'elle m'avait fait endurer, mais qu'en plus je sauterais dessus sans hésiter comme la misère sur le pauvre monde. Une mauvaise fille. J'allais devenir une mauvaise fille. Pour remettre une fois pour toutes à sa place une mauvaise mère. Alors tant pis, allons-y.

Mes deux sœurs et mon père regardaient un film comique à la télévision. Je les entendais déjà rire à travers la porte en glissant ma clé dans la serrure. Un plat de pop corn vide gisait au milieu du tapis du salon, entouré de miettes de biscuits au chocolat, de verres de Coke tiédi, probablement les troisièmes ou quatrièmes de la soirée, ceux qu'on ne vide jamais parce qu'au départ on n'en voulait pas, qu'on en avait versé sans trop s'en rendre compte pour la seule raison qu'il en restait au fond des bouteilles. Les verres seraient collants de sucre avec, au fond, une dégoûtante couche de débris de biscuits. L'odeur de pop corn refroidi prenait à la gorge. Au moins, me suis-je dit, ça masquait celle de l'alcool qui empuantissait si souvent l'appartement.

La lumière de la chambre de maman était allumée. Je savais qu'elle m'avait entendue arriver, qu'elle avait guetté mon retour pour apprendre comment s'était déroulée la lecture des *Troyennes*. (Je m'étais bien sûr empressée de lui dire avant de partir pour le travail, le matin, que ça se passait le soir même et que j'avais bien hâte de rencontrer mes *consœurs* actrices… Elle s'était efforcée de rire, mais ç'avait été un rire sans joie, une chose plutôt pathétique qui marquait plus le désespoir que l'allégresse.) Elle voulait savoir. Elle espérait peut-être qu'une catastrophe s'était produite… Une catastrophe avait failli se produire, en effet, mais je l'avais heureusement jugulée à temps, avant que maman puisse en profiter.

Et j'allais me servir de sa propre menace pour l'abattre.

J'ai commencé mon récit de la soirée dans le salon, même si je savais que mes sœurs et mon père s'intéressaient plus aux pitreries de Louis de Funès qu'aux malheurs d'Hécube et d'Andromaque dont ils n'avaient de toute façon jamais entendu parler. Je voulais que maman se dresse dans son lit, étire le cou, tende l'oreille pour essayer d'attraper des bribes de ce que je disais. De façon à piquer encore plus sa curiosité, j'ai un peu élevé la voix au bout de quelques minutes, exagérant mon excitation pendant la lecture, mon étonnement devant le talent des acteurs que je venais de quitter, décrivant l'action de la pièce comme si c'était un spectacle à grand déploiement sorti des machines de Hollywood plutôt qu'une production d'amateurs dans le fond d'un trou, expliquant ce que je connaissais de la guerre de Troie, même si ce n'est pas grand-chose, le malheur de ses femmes, l'arrogance des Grecs. Ils jetaient un coup d'œil dans ma direction de temps en temps, retournaient vite à leur ami Louis et à ses facéties.

Aussi toutes mes énergies étaient-elles concentrées ailleurs, vers un endroit de la maison situé quelque part dans mon dos : je savais qu'à deux portes de là, une femme était penchée au milieu de son lit, les cheveux dressés, les yeux rouges, un verre d'alcool à la main, et buvait chacune de mes paroles en ricanant. Elle ignorait cependant que loin d'être la victime qu'elle se préparait à humilier trois semaines plus tard – si elle arrivait ce soir-là à s'extirper de son lit, à sortir de la maison, à sauter dans la voiture, ce qui n'était pas évident –, c'était moi qui étais en train de la piéger. J'avais le piège bien en mains, je l'ouvrais, je plaçais le mécanisme de retenue, je le dissimulais... Deux forces muettes se faisaient face, deux araignées tissaient leurs toiles : d'un côté, maman était convaincue que je ne l'avais pas crue, que je ne la croyais toujours pas capable de mettre sa menace à exécution, de l'autre, je prévenais le coup, moi, en déployant, sans y avoir réfléchi, sous le coup de l'inspiration, un traquenard d'une simplicité diabolique qui m'amènerait à mentir pendant trois semaines, à jouer un rôle, à inventer au fur et à mesure une aventure que je ne serais pas en train de vivre, justement parce que je savais maman capable de venir rire de moi à la première des *Troyennes*. Et si jamais elle revenait à la charge avec sa menace – elle radotait souvent de façon pitoyable quand elle buvait –, c'est moi qui ricanerais ! La perspective de la faire marcher, comme ça, de la mener par le bout du nez pendant trois semaines me réjouissait au plus haut point.

Papa, je m'y attendais, a fini par me dire que je les dérangeais dans leur film, que ce que je leur racontais ne les intéressait pas du tout, d'aller radoter ça à ma mère qui, elle, avait passé la soirée à attendre mon retour, allez savoir pourquoi, le théâtre ne l'avait pourtant jamais excitée comme ça...

Maman croirait donc que ce n'était pas de gaieté de cœur que je me rabattais sur elle pour décrire ma soirée. Tant mieux.

C'était pire que ce à quoi je m'étais attendue.

Un ouragan – la rage? – avait déferlé dans la chambre. Une colère froide, minutieuse, de celles, si efficaces, qui détruisent le mieux, avait été assouvie en grands gestes saccadés mais précis, en cris d'exaspération. Aucune fiole de crème pour la main, aucune bouteille de parfum, aucune boîte de maquillage n'avait été épargnée, tout était sens dessus dessous, des Kleenex traînaient partout, un petit miroir avait été brisé, des bijoux jonchaient le sol, des pièces de monnaie, des bâtons de rouge à lèvres. Mais on lisait dans tout ça non pas une retenue, c'était impossible, mais disons un contrôle assez impressionnant: au lieu de tout briser en fessant n'importe où et n'importe comment, on sentait que ma mère, je l'avais vue faire tellement souvent, peut-être pour ne pas se mettre en danger, pour éviter de se blesser, avait calculé chacun de ses gestes malgré son état, posant le pied au bon endroit, calculant l'arc que dessinerait une bouteille en traversant la pièce, son point de chute, consciente que le bruit qu'elle produisait en imposerait plus à ceux qui l'entendraient que le danger que pouvait représenter sa crise. Ç'avait été un ouragan calme, si on peut dire ça d'un ouragan. Mais exaspérant pour elle, aussi, parce qu'il n'avait pas empêché mon père ni mes deux sœurs de regarder tranquillement leur film à la télévision.

Une chatte sans griffes, une louve sans crocs. De la répétition naît l'ennui. L'impuissance, aussi.

Et j'allais détruire ce nouvel espoir de me faire du mal. De me faire payer le prix de sa propre honte.

Elle m'avait entendue venir, elle faisait semblant de lire lorsque je suis arrivée à sa chambre. (Je n'ose plus appeler ça *leur* chambre tant papa, je crois l'avoir déjà écrit, la visite de moins en moins.) Je suis même allée jusqu'à frapper avant d'entrer, à m'excuser de la déranger.

«Tu ne me déranges pas. Mon livre est ennuyant comme la pluie. De toute façon, je t'entends te pâmer depuis tout à l'heure…»

Une curiosité au fond des yeux. Une fébrilité. Vas-y. Vas-y. Raconte.

Et j'ai décidé, un autre coup de tête, de la frustrer même de ça.

Je me suis appuyée contre le chambranle de la porte, j'ai produit mon plus beau sourire.

«Ça va être un spectacle absolument extraordinaire, maman! J'espère que tu vas aimer ça!»

Je lui ai envoyé un baiser du bout des doigts et je l'ai laissée mijoter dans son excitation, dans son expectative, je l'ai abandonnée là, frustrée dans son attente, probablement folle d'exaspération. Je me suis même éloignée en produisant un petit ricanement qui, je l'espérais, en disait long et faisait mal. Je l'imaginais au milieu de son lit, la main posée sur la poitrine, un pli amer lui barrant le visage d'un trait pâle, elle qui décidait toujours de tout dans la maison, à qui on n'osait jamais désobéir. Quel prix me ferait-elle payer? Quelle manigance inventerait-elle, cette fois, pour essayer de me rendre coup pour coup? Peu importe. Ça m'était tout à fait égal.

Le verre posé sur sa table de chevet quand j'étais arrivée à la chambre de maman a explosé contre le bois, juste à l'endroit que je venais de quitter. Je ne me suis même pas retournée pour vérifier les avaries. Je savais que quelqu'un – mon père, l'une de mes sœurs – aurait, avant de se coucher, à faire un sérieux ménage dans la pièce, que des insultes, des injures, plus laides les unes que les autres, seraient échangées, suivies chez ma mère de la ribambelle de reproches habituels et, chez la personne qui nettoierait les dégâts, de vagues menaces plus ou moins précises qui n'inquiéteraient pas maman parce qu'aucune, jamais, n'était mise en application. Elle était trop habituée au chantage émotif et à l'intimidation dont elle faisait usage sans vergogne pour ne pas connaître leur efficacité et compter sur elle.

Je suis entrée dans ma chambre en tremblant. J'avais mis tout en place en quelques minutes, sans avoir le temps d'y réfléchir, de m'assurer que tout ça était faisable, que ce n'était pas trop tiré par les cheveux, que maman risquait *vraiment* de mordre à l'hameçon, que je ne courais pas le danger, moi, de me retrouver avec en mains un pétard mouillé qui refuserait d'exploser ; je m'étais trop avancée pour reculer, je savais qu'il était trop tard pour revenir en arrière et j'avais peur. Que ça ne marche pas. D'être humiliée, encore une fois. (Tiens, je n'avais pas reparlé de la bête à plusieurs têtes depuis un bon moment...) Je me suis étendue sur mon lit tout habillée, j'ai fermé les yeux, j'ai essayé d'imaginer ce qui pourrait se produire ce soir-là, dans trois semaines, si mon plan, par chance, réussissait...

J'ai repris conscience vers deux heures du matin, fraîche et dispose. Et de très bonne humeur. Je ne m'étais pas sentie aussi calme depuis fort longtemps. J'avais dormi d'un sommeil de plomb et d'une seule traite, sans bouger. J'avais fait des rêves dont je ne gardais aucun souvenir mais que je savais plutôt joyeux parce que je m'étais réveillée le sourire aux lèvres. Seule une image floue me restait : j'ouvrais une bouteille de champagne, moi qui n'en bois jamais, et je chantais un air d'opéra, moi qui n'en connais aucun.

Au risque de faire hurler les autres, surtout mes sœurs dont la chambre était contiguë à la salle de bains, j'ai décidé de prendre un bon bain chaud. Pour, cette fois, m'obliger à réfléchir. Quelques protestations se sont en effet élevées dans l'appartement plongé dans le noir, vite réprimées parce que personne dans la maison à part moi, et c'est plutôt rare, n'a de problèmes d'insomnie : on avait exprimé sa frustration, on s'était retourné dans son lit, on s'était rendormi. Quant à maman, elle devait cuver ce qu'elle avait bu après ma courte visite.

Plongée dans l'eau peut-être un peu trop chaude pour être confortable – j'aime le choc du liquide presque bouillant, la sensation de brûlure, la sueur qui couvre mon cuir chevelu, qui me coule sur le visage –, j'ai examiné avec calme, de tous les côtés et sous tous ses angles, le projet qui m'était si soudainement venu à l'esprit, quelques heures plus tôt, en montant l'escalier.

Au bout d'une dizaine de minutes j'en étais venue à la conclusion que c'était fou, risqué, mais faisable. J'étais rouge comme un homard, ma peau commençait à plisser, mais j'étais heureuse. J'ai quand même ouvert l'eau froide, j'avais peur de perdre connaissance.

Première chose à faire dès le lendemain matin : appeler le jeune metteur en scène plein d'avenir – j'avais gardé son numéro de téléphone –, tout lui expliquer, dans les moindres détails, et lui demander son aide en espérant qu'il ne me la refuserait pas. Il n'avait aucune raison de me l'accorder, c'est vrai, pourquoi s'embarquerait-il dans une histoire aussi tordue, après tout, mais je comptais sur sa compréhension, sur sa commisération, sur sa générosité.

J'ai fait mon deuil des *Troyennes*, aussi. J'ai dit adieu aux répétitions que j'aurais sûrement adorées – sans aller jusqu'à dire que j'avais eu la piqûre du théâtre, je pensais quand même que travailler avec ce groupe-là aurait été passionnant –, aux actrices, Wilma, Rita, Francine et toutes les autres qui, elles, étaient sans doute appelées à devenir de vraies interprètes d'Euripide, j'ai eu une pensée pour la petite suivante d'Hécube que j'aurais peut-être réussi, à force de volonté et en travaillant mon trac, à imposer en être humain complet qui vit un vrai drame même s'il se retrouve sur une scène, dans une fausse Troie effondrée et un costume crétois.

Et comme la plupart du temps au milieu d'un conflit avec ma mère, je lui en ai voulu, à elle, non seulement, cette fois, de m'avoir faite difforme, mais de m'empêcher de vivre une aventure qui aurait pu changer ma vie. J'avais besoin de changement et je m'empêchais moi-même, à cause d'elle, d'en vivre un important, peut-être vital. Ce conflit sans fin était ridicule, je le savais, aucune de nous deux ne gagnerait jamais complètement à ce jeu cruel et absurde – j'avais conscience que même si je réussissais ce coup, je n'arriverais pas à abattre définitivement maman –, mais l'escalade, j'en avais bien peur, était inévitable, il fallait continuer coûte que coûte, et advienne que pourra. À moi la prochaine victoire, à elle la suivante? Peut-être bien…

L'eau avait fini par refroidir, je suis sortie de la baignoire.

Il était trois heures vingt, il restait de longues heures avant que le jour se lève et je savais que je ne pourrais plus dormir.

J'ai allumé ma lampe de chevet, je me suis plongée dans un roman de Balzac qui traînait depuis des mois sur la tablette du bas de ma maigre bibliothèque, mais la trop longue description de la pension où vit le père Goriot et de chacun de ses habitants – trente pages bien comptées! – est venue à bout de ma patience et j'ai fini par m'endormir, le livre posé sur la poitrine.

Alors, j'ai menti. Pendant des semaines. Comme j'étais retournée travailler le soir – Madeleine était revenue, pâle, changée, elle faisait peine à voir mais refusait toujours de nous dire ce qu'elle avait, ce qui ajoutait encore à notre inquiétude à son sujet –, je me voyais obligée de sortir de la maison chaque après-midi soi-disant pour aller répéter *Les Troyennes* alors que je me rendais la plupart du temps au cinéma tuer les quelques heures qu'auraient prises les répétitions. J'avais l'impression d'avoir onze ans et de faire l'école buissonnière.

Qu'il fasse beau, qu'il fasse mauvais, j'enfilais mes vêtements les plus chauds, je sortais de l'appartement, je prenais l'autobus pour me rendre au centre-ville. J'ai vu des choses d'une grande insignifiance, quelques bons films, aussi, il faut le reconnaître, certains trois ou quatre fois parce que Montréal, loin d'être une ville de cinéma, offre un bien maigre choix à ses cinéphiles. Les pauvres sont à plaindre : à peine quelques films en français projetés dans des salles toutes situées dans l'est de la ville, sauf pour le Cinéma de Paris qui trône, presque toujours vide d'ailleurs, entre le Palace et le Capitol, sur la rue Sainte-Catherine ouest, les gros canons américains de l'heure occupant la totalité du reste des théâtres. J'entrais au cinéma Saint-Denis à n'importe quelle heure sans même regarder ce qu'on y projetait, j'achetais un sac de chips Maple Leaf et un Coke, je me glissais dans un siège, je regardais Fernandel faire les yeux ronds ou Jean Gabin montrer à Alain Delon comment perpétrer un vol de banque. Le lendemain, je recommençais ailleurs : au Loew's, au Strand, au Princess, celui-là malheureusement spécialisé dans les films d'horreur que je ne peux pas souffrir. Où Fernandel et Jean Gabin étaient remplacés par Jerry Lewis ou Paul Newman. Ou Christopher Lee! Quand je n'avais vraiment pas envie d'aller au cinéma – combien de fois dans une même semaine est-ce qu'on peut se taper *What A Way to Go* ou encore une vieille copie toute maganée de *Bonjour tristesse*, sans avoir envie de tuer ses voisins de rang? –, j'allais magasiner dans l'ouest. Enfin, magasiner est un bien grand mot, je n'avais pas un sou à dépenser. Je me contentais d'errer à travers les allées d'Eaton ou d'Ogilvys en faisant semblant de chercher. Quoi? Si on me le demandait, je baragouinais dans un anglais tellement incompréhensible qu'on finissait par me sacrer patience. Exactement comme une adolescente qui commence à déroger aux lois établies et qui, au fond, refuse de s'avouer qu'elle s'ennuie à mourir et qu'elle serait bien mieux sur les bancs d'école à parfaire son éducation.

Il m'arrivait de me trouver complètement idiote. Je me disais : Qu'est-ce que tu fais là à perdre ton temps juste pour jouer un tour à ta mère qui te croit ailleurs? Mais la perspective de ce qui risquait de se passer dans trois, dans deux, dans une semaine me rendait mon courage, et je finissais tant bien que mal par endurer une fois de plus la fossette sur le menton de Kirk Douglas ou les dernières cascades de Jean Marais qui, à mon humble avis, semble trop vouloir prouver qu'il est un homme – et que je saute d'un train, et que je saute d'un hélicoptère, et que je saute d'une voiture en marche – pour que ce ne soit pas suspect.

Quand je revenais à la maison, je racontais en long et en large à maman ce qui s'était passé à la répétition à laquelle je ne venais pas d'assister.

Les renseignements, je les glanais bien sûr chez Aimée Langevin qui venait chaque soir, parfois avec d'autres acteurs de la troupe, souvent avec le metteur en scène, siroter une liqueur douce après leur séance de travail.

Je la prenais à part, je la questionnais, elle me décrivait tout dans les moindres détails, comment le metteur en scène les dirigeait, les déplacements des chœurs, l'acharnement des acteurs à trouver leur personnage, à le développer, à le rendre avec le plus d'humanité possible. Il m'arrivait d'en avoir les larmes aux yeux. Aimée croyait que je la questionnais par pure curiosité malsaine et en rajoutait, exagérant sans vergogne l'importance de sa présence dans le spectacle parce qu'elle commençait souvent ses phrases par : «Comme André me le disait justement tout à l'heure...» Fidèle à elle-même, elle ne lâchait vraiment pas! Elle essayait de me faire croire que *Les Troyennes* mettaient en vedette Aimée Langevin, la découverte de l'année, de la décennie, du siècle, alors qu'elle n'avait qu'une réplique à dire, inutile à l'action, en plus. C'était enfantin, pathétique, mais je la laissais faire parce que j'avais besoin des renseignements qu'elle m'apportait pour les répéter à ma mère le lendemain après-midi, au retour du cinéma. Ou du faux magasinage.

Maman a vu une annonce des *Troyennes* dans le journal, un jour, toute petite, il fallait vraiment la chercher pour la trouver, et m'a fait remarquer que mon nom n'y apparaissait pas. Heureusement pour moi, j'en avais parlé avec Aimée, quelques jours plus tôt, qui s'en plaignait; j'ai donc pu répondre à maman du tac au tac que c'était normal, c'est ce qu'on avait dit à Aimée, que les acteurs amateurs ne se retrouvaient jamais sur les affiches ou dans les annonces des spectacles, seulement dans le programme du théâtre, et même, pas toujours. Elle m'a regardée comme si je sortais du désert de Gobi :

«À quoi ça sert de jouer au théâtre si votre nom n'est pas là?

— On ne joue pas au théâtre pour avoir notre nom dans le journal, maman, on joue au théâtre par passion, parce qu'on aime ça, pour le plaisir de la chose!

— Bullshit! En tout cas, toi, tu joues au théâtre pour faire chier ta mère, ça vaudrait la peine de mettre ton nom dans le journal, non? Et même une annonce complète: Céline Poulin fait chier sa mère dans *Les Troyennes* chaque soir à telle adresse…

— On n'écrit pas ce mot-là dans le journal, maman…

— On devrait faire une exception pour toi, ça vaudrait la peine!

— Même toi, c'est la première fois que je t'entends le prononcer…

— Je viens de te le dire, pour toi ça vaut la peine!»

Je n'ai pas répondu, j'avais trop peur de m'échapper, de vendre la mèche. Une autre petite victoire que je lui concédais. Elle aurait dû se méfier. Parce qu'elle ne perdait rien pour attendre. Mais elle ne pouvait pas le savoir, la pauvre.

À moins que je me leurre complètement. Que le piège que je préparais ne soit pas aussi efficace, aussi ingénieux que je le croyais… C'était bien possible, après tout. Je n'osais pas imaginer comment je réagirais si jamais mon plan s'avérait inutile, s'il n'avait pas sur ma mère l'effet que j'escomptais… Mon attention était trop portée sur ma victoire de ce soir-là pour que je puisse seulement imaginer que mon piège pouvait ne pas fonctionner.

En tout cas, tout était en place.

Et je mourais d'ennui à errer à travers les rues de Montréal en plein mois de mars, même si un redoux nous était tombé dessus, une espèce de fausse annonce du printemps qu'on savait menteuse, hypocrite, mais à laquelle on voulait croire parce que l'hiver durait depuis déjà trop longtemps. J'ai vu des bordées de neige fondre en quelques heures, un soleil bas mais radieux réchauffer la ville gelée, les trottoirs secs, puis ensevelis sous une couche de sloche, puis secs encore. Des annonces de Pâques ont fait leur apparition dans les vitrines des magasins, vers la fin des répétitions, et je me suis dit :

«Tiens, le Carême achève et je ne l'ai même pas vu commencer. Ça me rend si heureuse, d'habitude, pourtant, ces décorations jaunes et violettes là... Je n'ai même pas encore reluqué les chocolats Mary Lee !»

Seule consolation dans cette période d'indécision et de questionnements, j'avais retrouvé mes créatures nocturnes de la *Main*, mes joyeuses âmes perdues, ma faune exotique, mes sublimes fous. Qui m'avaient accueillie à grand fracas, comme si j'avais été absente pendant trois ans alors qu'ils m'avaient tous revue de temps en temps quand je remplaçais une fille du soir malade ou indisposée. Cette fois, cependant, mon retour était officiel, la petite Céline réintégrait son shift ordinaire, la vie reprenait son cours normal – même les guidounes et les travestis, semble-t-il, ont besoin de stabilité, d'un certain nombre de points d'ancrage –, il fallait fêter ça ! Si je les avais suivis dans les nombreux toasts qu'ils ont lancés à ma santé à travers le restaurant plein, vers minuit, ou vide, près de l'heure de fermeture, si j'avais accepté leurs invitations pourtant très tentantes «d'aller fêter ça ailleurs», je n'aurais pas dessoûlé pendant des semaines ni vu le printemps passer.

Mon ivresse, je la prenais ailleurs et je ne pouvais pas la partager avec eux, alors je la gardais pour moi. Je me laissais dorloter, embrasser, fêter, j'en abusais presque, espérant que ça ne finisse jamais, mais sans vrai sentiment.

Mon absence avait duré quoi, à peine deux fois plus longtemps que mes vacances ordinaires, mais cette fois ils avaient eu peur que je ne revienne pas, j'imagine, et me faisaient comprendre à leur façon brusque et bruyante qu'ils ne voulaient pas me perdre.

Tout ça me faisait chaud au cœur, évidemment, c'étaient là des preuves d'amitié très précieuses que j'appréciais, mais pas à leur juste valeur, j'en avais bien peur. Si mon corps s'abandonnait volontiers à leurs effusions, ma tête, elle, était ailleurs, dans un monde qu'ils ne soupçonnaient pas.

À tout autre moment de ma vie, ces preuves d'affection des créatures de la *Main* m'auraient bouleversée; là, j'avais l'impression de les apprécier à peine, de faire preuve de manque de sensibilité, de cœur, aussi. J'étais là et je n'y étais pas, je prenais et je ne rendais rien.

Quand est arrivé le temps des dernières répétitions – Aimée claironnait à qui voulait l'entendre: «La générale d'hier a été un vrai fiasco, mais il paraît qu'il en faut une vraiment mauvaise si on veut que ça aille bien le soir de la première!» –, j'ai senti la nervosité monter d'un cran chez ceux de mes clients qui faisaient partie du spectacle. Ils mangeaient plus vite, parlaient plus fort, discutaient plus longtemps; le jeune metteur en scène avait le pouce tellement propre qu'il en luisait presque et son zozotement s'était un peu accentué. (Ce n'était donc pas une coquetterie, comme je l'avais d'abord pensé.) Ils ne parlaient de rien d'autre, ne semblaient rien vivre d'autre, ne voyaient rien d'autre. Ils avaient l'air de s'en nourrir, ils donnaient même l'impression d'être au bord de l'indigestion. Aiguë.

Et, à mon grand étonnement, je les enviais. J'enviais leur passion, leur façon aveugle de se jeter dans le vide, leur naïveté aussi, parce qu'ils étaient convaincus, au contraire de moi, de réussir ce qu'ils mijotaient depuis des semaines. La grande différence entre nous était qu'eux étaient sûrs de leur talent alors que moi j'étais persuadée de n'en avoir aucun, pas même celui d'être foutue de me venger de ma mère.

Et ce n'est que quelques jours avant leur première, presque trop tard, en fait, que j'ai réussi à trouver le courage d'aborder le metteur en scène, de lui faire ma grande demande, de lui expliquer en détail mon plan qui dépendait, en fin de compte, de la réponse qu'il allait me faire. Je lui demandais d'être complice d'une histoire dans laquelle il n'avait aucune part, de me laisser les utiliser, lui et son spectacle, pour assouvir une vengeance qui ne le concernait pas, qui l'indifférait, dont il ne connaissait ni les tenants ni les aboutissants. Je ne pouvais même pas lui demander ça par amitié, nous ne nous connaissions pas! Il savait, je le lui avais avoué, que j'avais failli bousiller sa première, et j'osais lui demander de se porter à mon secours.

«Mais je te jure que je ne prendrai pas de place, que personne ne se rendra compte de rien, que personne ne me verra me faufiler!

— Si jamais ta mère réagit quand même à voix haute, si elle fait du chahut, qu'est-ce qu'on va faire?

— Elle sera probablement trop effondrée pour réagir!

— On ne peut pas être sûrs de ça, Céline…

— C'est vrai. On ne peut pas être sûrs de ça. Refuse, c'est tout. Je ne t'en voudrai pas. Je vais continuer à te servir tes *hamburger platters* sans rien dire, j'irai même jusqu'à te demander des nouvelles de ton maudit spectacle… Et je vais oublier pour toujours mes velléités de vengeance.»

Il a souri.

Et m'a expliqué comment me faufiler en coulisse dix minutes avant le début du spectacle. Pour me dire ensuite:

«Le sais-tu, au moins, Céline Poulin, à quel point ce que tu me demandes et ce que tu te prépares à faire est absurde?»

Je me suis permis de l'embrasser sur la joue sans vérifier au préalable si quelqu'un pouvait nous voir.

«Oui, je le sais…»

Son sourire s'est élargi, ses yeux se sont allumés.

«Je pense que c'est ça, en fin de compte, que j'aime dans ton plan. Sa grande absurdité.»

Il faut bien croire au hasard, parce que souvent c'est la seule chose qui peut expliquer ce qui nous arrive. On croit avoir un certain contrôle sur sa vie puis, soudain, tout bascule, tout est chambardé, à cause d'une rencontre fortuite ou d'une simple conversation. Dans certains cas, on peut même appeler ça le destin tellement le changement provoqué est important et profond. Ça m'était arrivé avec Aimée Langevin, six semaines plus tôt, j'avais été embarquée dans une histoire que je savais insensée mais que j'avais été incapable d'éviter, j'étais convaincue que ça ne se reproduirait pas. Une fois, ça suffisait. J'avais tort. C'est donc ce que je peux qualifier de destin, *mon destin*, encore une fois, qui s'est présenté sans se faire annoncer au Sélect la veille de la première officielle des *Troyennes*.

Non pas qu'il y ait eu un rapport entre les deux événements, la visite qu'on m'a faite et le spectacle, non, ceux qui ont déclenché cette révolution dans ma vie ignoraient, je crois, qu'on jouait la pièce d'Euripide au théâtre des Saltimbanques. Ils sont naïvement arrivés au bon moment, c'est tout, et l'une des deux offres qu'ils m'ont faites réglait sans qu'ils le sachent un problème qui me chicotait depuis l'instant où j'avais imaginé et tendu mon piège : que faire après! C'est bien beau de poser des gestes définitifs comme celui-là, qui règlent une fois pour toutes certaines choses qu'on croyait jusque-là sans solution, mais encore faut-il les assumer, *après*! Si mon plan fonctionnait, il faudrait que je confronte ma mère, non? Il y aurait explications, insultes, menaces, peut-être même une rupture définitive. Alors, que faire après? Comme si de rien n'était, encore? Continuer la saga familiale telle que je l'avais toujours subie? Le silence empoisonné. La hargne ravalée. La marmite au bord de l'explosion mais qui n'explose jamais. Non. Impossible.

Et si elle me jetait dehors, elle, ma mère?

Après tout, c'était à prévoir. Je doutais que son grand orgueil arrive à passer l'éponge sur une telle manipulation, une telle insulte. Elle seule avait le droit d'abuser de nous et cet abus était à sens unique; lui répondre, seulement lui répondre, était déjà un crime de lèse-majesté, alors ce que je m'apprêtais à faire… Je dois avouer que lorsque ce qui suit s'est produit, je commençais à flancher. Pas devant le piège lui-même qui sans aucun doute en valait la peine, mais devant ses conséquences. J'allais peut-être me retrouver dans la rue du jour au lendemain, et je n'y étais pas du tout préparée. Je n'y avais même pas pensé, comme si j'avais cru que ce soir-là était une finalité en soi, l'aboutissement de tout, qu'il n'y aurait pas de lendemains, de jours suivants, d'avenir. Un grand drap noir était étendu sur mon existence après la première des *Troyennes,* et il ne m'était pas venu à l'esprit d'en soulever un seul petit coin pour voir ce qu'il cachait, de beau ou de laid.

J'attendais avec impatience la troupe des Saltim-banques, vers la fin de la soirée, j'étais curieuse d'apprendre comment leur dernière générale s'était passée, si Aimée Langevin avait enfin triomphé de sa courte phrase qu'elle n'arrivait pas à livrer sans bafouiller selon ce que m'avaient raconté ses camarades – elle n'avait pas reparlé de la dernière réplique de la pièce qui, vraisemblablement, lui avait échappé –, si les éclairages, cette fois, étaient bien réglés, si les costumes crétois «fonctionnaient»… et c'est la *Main* dans toute sa splendeur qui s'est présentée à moi.

Nous avions eu un petit coup de feu vers dix heures et j'aidais Lucien à porter les bacs de vaisselle sale dans la cuisine même si ça ne fait pas partie de ma job quand, à mon grand étonnement, il était beaucoup trop tôt dans la soirée, ceux que j'appelais les trois rois mages, la Duchesse, Jean-le-Décollé et Fine Dumas, se sont pointés au restaurant, clinquants comme des arbres de Noël malgré Pâques qui s'annonçait, parfumés comme un rez-de-chaussée de magasin chic, piailleurs comme une bande de moineaux en goguette sur une pomme de route.

Je me suis dit, ça leur arrivait de temps en temps, qu'ils venaient se payer une petite douceur, un mille-feuille, une tarte au sucre, avant les longues heures de travail qui les attendaient – nous étions un jeudi soir, jour de paye, la boisson coulerait à flot et le client se ferait pressant –, mais c'est moi, dirent-ils, qu'ils venaient voir. Tout en dégustant, bien sûr, un mille-feuille ou une tarte au sucre, après tout, ils le méritaient bien.

Les trois rois mages forment le cœur même de ce que la *Main* appelle «le chœur des bitches». Tiens, comme dans la tragédie grecque! J'y pense en l'écrivant… Ils sont toujours au centre de toute bisbille, de chaque tour pendable, de la moindre empoignade qui peut se produire dans le quartier chaud de Montréal : Jean-le-Décollé, depuis son poste au coin des rues Sainte-Catherine et Saint-Laurent, lance la chose, inventée ou non, qui déclenchera le cataclysme, la Duchesse, qui, rappelons-le, ne «travaille» pas et donc peut se permettre de circuler à son aise, la répète et la répand en visitant chaque trou de la *Main* avant d'aboutir finalement, c'est toujours comme ça, toujours, chez Fine Dumas qui, elle, du fond de son bar, Le Boudoir, et sous prétexte qu'elle a plus d'expérience que quiconque – elle était déjà guidoune pendant la guerre, soulageant les soldats en permission, les délestant aussi de leur paye – et qu'elle assume son rôle de «reine de la *Main*», de «maman de la moumoune», de «grande sœur de la guidoune», prononce la sentence tranchante comme un couperet, souvent injuste comme la justice elle-même, en tout cas tout aussi aveugle. Pendant que la bataille fait rage dans la rue, Fine Dumas joue les pythonisses et c'est immanquablement sa version à elle, sa solution, aussi, qui prévaudront, avant la vérité, si jamais, par hasard, elle se présente. Comme Fine Dumas n'assiste jamais aux faits eux-mêmes, qu'elle dépend de la version que lui rapporte la Duchesse, c'est elle, je crois, la Duchesse, qui en fin de compte tient les rênes du pouvoir, sans vraiment le savoir. On a peur des diktats de Fine Dumas alors que c'est de la Duchesse qu'on devrait se méfier.

La vie n'est donc qu'une grande ribambelle de manipulations, plus ou moins conscientes, plus ou moins contrôlées?

Tout ça pour dire que lorsqu'on les voit ensemble, lorsque le triumvirat est réuni, on sait que quelque chose de grave ou d'important se prépare et la *Main* verse dans une espèce de paranoïa pas toujours belle à voir.

Des regards inquiets avaient dû les suivre pendant qu'ils déambulaient dans la rue Sainte-Catherine, entre Saint-Laurent et Saint-Denis: où est-ce qu'ils s'en vont, qu'est-ce qu'ils préparent, encore, quelle tête va tomber, quelle réputation va s'écraser dans la sloche, qui va payer? Je pouvais presque entendre le bourdonnement des conversations au fond des bars, au bord des trottoirs, au creux douillet des bordels. Aussitôt installée avec eux dans une des grandes banquettes – Nick n'aurait jamais osé refuser ça à Fine Dumas –, j'ai su que quelque chose d'important se préparait. Pour moi. Et qui allait les servir, eux, bien sûr.

Fine Dumas est ce qu'on appelle dans les romans français une maîtresse femme. Tout chez elle impressionne, l'ampleur de ses cheveux autant que celle de sa voix, le choix de ses vêtements autant que celui de son vocabulaire. Et, surtout, son physique peu commun. Fine Dumas transporte ses deux cent cinquante livres comme un bateau arbore sa cargaison : fièrement. Bâtie plutôt carrée, elle ne fait rien pour se mincir, même pas pour créer l'illusion à force de voiles et de vêtements amples comme le fait la Duchesse, non, elle porte des costumes deux pièces près du corps comme à l'époque de la dernière guerre mondiale et réfugie tant bien que mal sa tignasse rousse sous d'invraisemblables chapeaux créés par une certaine madame Hébert qui, avec les années, dit-on, est devenue son souffre-douleur autant que sa chapelière. Non seulement elle ne fait rien pour se grandir – elle est plutôt courte sur pattes –, mais, en plus, elle s'écrase sous des chapeaux trop importants. Et s'il est impressionnant, le résultat est aussi surprenant : au lieu de la rendre ridicule, ses déguisements lui confèrent une morgue, une dégaine, une aisance, aussi, assez étonnantes. Peut-être considère-t-elle que son allure est primordiale dans le métier qu'elle exerce, madame de bordel jusqu'à tout récemment, maintenant propriétaire de bar, que son embonpoint impressionne – ce qui est vrai –, que le fait de ressembler à une tonne de briques qui se déplace légèrement la protège de ses ennemis, qu'elle a nombreux. Quand elle arrive quelque part, il y a autant de têtes qui se détournent que de cous qui se tendent vers elle. Une moitié de la *Main* la craint, l'autre la vénère. Tout en la craignant. Quand elle veut faire peur à quelqu'un qu'elle n'aime pas, ce qui semble d'ailleurs beaucoup l'amuser, elle claque les doigts devant le visage de la personne en question et lance un : «Skat!» bien sonore. L'autre, en effet, comme un chat de gouttière qu'on chasse, se sauve la plupart du temps sans demander son reste. Alors, Fine Dumas se redresse, lâche un grand rire qui, selon la Duchesse, pourrait faire se décoller la peinture du plafond, et passe à autre chose.

Ce soir-là, elle portait ce que j'appelle son costume d'espionne russe : elle était habillée en rouge des pieds à la tête. Même ses bas nylon étaient cramoisi. Le plus étonnant était que tout, absolument tout ce qu'elle avait sur le dos était du même rouge ! Comment faisait-elle ? Elle achetait une enveloppe de teinture et y plongeait tous les vêtements qu'elle allait porter ce soir-là ? Elle avait, comme ça, un déguisement monochrome pour chaque occasion, un vert à faire peur qu'elle sortait pour fêter l'arrivée du printemps, un autre jaune serin qu'elle portait en juillet, un violet pour les événements tristes comme la mort d'une guidoune ou la disparition d'un travesti, un bleu paon pour aller au théâtre – elle avouait une passion sans mélange pour Jean Gascon dont elle suivait toutes les mises en scène et toutes les interprétations –, mais le plus flamboyant, le plus confondant, le plus absurde était ce rouge pétant qui donnait presque mal à la tête. Elle devait le porter pour aveugler ses interlocuteurs.

C'est pourquoi j'ai décidé de me méfier de la reine du monochrome aussitôt installée devant elle à la table qu'occupaient habituellement les amis d'Aimée Langevin. Qu'est-ce qu'elle me voulait, au juste ? M'éblouir ? Me donner la migraine ? M'enfirouaper avant de me jeter sans ménagement son fameux «skat» pour me voir me sauver cul pardessus tête ? Me demander un service que je n'oserais pas lui refuser parce qu'elle portait son costume rouge, celui des grandes occasions, celui, aussi, des grandes exécutions ? Ce costume-là était célèbre pour avoir été témoin de choses dont on parlait tout bas autant que d'événements qu'on carillonnait à travers tout le quartier chaud de Montréal. De quoi serait-il témoin, ce soir-là ? D'une exécution que ses estafettes camoufleraient ensuite en accident ? D'une promotion dont je ne voulais pas et qu'elle m'imposerait ?

Je connaissais à peine Fine Dumas, je ne lui avais jamais rien fait, elle ne pouvait pas m'en vouloir, je n'étais donc pas en danger. Par contre, elle pouvait très bien vouloir quelque chose de moi.

Jean-le-Décollé était assis à côté d'elle, la Duchesse près de moi. Dans son misérable manteau de borg, Jean-le-Décollé avait l'air d'un vieux tapis troué de brûlures de cigarettes que Fine Dumas aurait emporté avec elle pour le faire nettoyer quelque part dans le quartier chinois. Quant à la pauvre Duchesse que j'aime bien mais qui n'a aucun goût, elle ressemblait à la tour de Babel en visite à Montréal : pas un seul de ses vêtements n'avait été fabriqué par quelqu'un qui parlait la même langue qu'un des autres artisans. Et rien, bien sûr, n'était d'origine. Jean-le-Décollé portait du vrai faux, la Duchesse du faux vrai.

Son Cherry Coke posé devant elle, la paille déjà tachée par le rouge à lèvres de la même teinte que ses vêtements, Fine Dumas a étalé sur la table d'arborite ses mains ornées de cabochons de rubis de théâtre et m'a regardée droit dans les yeux. Sans sourire. Mais sans méchanceté.

«Tu ne le sais peut-être pas, ma belle Céline, mais je te surveille, depuis quelque temps.»

J'ai sursauté. C'était exactement ce que m'avait dit Aimée Langevin, c'était presque les mêmes mots, en tout cas le ton était le même, avant de me demander de passer avec elle son audition pour *Les Troyennes*! C'était de très mauvais augure. Quelqu'un allait-il encore une fois me demander un service absurde que je serais trop lâche ou, dans ce cas-ci, trop peureuse, pour refuser? Allais-je encore une fois me retrouver dans une histoire invraisemblable dont j'aurais toutes les difficultés du monde à me sortir?

«Jean-le-Décollé m'a beaucoup parlé de toi. La Duchesse aussi. Ils ont vanté ton courage, ton honnêteté, ton humour, ton dévouement. On ne s'est jamais vraiment parlé, toutes les deux, mais d'après ce qu'on me dit de toi et ce que je devine quand je viens prendre mon Cherry Coke ici, il se pourrait que tu sois exactement la personne qu'il me faut.»

Je me suis dit : Elle ne va quand même pas me demander de virer guidoune! Après la waitress naine, la putain midget! Puis j'ai pensé que le bordel de Fine Dumas était fermé depuis quelques mois, qu'elle n'était plus que patronne de bar. Alors? Elle n'avait sûrement pas enfilé son costume rouge juste pour me demander d'aller travailler comme serveuse dans son bar! Ça cachait quelque chose et j'aurais aimé me retrouver loin, peut-être même sur la scène du théâtre des Saltimbanques, plutôt que de me voir assise en face d'elle et de son Cherry Coke qui sentait trop fort le sucré.

Pour me dorer la pilule? Pour m'amadouer? Je ne saurais le dire, mais toujours est-il que la Duchesse a posé sa main sur la mienne avant de me dire sur un ton de complicité que je n'ai pas du tout apprécié :

«Jean-le-Décollé nous a un petit peu parlé de tes déboires récents…»

J'ai fusillé l'ancien frère enseignant du regard. Traître! Double crosseur! Hypocrite! Je n'ai rien dit, évidemment. On ne dit pas ce genre de choses là devant la grande Fine Dumas. Cette dernière en a d'ailleurs profité pour se pencher vers moi par-dessus la table. Ses faux rubis ont failli aboutir dans le Cherry Coke qui commençait à tiédir.

«Il ne faut pas lui en vouloir, Céline. Il a fait ça pour ton bien. Et je crois que nous sommes ici, ce soir, pour ton bien, aussi.»

Si Fine Dumas me voulait du bien, ne valait-il pas mieux me sauver tout de suite, me cacher à jamais? Mais je n'avais pas d'autre choix que d'écouter. Et j'ai écouté, le cœur battant, l'inquiétude aux tripes.

«Tu sais que j'ai ouvert un bar, dernièrement, après trente-cinq ans de bons et loyaux services sur la rue Sanguinet… La police des mœurs, imagine-toi donc. Comme si les mœurs existaient, en politique! Les pourris ont osé me fermer! Moi qui leur ai depuis toujours fourni gratuitement les meilleures parties de jambes en l'air de leur vie! S'il fallait que je collecte tout ce que l'entourage du maire de Montréal me doit, ma petite fille, la ville tomberait en faillite! Et pour faire de la place à quoi? Des restaurants où on vient te seriner des airs d'opéra dans les oreilles pendant que tu manges! Imagine! Plus de cul à Montréal, juste de la culture! Ce n'est pas de l'opéra que les touristes vont avoir besoin qu'on leur chante pendant l'Exposition universelle, l'année prochaine, c'est la pomme! Ils ne viendront pas à Montréal pour mâcher leur T-bone pendant qu'une grosse insignifiante va leur beugler *La Traviata* en leur passant le sel, ils vont venir tester notre sang latin, voyons donc! Et le sang latin, c'est les filles de la rue Sanguinet et celles de la *Main* qui savent comment s'en servir! En tout cas, je ne m'embarquerai pas là-dedans, j'en ai déjà trop parlé depuis le début de l'hiver...»

Elle s'emportait, fait plutôt rare chez elle; j'ai tout de suite compris que ce qui l'avait déplacée, ce qui l'avait fait sortir de son antre en plein jeudi soir du mois de mars pour venir au Sélect rendre visite à une simple waitress devait lui tenir à cœur, même si elle prétendait que c'était important pour moi, qu'elle était là pour *me* rendre service, pour changer *ma* vie. Ma nervosité a grimpé d'un cran.

Fine Dumas a continué son discours en empruntant ce petit accent vaguement anglais qu'elle utilise pour impressionner.

«J'ai une proposition à te faire... Écoute... Mon bar, Le Boudwar, marche beaucoup mieux qu'on le pense et j'ai décidé d'agrandir... Enfin, agrandir n'est pas le bon mot... J'ai décidé de... disons... *diversifier* mon domaine d'opération et d'ouvrir, disons... une maison de relaxation en haut du bar.»

Me voyant me crisper – je pensais en effet qu'elle allait m'offrir d'aller vendre mon petit corps difforme dans une alcôve, au-dessus du Boudoir, à des étrangers dont je ne comprendrais pas la langue –, elle a posé une main potelée et crémeuse sur la mienne plutôt raidie par les lavages répétés et toute rouge d'avoir transporté des assiettes chaudes, parfois brûlantes, pendant le coup de feu.

« N'aie pas peur, je ne viens pas t'offrir une job de guidoune... mais c'est vrai que je viens t'offrir une job... »

J'avais envie de hurler : « Aboutissez, vous m'énervez! », mais on ne dit pas une chose pareille à Fine Dumas, alors j'attendais. J'avais vaguement l'impression qu'elle allait m'offrir un poste de *cocktail waitress* ou quelque chose du genre, puis je me suis demandé s'il y avait des *cocktail waitresses* dans les bordels ou, plutôt, dans les maisons de relaxation, pour utiliser son euphémisme.

Elle s'est penchée encore plus près, nos nez se touchaient presque, et j'ai su que le grand moment était arrivé.

« J'ai besoin d'une hôtesse. »

Sans ciller, je lui ai répondu :

« Pour Le Boudoir? »

Son visage s'est éloigné du mien, Fine Dumas s'est appuyée contre le dossier de cuirette.

« Non.

— Pour... la maison de relaxation?

— Oui. »

Alors j'ai cru lui donner son coup de grâce.

« Est-ce que Maurice le sait, pour la maison de relaxation? »

Elle a pâli. C'était assez étonnant, cette face ronde, blanche, au milieu de tout ce rouge. Cette fois, sa main s'est abattue sur la mienne. Littéralement. Comme un oiseau de proie, on aurait dit. Ses ongles pointus, célèbres dans tout le quartier chaud pour le soin qu'elle en prenait, se sont plantés sur le dos de ma main et j'ai bien failli crier. Un regard furibond s'est vissé au mien. Sa voix, elle devait retenir sa rage, était altérée, trop neutre pour ne pas être contrôlée. Je sentais aussi le genou droit de la Duchesse qui donnait des petits coups qui se voulaient subtils sur mon genou gauche.

Mais je n'avais aucun moyen de faire comprendre à la Duchesse et à Jean-le-Décollé, qui me regardait lui aussi avec des yeux affolés, que j'avais fait exprès de gaffer pour que Fine Dumas retire immédiatement son offre. Que je ne voulais même pas prendre en considération cette proposition si étonnante qu'elle me laissait interdite…

Fine Dumas s'est repenchée dans ma direction en parlant. Cette fois, une haleine de Cherry Coke m'est entrée dans les narines, mêlée de vieux tabac et de quelque chose d'alcoolisé; j'ai tout de suite pensé à maman. Passer directement d'un joug à un autre? Presque le même jour? Promettre à Fine Dumas de me remettre entre ses mains la veille même où j'allais peut-être enfin me venger de ma mère, me débarrasser une fois pour toutes d'elle, de ses excès, de ses injustices?

Mais les propos de Fine Dumas étaient trop directs, trop inquiétants aussi, pour que je puisse me concentrer sur autre chose.

«Mêle-toi de tes oignons, Céline Poulin, et je vais me mêler des miens! Contente-toi de répondre à l'offre que je te fais, laisse le reste aux vrais joueurs! Maurice-la-piasse, j'en fais mon affaire! J'ai réussi à lui faire croire que Le Boudwar fonctionnait mal pour qu'il ne se méfie pas de moi, la surprise va être tellement grande quand je vais ouvrir ma maison de relaxation qu'il sera trop tard pour réagir! Et il sait très bien que s'il met le feu à mon commerce, moi aussi j'ai des allumettes! Il a des appuis à la Ville de Montréal? Il m'en reste quelques-uns, à moi aussi! Malgré la débâcle. Le maire a vidé la rue Sanguinet? Il n'osera pas trop s'attaquer à la *Main*, ça représente trop d'argent! Le pire qui puisse arriver, c'est que les filles soient obligées de se cacher pour faire leur métier, de rentrer à l'intérieur pour vendre ce qu'elles vendent maintenant en pleine rue et, au fond, c'est tant mieux pour elles! Jean-le-Décollé aura moins froid l'hiver prochain! Une ville sans prostitution, c'est impensable! Même et surtout pendant une exposition universelle! Et laisse-moi te dire que ceux qui vont graviter autour de Fine Dumas à l'été 1967 ne le regretteront pas! Je vois ton hésitation dans tes yeux, je sens même plus que de la surprise, je sens une certaine révulsion à l'idée d'aller travailler dans un bordel. Laisse faire tes scrupules, là, et réfléchis...»

Elle a changé de vitesse tellement vite que j'ai cru que son moteur allait s'enrayer. Elle a passé sans transition d'un ton vaguement menaçant à celui, plus persuasif, de la grande amie qui parle d'expérience et qui sait ce qui est mieux pour toi, dont les conseils sont une manne tombée du ciel qu'il faut apprécier à sa juste valeur.

«Écoute... Laissons faire la maison de relaxation et, entre nous, appelons un chat un matou! Oui, c'est un bordel que je me prépare à ouvrir dès l'été prochain. On va avoir une année complète pour préparer la venue des étrangers de partout dans le monde, et laisse-moi te dire que Fine Dumas, des idées, elle en a! Et des grandes! Et des pas piquées des vers! Des vertes et des pas mûres! Y'a pas un Japonais, y'a pas un Chinois, y'a pas un Australien qui va oublier la *Main* en partant de Montréal! Ce que je t'offre, c'est d'en faire partie, de partager le gâteau plutôt que d'attendre ici qu'un Français cheap de passage te laisse un beau dix cennes de pourboire parce qu'il n'aura pas aimé ce que tu vas lui avoir servi! Viens faire le magot chez nous, Céline, et je suis sûre que tu ne voudras jamais repartir, toi non plus! Les scrupules, c'est bon pour les vieilles filles pognées dans la religion qui regardent vers le passé, pas pour les femmes intelligentes comme toi à qui l'avenir appartient!»

J'étais hypnotisée. À la fois sonnée et fascinée.

Tout ce que je pouvais voir pendant qu'elle me parlait, c'était une naine vêtue d'une robe longue, coiffée d'un French Twist, juchée sur des talons aiguilles, à la porte d'un bordel, sous une enseigne au néon rouge qui disait : Derrière Le Boudoir. Avec, je ne sais pas pourquoi, un menu à la main! Un menu de filles? Le plat du jour? Le spécial de la semaine? La spécialité du chef? La table d'hôte?

Et tout ce que j'ai réussi à lui répondre, imbécile que j'étais, c'était un timide :

«Mais vous ne me connaissez même pas, madame Dumas!»

Elle a ri. Et j'ai su que j'étais perdue. J'allais lui répondre que je réfléchirais à sa généreuse offre parce que je n'avais pas le choix. J'avais voulu un changement, il était là, le changement, tellement radical qu'il me donnait le vertige. Et, surtout, je devais l'avouer, très tentant! Dans son absurdité même. Presque plus qu'Aimée Langevin et ses *Troyennes*. Et l'idée d'aller travailler sur la *Main* n'était pas en fin de compte si épouvantable : je fréquentais déjà la plupart de ses créatures que je considérais presque comme des amies. Au lieu de leur vendre des *hamburger platters*, c'est elles que j'allais vendre. Et, après tout, l'hôtesse n'est pas la maîtresse du bordel. Fine Dumas avait raison, mes scrupules s'envolaient à une rapidité folle.

Le destin, encore. Et sous une forme des plus inattendues.

Mais le plus inattendu était encore à venir. Et se présenta tout de suite, là, sur place, immédiatement après la diatribe de Fine Dumas qui, aussitôt son discours terminé, a sorti son compact pour se refaire une beauté. Une poudre rose bonbon s'est échappée de la petite boîte en faux or – vu l'argent que Fine Dumas avait fait dans sa vie, c'était peut-être du vrai, après tout – pendant qu'un parfum sucré et surtout insistant se répandait dans le restaurant. Elle s'appliquait du rose autant sur le décolleté que sur le visage, et le pauvre rose se perdait irrémédiablement dans toute cette mer de rouge.

Jean-le-Décollé s'est penché au-dessus de la table, a posé sa vieille main d'ancien frère enseignant sur la mienne pendant que la Duchesse, à côté de moi, s'appuyait sur l'arborite de son bras droit, pour mieux guetter ma réaction, j'imagine. Jean-le-Décollé a parlé d'une voix étrangement douce et ses yeux... je ne sais pas comment les décrire, ses yeux... Il n'y avait plus ni méchanceté, ni rancœur, ni amertume au fond de ses yeux trop verts pour ceux d'un homme et trop limpides, soudain, pour ceux d'un travesti. En parlant, Fine Dumas m'avait fixée avec des yeux de rapace qui guette sa proie parce qu'elle se voulait du bien à elle-même avant, comme elle le prétendait, de m'en vouloir à moi, mais lui... Oserais-je utiliser le mot bonté? Pourquoi pas puisque que c'est ce que je pense? Une bonté sans mélange, une espèce de douceur très près de l'amour, en tout cas plus que de la tendresse, se lisait dans son regard pendant qu'il me parlait. Et pendant qu'il me parlait, je me disais que personne, jamais, ne s'était adressé à moi sur ce ton-là. De toute ma vie. J'avais eu besoin des centaines de fois de cette voix feutrée quand, adolescente, ma mère – encore elle –, au lieu de m'encourager, de me guider au milieu des affres de la réalisation que je n'allais jamais grandir, m'agonissait d'injures parce que je lui faisais honte, quand, plus tard, j'avais compris que mes relations avec les hommes ne seraient jamais normales, que je serais toujours une curiosité pour eux, jamais un objet de vrai désir, quand, il y a deux ans, je lui avais appris, à ma mère, oui, oui, à ma mère, toujours à ma mère, que j'allais devenir serveuse et qu'elle m'avait répondu en riant que je devrais plutôt aller me cacher dans le fond d'un bureau d'avocats où personne ne pourrait me voir. Et c'était en fin de compte une créature de la *Main* qui utilisait les mots dont j'avais eu besoin tout ce temps-là, le ton, les accents, les inflexions. Le salut me venait d'en bas, là où, exactement, ma mère aurait voulu me jeter dès ma naissance, au milieu de ce qu'elle considérait comme la lie, l'abîme, la boue. Si j'acceptais les deux offres qui m'étaient faites ce soir-là, j'allais aboutir là où elle avait toujours voulu me voir. Pas sur une scène, non, dans un trou. Mais je vais laisser la parole à Jean-le-Décollé. Essayer de transcrire ce qu'il m'a dit va me faire grand bien, je le sais.

«Les bonnes nouvelles, comme les malheurs, ne se présentent jamais toutes seules, tu le sais, Céline... Ce que je vais te dire, là, maintenant, va compléter l'offre de Joséphine... Écoute-moi bien jusqu'au bout, interromps-moi pas, c'est une proposition que je vais te faire une seule fois. Comme Joséphine. O.K.? J'y vais... Tu sais que la *Main* est un monde fermé, un univers complet avec ses lois propres, injustes comme celles de la légitime, et qu'il faut accepter sans discuter si on veut survivre... La *Main* aime aussi garder ses créatures dans son sein, à l'intérieur de sa périphérie, du moins celles qui dépendent d'elle complètement. La Duchesse, par exemple, n'est pas une vraie créature de la *Main* parce qu'elle gagne sa vie ailleurs, parce qu'elle vend des chaussures sur le Plateau-Mont-Royal pendant la journée, Hosanna non plus parce qu'elle coiffe les femmes de la Plaza-Saint-Hubert de dix à cinq, mais si, toi, tu acceptes d'aller travailler avec et pour Fine Dumas... il faut que tu te rapproches de la *Main*, que tu t'y perdes, que tu t'y consacres... Je te vois mal prendre l'autobus deux fois par jour pour aller travailler au Boudoir et en revenir à des heures impossibles. Écoute-moi bien. Je partage un grand appartement à la place Jacques-Cartier, voisine de la *Main*, avec deux autres travestis, des vraies créatures de la *Main*, tu les connais, Mae East et Nicole Odeon. On a de la place pour toi. Une chambre. Une petite chambre. Mais éclairée. Avec un *skylight*. Tu peux mettre ton lit en dessous – c'est déjà fait, d'ailleurs – et regarder le ciel avant de t'endormir. T'es-tu déjà endormie sur le dos en regardant le ciel? C'est pâmant. Quand il pleut. Quand il neige. N'importe quand. Viens rester avec nous autres. Viens regarder le ciel avant de t'endormir. On est trois folles finies, mais on est du bon monde. Tu vas avoir dix minutes à marcher pour te rendre au travail et personne, tu le sais, osera te toucher quand tu vas revenir aux petites heures du matin, parce que la *Main* sait protéger ses petits. Penses-y pas. Dis oui tout de suite. À la proposition de Joséphine. À la mienne. C'est vrai qu'il va y avoir de l'argent à faire pendant l'Exposition universelle, l'année prochaine. Mais c'est surtout vrai que Mae East, Nicole Odeon et moi, on a envie que tu viennes habiter avec nous autres. Surtout moi. On va avoir du fun. Je te promets qu'on va avoir du fun. On va travailler fort, mais on va avoir du fun. Dis oui. Tout de suite.»

Fine Dumas – je venais d'apprendre qu'elle s'appelait Joséphine – a fermé son compact avec un claquement sec.

«Laisse-la réfléchir, Jean.»

La Duchesse lui a donné une tape sur la main comme si elle venait de dire une chose inconvenante et, une fois de plus, j'ai entendu mes tantes:

«Va-t'en donc, toi! Jean a raison. C'est oui ou non tout de suite. Un oui définitif. Ou un non définitif. Si elle réfléchit, elle va nous sortir un peut-être qui pourrait s'étirer jusqu'à la fin des temps.»

Elle s'est ensuite tournée vers moi, plus sérieuse que je ne l'avais jamais vue. Cette fois, ce n'était pas la grosse duchesse si comique qui parlait, c'était le vendeur de chaussures:

«Vas-y, Céline, saute. Saute! Moi, j'ai eu peur. Comme le gros niaiseux que je suis, j'ai laissé passer les occasions, je suis encore, à mon âge, un *misfit* dans deux mondes: pas à sa place aux pieds des clients de chez Giroux et Deslauriers, pas tout à fait à sa place non plus sur la *Main* parce que je n'ai pas eu le courage de faire le saut quand est venu le temps. Je suis toléré alors que j'aurais voulu être intolérable! Ne reste pas en marge de la marge, saute dedans à pieds joints, rends-toi à ses lois, à ses exigences, tu sauras me remercier, un jour!»

En l'entendant parler de marge, j'ai pensé à mon *Cahier noir*, aux raisons pour lesquelles j'ai entrepris l'écriture de ces confessions, au changement dont j'avais tant besoin, au piège que j'avais tendu à ma mère et dont le dénouement se produirait dans moins de vingt-quatre heures et qui, de toute façon, allait apporter une transformation radicale à ma vie, alors j'ai sauté dans le vide sans réfléchir, comme on me le demandait, j'ai dit oui, je me suis rendue à leurs arguments, j'ai abdiqué.

Fine Dumas a à peine esquissé un sourire.

«Tu ne le regretteras pas. Renseigne-toi, tu vas voir, tout le monde va te dire qu'on ne regrette jamais les offres de Fine Dumas. Tu vas faire une hôtesse formidable et je sais être une patronne formidable pour mes employés formidables.»

Les trois rois mages sont repartis comme ils étaient arrivés, rapidement. Comme à un signal que je n'aurais pas vu, ils se sont levés d'un bloc, Fine Dumas a lancé sur la table un billet de dix dollars en me disant de garder la monnaie – un pourboire trop royal pour être honnête –, Jean-le-Décollé m'a décoché un clin d'œil que je ne savais pas comment interpréter, la Duchesse m'a poussée presque sans ménagements pour que je la laisse passer. Leur business réglée, ils n'avaient plus rien à faire au Sélect. Ils ont rapaillé leurs affaires, n'ont pas dit bonsoir ni merci à personne, ont passé la porte par ordre d'importance: d'abord la directrice des opérations dans son déguisement digne de l'Inquisition, ensuite l'ancien martyre des Frères des écoles chrétiennes converti dans la prostitution, enfin l'éternel inadapté que je ne voulais pas devenir.

J'étais encore sonnée quand je suis retournée à la cuisine. Où j'ai trouvé, je jure que c'est vrai, un Nick méconnaissable, effondré au milieu de ses chaudrons que venait de poncer Lucien, lui aussi visiblement bouleversé.

Ils savaient. Ils avaient tout écouté.

Et Nick pleurait mon départ!

Comme on dirait dans les romans français : qui l'eût crû?

C'est en faisant ma valise, en cachette de ma mère, le lendemain après-midi, jour de la première des *Troyennes*, que je me suis rendu compte que je ne possédais pas grand-chose à part mes vêtements. Aucun souvenir d'enfance, pas de photos – je grimpe depuis toujours dans le visage de quiconque essaye de me photographier – ni aucun objet ajouté aux horreurs qui appartenaient à la maison, qui ornaient ma chambre depuis des lustres et que je ne voyais plus tant elles étaient devenues familières : la tentative de peinture à numéros d'une de mes sœurs, par exemple, une espèce de coucher de soleil démentiel, quelque part dans un pays du Sud, aux couleurs criardes, placé trop haut au-dessus de mon lit, laid à faire peur ; la jardinière en macramé, aussi, que ma mère avait installée dans un coin de ma chambre un jour où elle avait décidé qu'il fallait que je m'occupe de quelque chose de vivant mais de pas dérangeant pour elle et qu'elle m'avait acheté une plante verte que je m'étais aussitôt empressée d'assassiner en la laissant mourir de soif ; les meubles, on n'en parle pas, je suis presque née dans ce lit d'enfant et mes premiers souvenirs de lecture me viennent du fauteuil éventré placé près de la fenêtre et dans lequel je n'ose plus m'installer. Non, à part mes livres, que j'ai décidé de laisser sur place parce que lorsqu'on recommence sa vie, il me semble qu'on doit aussi recommencer sa bibliothèque, et mes vêtements achetés dans le département des enfants chez Messier ou chez Dupuis Frères, rien de ce que contenait ma chambre ne m'appartenait vraiment. C'était comme si j'avais loué une chambre dans cet appartement en venant au monde et que je la quittais parce que je ne pouvais plus payer le loyer.

En pliant mes petites jupes, mes petites blouses, mes petits sous-vêtements, que je rangeais dans ma valise en me disant que je devrais peut-être aussi changer ma garde-robe, tant qu'à y être, je me suis quand même demandé si j'allais m'ennuyer de mes parents, de mes deux sœurs, et la réponse – certainement pas! – m'a quelque peu perturbée. J'aurais dû, il me semble, les aimer *un peu,* non? Mais peut-être que je les aimais *un peu,* aussi, trop peu, cependant, pour me dire qu'ils allaient me manquer si jamais je ne les revoyais plus. J'avais trop envie de fuir de cette maison, de recommencer ma vie ailleurs pour m'attarder à des sentiments que je n'étais pas trop sûre de ressentir, alors, pour ne pas creuser plus loin et éviter ainsi de me découvrir un cœur que je ne voulais pas avoir, je me suis concentrée sur mon piège que je trouvais de plus en plus ridicule alors que l'heure du dénouement approchait.

Seule chose positive pour le moment, en ce qui concernait la première des *Troyennes,* maman m'avait confirmé au déjeuner son intention de s'y rendre.

«C'est le grand soir, ce soir, Céline?

— Ben oui.

— Es-tu prête?

— Ben oui.

— À tout?

— Ça veut dire quoi, à tout?

— Ça pourrait être mon grand soir, à moi aussi, tu sais…»

J'ai répondu sans hésiter, de façon à ce que mon ton moqueur, provocateur, cette façon que j'avais de la narguer avec un sourire méchant, déclenchent chez elle une vraie envie de se rendre au théâtre des Saltimbanques.

«T'oserais jamais faire ça, maman…»

Elle a bu une longue gorgée de café que je soupçonnais de contenir autre chose que le maudit Sanka qu'elle se fait en se réveillant chaque matin, elle a tiré une poffe de cigarette digne des plus mauvais films policiers américains, elle a exhalé la fumée par les narines comme son idole, Bette Davis, à qui elle ne ressemble absolument pas, et a dit, sur un ton condescendant:

«Fais-toi-s'en pas, ma pauvre petite fille, je vais être là, ce soir… Et tu vas t'en rappeler.»

J'aurais pu lui répondre que c'est elle qui allait s'en rappeler, et pour le reste de ses jours, et même, et surtout, du fond de ses pires cuites, mais je me suis retenue à temps. Surtout, ne pas vendre la peau de l'ours… Il fallait d'abord faire sortir l'animal de sa caverne.

J'ai fermé ma valise, j'ai attaché une corde autour parce que les sangles sont depuis longtemps inutilisables, je me suis assise sur mon lit. J'aurais eu envie de traverser l'appartement, d'entrer dans la chambre de maman et lui demander simplement, à brûle-pourpoint, pourquoi, au juste, elle se préparait à faire tout ça. Me détestait-elle à ce point? M'en voulait-elle à ce point? Avait-elle honte de moi à ce point? Au point d'aller interrompre la représentation d'une pièce de théâtre? J'avais peur que la réponse à l'une de ces questions soit non, que tout ça ne soit que des menaces sans fondement, comme d'habitude, alors que mon piège ne pouvait fonctionner que si maman se déplaçait. Et c'est ça que je trouvais le plus terrible: d'avoir à compter sur une vraie haine de ma mère pour pouvoir assouvir ma vengeance. Comment en étions-nous arrivées là? De part et d'autre? Quels sentiments plus forts que nous nous avaient dressées l'une contre l'autre jusqu'à faire de nous des monstres sanguinaires que seule l'humiliation totale de l'autre, son anéantissement devant témoins pourraient calmer, sinon dompter? Quels glissements progressifs et inéluctables avaient gouverné nos vies? Comment peut-on en vouloir autant à son enfant? Comment peut-on en vouloir autant à sa mère?

Je me suis mise à trembler.

À ce moment précis de ma vie, je crois que la main de ma mère posée dans mon cou, une parole d'elle, un geste d'affection, auraient tout changé. J'aurais été prête à tout endurer, à tout accepter d'elle pour une gorgée d'eau!

Et je m'en voulais.

Parce que je croyais la gorgée d'eau impensable.

Au souper, j'ai joué un énervement que je ne ressentais pas sans pouvoir exprimer celui qui me tordait les intérieurs : j'ai fait l'actrice que le trac rend malade, j'ai parlé de la nervosité à monter sur une scène pour la première fois, du nœud dans mon estomac à chaque répétition quand approchait le temps de dire ma réplique, de ma hantise de ne pas avoir le bon accent et de lancer ma phrase comme si elle sortait de la bouche d'une Montréalaise du Plateau-Mont-Royal plutôt que d'une femme de Troie il y a deux mille ans, alors que ma véritable peur se situait ailleurs. Mes sœurs et mon père ont beaucoup ri, ma mère se contentait de me regarder en fumant ses Turet qui sentent si mauvais. Ce qui se disait autour de la table était moins important que ce qui ne se disait pas.

Pour une fois, maman était sobre, signe qu'elle avait bien l'intention de mettre ses menaces à exécution ou, du moins, de se présenter aux Saltimbanques. Elle avait dû beaucoup lutter, toute la journée, pour s'empêcher de boire. Les heures avaient probablement passé très lentement, chaque minute une torture, chaque quart d'heure une victoire de la volonté. Mais, à sa façon de me regarder, je sentais qu'elle se méfiait. Elle ne pouvait pas se douter que je lui jouais la comédie depuis des semaines, que je ne me préparais pas du tout à faire mes débuts au théâtre ce soir-là, bien sûr, j'avais trop bien joué mon rôle, mais elle me connaît et je suis convaincue qu'elle devait se demander comment je pouvais accepter sans en faire mention, sans même en discuter avec elle, le risque qu'elle fasse un esclandre au beau milieu des *Troyennes*. Je suppose qu'elle aurait voulu que je la supplie, que je courbe l'échine encore une fois, que je demande grâce, que je négocie avec elle l'assurance qu'elle ne se mettrait pas à rire comme une folle aussitôt que j'ouvrirais la bouche.

C'était une guerre des nerfs que chacune d'entre nous était convaincue de gagner pour des raisons différentes : maman pensait que je plierais devant elle au dernier moment alors qu'elle avait seulement voulu me faire peur, moi je ne voulais pas faire semblant de plier, justement pour être sûre de la prendre au piège, de la voir se présenter pour rien à une représentation où je ne ferais pas mes débuts. Deux têtes de cochons qui s'affrontent en silence.

Papa avait un peu rechigné à l'idée d'avoir à aller la conduire dans le Vieux-Montréal alors qu'il faisait si froid (il n'était bien sûr pas question qu'il assiste à une pièce de théâtre, et mes sœurs non plus, même – et peut-être surtout – si j'en faisais partie), mais il s'était laissé convaincre quand elle lui avait dit qu'elle reviendrait en taxi, qu'il n'aurait pas à se déplacer en fin de soirée.

J'ai peu mangé, je me suis levée de table tôt, je suis allée chercher mon manteau, mes bottes, ma tuque, que j'ai enfilés avec une lenteur toute calculée. Maman m'observait, je sentais son regard dans mon dos. Elle devait se dire que j'allais d'un moment à l'autre demander à lui parler dans sa chambre, me jeter à ses genoux pour me rendre sans condition, la supplier d'avoir pitié de moi, lui promettre mer et monde pour qu'elle m'épargne une honte de plus. Je laissais durer le plaisir. Allait-elle casser avant moi, me crier par la tête là, tout de suite, les injures qu'elle avait préparées pour plus tard, se décharger maintenant, par anticipation, par incapacité à se retenir, de la gourme qui lui bloquait sûrement les bronches pendant que je m'habillais comme si de rien n'était?

Non. Elle était plus forte que je le pensais et devait se dire de son côté la même chose à mon sujet.

Je n'avais jamais jusque-là connu un affrontement dans le silence comme celui-là. L'atmosphère dans la cuisine était à couper au couteau, les trois autres personnes présentes se doutaient que quelque chose couvait sans pouvoir mettre le doigt dessus, et leur frustration ajoutait à l'ambiance glauque de cette fin de repas une couche feutrée de peur inexprimée que quelque chose d'inconnu n'éclate, les laissant en marge d'un événement qui les dépasserait et qu'ils ne pourraient pas apprécier à sa juste valeur.

Et c'est avec un grand sourire que j'ai jeté en direction de ma mère, avant de sortir de la cuisine, un beau, fort et joyeux:

«À tout à l'heure!»

Elle était penchée au-dessus de la table dans le geste de faire tomber la cendre de sa cigarette dans le cendrier déjà plein de mégots mal éteints. Elle s'est immobilisée un quart de seconde, puis a levé les yeux sur moi.

«À tout à l'heure, ma pauvre petite fille...»

La victime était ferrée.

J'étais sûre de gagner.

Je souriais de toutes mes dents en descendant l'escalier.

J'ai commencé par me tromper de porte. Je me suis présentée dans le hall du théâtre des Saltimbanques, comme la première fois, j'ai demandé la coulisse, on m'a répondu que c'était au sous-sol et que c'était plus facile de s'y rendre en empruntant l'escalier intérieur qui donnait sur la rue Bonsecours, parce que pour le moment, la salle était encore fermée. Elle n'ouvrirait que quelques minutes avant le début du spectacle, soit dans à peu près un quart d'heure.

Je venais de passer devant l'entrée des artistes sans m'en rendre compte. Je suis ressortie du théâtre, j'ai trouvé une espèce de trou dans le mur un peu plus haut dans la rue Bonsecours, j'ai poussé la vieille porte vermoulue. Ça sentait encore plus l'humidité que dans le reste de la bâtisse. J'ai descendu les marches avec grande prudence, je n'avais pas envie de rater mon coup à cause d'un bout de bois pourri et me retrouver à l'hôpital, sur une civière, plutôt que derrière le décor des *Troyennes,* à guetter l'arrivée de ma mère…

La troupe complète était réunie dans la pièce centrale trop étroite pour contenir tant de monde, et le metteur en scène, le pouce rose et le sourire aux lèvres, venait de terminer un petit discours qu'on applaudissait chaleureusement. Ils s'embrassaient, se serraient dans leurs bras, se disaient merde en prétendant ne pas être trop nerveux. Mais la nervosité, dans la petite salle enfumée, était à couper au couteau. Derrière le masque de sérénité qu'ils arboraient, l'angoisse se lisait, mêlée d'excitation, d'appréhension. Peur et joie luttaient sans doute dans leur poitrine, et je les enviais même si ce que je ressentais pouvait ressembler un peu à leur trac. J'avais le trac, moi aussi, mais pas pour les mêmes raisons.

Costumés, perruqués, maquillés, les acteurs étaient presque méconnaissables, même Aimée Langevin que j'ai eu quelque difficulté à reconnaître dans sa robe à grosses rayures horizontales qui lui donnait l'air d'un pouf bas sur pattes. Elle avait eu bien raison de se méfier de la mode crétoise, la pauvre! Et la perruque dont on l'avait affublée, trop serrée, trop haute, trop volumineuse, tuait le peu d'expression qu'elle aurait pu donner à son visage, sauf la rage, bien sûr, facilement reconnaissable à ses yeux furieux et son front plissé.

Je ne voulais pas qu'ils me voient – le metteur en scène m'avait demandé d'être discrète –, alors je me suis dissimulée, vu ma grandeur c'était plutôt facile, dans l'entrebâillement de la porte d'une penderie.

Quand il est passé près de moi, j'ai prononcé son nom. Je me sentais comme dans un roman d'Alexandre Dumas – un sombre complot allait enfin être mis au jour, notre héroïne, la petite d'Artagnan, Aramis-la-Naine, se préparait bravement à risquer sa vie pour sauver le royaume de France des griffes du méchant Mazarin; réussirait-elle, ou bien se retrouverait-elle dans une cellule humide en compagnie de l'Homme au Masque de fer, le jumeau du Roi, l'usurpateur malgré lui, l'espoir des méchants? – et je n'ai pas pu retenir un léger sourire.

Maudite folle! Se donner tant de mal pour risquer de foirer lamentablement pendant les plaintes et doléances d'une douzaine de femmes grecques mortes depuis deux mille cinq cents ans! Si elles avaient existé, ce qui était loin d'être sûr!

Le metteur en scène m'a aussitôt emmenée en coulisse. Nous avons grimpé un escalier dont chaque marche craquait comme un reproche vivant, je me suis retrouvée exactement à l'endroit où j'avais attendu mon entrée en scène, le jour de l'audition. La salle, le plateau, tout me paraissait encore plus petit que dans le souvenir que j'en gardais. Le premier rang, où j'avais demandé qu'on place ma mère, était trop près, j'étais convaincue qu'elle allait me voir, qu'elle ne verrait que moi, qu'il était impossible que je reste dans l'ombre, dissimulée derrière ce ridicule rocher en carton-pâte qui était loin de faire illusion, que le public au grand complet se demanderait ce que faisait là cette naine en costume moderne qui assistait au spectacle de la coulisse et que ma mère, enfin, dirait à haute et intelligible voix que c'était là sa fille dont elle avait tant honte, interrompant ainsi une représentation que j'avais voulu l'empêcher d'interrompre…

Quelque peu mais pas complètement rassurée par le metteur en scène qui prétendait que personne ne me verrait parce que c'était une partie du décor qu'on tenait dans la noirceur, je me suis assise sur une petite chaise droite coincée entre le faux rocher et ce qui devait représenter les murs écroulés de Troie, des boîtes de carton couvertes de guenilles qui n'étaient pas sans rappeler notre crèche de Noël en plus gros.

Avant de se retirer, il a posé sa main sur mon épaule.

«Tu es bien sûre que tu veux faire ça, Céline?»

Je l'ai embrassé sur la joue, peut-être pour lui montrer une assurance que j'étais loin d'éprouver.

«De toute façon, il est trop tard pour reculer.»

Il a souri. Tristement.

«Non. La salle n'est pas encore ouverte. Tu peux encore changer d'idée.»

Changer d'idée? Non seulement j'avais envie de changer d'idée, mais j'aurais voulu me voir à cent lieues de là, waitress à Val-d'Or ou stripteaseuse dans un bouge infect de Drummondville ou de Saint-Jérôme.

Il n'avait pas fini sa phrase que j'ai entendu l'escalier craquer derrière lui. Trop tard, les acteurs commençaient à monter. Au même moment, les portes de la salle s'ouvrirent et quelques spectateurs entrèrent, étirant le cou.

J'ai vu Hécube passer devant moi en se tordant les mains, j'ai entendu Andromaque essayer de débloquer sa gorge coincée, Hélène a replacé sa perruque blonde en sacrant – on était bien loin du grec ancien –, Cassandre est allée vérifier si sa torche, accessoire important dans sa scène, j'imagine, était à sa place. Poséidon s'est replacé le pataclan. Ménélas essayait de manipuler son épée d'une façon virile. Ils étaient tassés comme des sardines dans la coulisse presque inexistante, ils prenaient trop de place, ils me pompaient l'air, la sueur me montait au visage, mon cœur cognait dans ma poitrine. Ce n'était pas moi qui étais de trop, c'était eux!

Et je l'ai vue, tout à coup.

Elle.

Celle pour qui j'avais préparé tout ça, à qui j'avais menti depuis trois semaines, que je voulais terrasser une fois pour toutes.

Elle est entrée dans la salle en voûtant les épaules. On aurait dit qu'elle s'attendait à ce que le théâtre s'écroule d'une seconde à l'autre sur sa tête. Elle a plissé le nez comme lorsqu'elle trouve que ça ne sent pas bon, a paru étonnée d'être placée au premier rang, quasiment au milieu de l'action de la pièce. Aussitôt assise, elle a esquissé un petit, un tout petit sourire. Elle devait quand même me trouver brave de l'avoir installée là, quasiment sous mes jupes, pour la narguer. Qu'avait-elle préparé? Avait-elle mémorisé un texte longuement mûri qu'elle avait ensuite écrit en choisissant chaque mot pour sa méchanceté, son efficacité, sa pertinence perverse? Avait-elle prévu se lever pour me haranguer devant tout le monde ou, plutôt, rester assise pour qu'on ne sache pas d'abord d'où venaient les insultes?

Elle a croisé les mains sur les genoux.

Et c'est là que mon destin a basculé de façon inattendue.

Elle tenait une belle rose rouge à tige longue, magnifique, que le gel n'avait pas eu le temps de tacher!

J'étais sidérée. J'avais tendu mon piège avec une patience d'ange, j'avais préparé cette soirée avec soin, je croyais avoir prévu la seule issue possible à cette non-confrontation absurde – ma mère, vaincue, restait sagement assise à sa place en rongeant son frein –, mais jamais il ne m'était venu à l'esprit que maman, quelque part au fond d'elle-même, pouvait être fière de sa fille naine qui faisait ses débuts au théâtre. Au point de lui préparer une surprise. Une vraie surprise de mère. Une rose rouge à longue tige. Même ça, surtout ça, la rose, je me suis arrangée pour l'interpréter d'une façon différente au bout de quelques secondes, parce que c'était dans mon intérêt, oui, c'est vrai, mais aussi parce que ça n'allait pas dans la logique de ma mère *qui ne pouvait pas être fière de moi après tout ce qu'elle m'avait dit, après toutes les menaces qu'elle m'avait faites* : elle s'était doutée qu'elle serait bien placée, c'était ça, la vérité, elle savait que, le théâtre étant petit, il y avait des chances que j'aperçoive la rose sur ses genoux, que j'interprète mal sa présence, que je me laisse aller à la confiance, que je baisse la garde; elle pourrait alors me porter le coup de grâce au moment où je m'y attendrais le moins, victime de ce sentimentalisme sirupeux qui, à son avis, a toujours été mon point faible. Il fallait que cette rose soit un piège, son piège à elle, pas un cadeau de première, sinon j'avais tout fait ça pour rien!

Il était trop tard pour revenir en arrière, les lumières baissaient dans la salle, je ne saurais pas si elle était venue m'insulter ou me féliciter de mon courage, ni maintenant ni après le spectacle.

Le destin prenait une tournure que je n'attendais pas.

Comme il en avait pris l'habitude depuis deux mois.

Le début du spectacle s'est déroulé dans l'indifférence générale. Ni le monologue de Poseidon ni même la scène avec Athéna ne semblaient intéresser le public qui se contentait de froncer un peu les sourcils dans l'effort d'essayer de comprendre de quoi les deux dieux pouvaient bien s'entretenir.

Ma mère, quant à elle, fixait un point au fond du décor, comme si le plateau avait été vide. Elle attendait autre chose. Elle attendait une naine déguisée en duègne.

Mais à l'entrée d'Hécube, tout a changé. Les corps se sont redressés sur les sièges, les cous se sont tendus, les regards se sont allumés. La reine de Troie faisait son apparition, la tragédie allait vraiment commencer.

Ma mère s'est un peu penchée par en avant. Enfin, la voilà. Je lui avais dit que j'accompagnais Hécube partout et elle se demandait pourquoi je n'étais pas là, à ses côtés, comme un petit meuble qu'on transporte. Mais le premier monologue d'Hécube est une telle splendeur qu'elle a dû penser que le metteur en scène n'avait pas voulu attirer l'attention ailleurs que sur sa superbe actrice, alors elle a pris son mal en patience et s'est renfoncée dans son fauteuil pour écouter les plaintes d'une femme qui lui parlait, à travers les âges, de l'autre bout de l'Histoire du Monde, de l'humiliation, de la honte, qu'elle connaissait si bien.

À l'entrée du chœur, mon pouls s'est arrêté de battre et j'ai cru que j'allais m'étaler tête première dans les ruines de la Troie de carton. Aimée Langevin était au premier rang, les deux mains sur le cœur, les yeux dans le vide. Elle titubait comme une femme ivre, pas comme une Troyenne qui souffrait. Le metteur en scène avait dû la prévenir des dizaines de fois, mais elle faisait à sa tête, sûre d'elle malgré son manque de talent. Les six autres femmes du chœur la suivaient, plus sobres, plus discrètes. Ma mère les a dévisagées l'une après l'autre. Même les plus grandes. Même Aimée qui continuait à faire des grimaces grotesques. Elle me cherchait, elle fouillait les replis des robes crétoises dans l'espoir de voir son bout de fille surgir comme un clown au milieu de la tragédie, elle a même jeté un regard en coulisse, pensant peut-être que j'arriverais la dernière, comme la vedette d'un numéro de music-hall.

Le chœur a commencé lentement sa mélopée incompréhensible au sujet de ce qui s'était produit en Grèce depuis l'antiquité de l'Antiquité, pendant que la léthargie retombait dans la salle.

Et j'ai lu dans les yeux de ma mère le moment où elle a compris que je n'entrerais pas en scène parce que je ne faisais pas partie du spectacle. Que je lui avais menti. Que je l'avais trompée. Qu'elle s'était retenue de boire toute une journée pour rien. Et qu'elle s'était déplacée, elle qui ne sort jamais de la maison, uniquement pour assister à la première d'un spectacle de théâtre amateur. J'ai vu l'étonnement se transformer en indignation, l'indignation en fureur. Je connaissais trop bien ce visage pour ne pas déchiffrer tout ce qui s'y passait, la colère qui monte d'une seule venue comme un coup de fouet, le pli amer de la bouche, les yeux, ces yeux qui m'ont tant fait peur, enfant, qui se plissent, deux petites fentes dont on ne perçoit que l'éclair gris, mais brûlants et capables de tuer. La honte de s'être laissée piéger, aussi, de ne pas avoir deviné mes intentions. Et, pour la première fois de ma vie, je l'ai vue abdiquer, concéder une victoire décisive, se rendre sans condition. Elle a regardé autour d'elle comme si elle savait que je l'observais, blottie dans le noir, prête à bondir pour l'achever, puis, sans transition, elle est devenue toute molle en s'appuyant contre le dossier de son fauteuil. Une vieille femme s'est jetée sur le corps de ma mère, une vieille femme malade, condamnée, vaincue, qui jamais plus ne lutterait, victime de la manipulation, pourtant son arme à elle depuis toujours. Elle ne s'en remettrait pas. Et c'est ça que j'avais voulu.

La maudite rose a glissé par terre, comme pour se rappeler à mon souvenir ; maman n'a rien fait pour la retenir.

Quant à moi, j'ai essayé de savourer ma victoire. Mais la vue de ma mère écrasée dans son fauteuil était trop pénible et le doute qui m'accablait trop grand, j'ai décidé de partir tout de suite, d'aller chercher mes valises, de fuir la maison avant son retour, sans explications.

Et de ne plus jamais la revoir.

Le metteur en scène regardait le spectacle de la coulisse. Tout ce temps-là, il avait été juste derrière moi. Avait-il vu la rose tomber ? Avait-il vu la vieille femme se jeter sur le corps de ma mère ?

« Tu t'en vas ?

— Oui. C'est trop dur. Malgré tout, c'est trop dur.

— Mais tu as gagné.

— Oui. J'ai gagné. Je pense que j'ai gagné.

— Tu es contente ?

— Là, tout de suite, non. Mais tout à l'heure, oui. Dans le taxi, avec mes valises, en route pour une nouvelle vie, oui. Je suppose. Tout à l'heure, je vais être heureuse. Tout à l'heure… Plus tard. »

Il a posé la main sur mon bras.

« Tu me raconteras tout ça au restaurant…

— Dépêche-toi, parce que je ne pense pas faire long feu au Sélect…

— Une offre ailleurs ?

— Oui.

— Plus intéressante ?

— Oui. Dans un sens. »

Dans le taxi, cependant, j'ai dû me rendre à l'évidence : maman ayant réussi à semer en moi le germe du doute, je ne saurais jamais si j'avais vraiment gagné ou non. Elle pourrait toujours prétendre que

j'avais abusé de sa bonne foi, qu'elle s'était présentée au théâtre dans l'unique but de m'applaudir,
pour m'encourager à faire quelque chose de constructif, que je l'avais inutilement humiliée. Le pire
était que c'était peut-être vrai. Raison de plus pour
la rayer de ma vie. À ce moment précis de mon
existence, je n'avais surtout pas besoin de penser
qu'elle pouvait être humaine.

Lorsque je suis passée devant le Sélect, la
Duchesse en sortait. Elle était probablement venue
me livrer mon nouvel uniforme, celui de l'hôtesse
de bordel. Je vais bientôt passer de waitress du
Sélect à créature de la *Main*.

C'est plus qu'un changement, c'est une métamorphose.

Épilogue

3 avril 1966

Je commence à travailler au Boudoir ce soir. J'ai étalé ma robe d'hôtesse sur mon lit. Je n'aurais jamais cru que viendrait le jour où je porterais du lamé vert lime. Avec des souliers à talons hauts rouge vif. J'ai essayé tout ça, ce matin, juste pour voir de quoi j'aurais l'air. Je ne sais pas de quoi j'ai l'air, on ne croise pas une chose pareille à tous les coins de rues, mais le pire est que ça me va plutôt bien. J'ai du chien, là-dedans, je suis à l'aise, j'ai envie de bouger, même si les souliers sont encore un peu justes. Et Dieu sait que j'aurai à bouger dans ma nouvelle fonction.

J'ai remonté mes cheveux comme me l'ont sug-géré mes colocataires. Si ça ne me grandit pas, ça me donne au moins une certaine forme d'autorité qui fait partie du personnage que je vais jouer tous les soirs à partir de maintenant : les cheveux trop remontés, les talons trop hauts, la bouche trop rouge, une attitude fendante. Finie, la bonne wai-tress si gentille du Sélect, la nouvelle Céline – Fine Dumas a décidé que je garderais mon vrai nom et j'en ai été soulagée, j'avais peur de finir avec celui d'une vedette américaine que je n'aime pas ou d'une célèbre naine dont je n'avais jamais entendu parler –, la nouvelle Céline, donc, sera très diffé-rente, plus raide avec le client, plus exigeante sur son allure, peut-être plus mal embouchée, aussi, mais avec un vocabulaire étendu qui impressionnera. Quelqu'un qui sacre au milieu d'une belle phrase bien compliquée en impose à ses interlocuteurs, et il va falloir que j'en impose aux clients du Boudoir si je veux me faire respecter. Petite, mais pleine de chien. Et capable de répondre. Et capable de châtier, au besoin.

J'ai visité les lieux de ma nouvelle vie il y a quelques jours. Disons que je réserve mon jugement pour quand j'aurai commencé à y travailler. Ce que j'ai vu, en plein jour, comme ça, sans clients, sans activité parce que les filles dormaient encore, était plutôt déprimant. Mais beau. Fine Dumas a du goût et n'a pas lésiné sur les dépenses. J'ai hâte de voir ça vivre, bouger, respirer. Les hommes en auront pour leur argent. Si Maurice-la-Piasse ne met pas le feu là-dedans au bout de quelques semaines, bien sûr.

Mais ça, on le saura assez vite. Fine Dumas se prétend protégée, les mois qui viennent nous diront si elle a raison ou non.

Mes adieux au Sélect, hier soir, ont été très arrosés. De larmes autant que d'alcool. Toutes les serveuses étaient là, celles de jour comme celles du soir, les deux caissières aussi. Les créatures de la *Main*, plus excitées que jamais, se sont pointées en petits groupes pour ne pas laisser la rue vide, Fine Dumas elle-même en personne est venue porter un toast à Nick pour le remercier de m'avoir si bien dressée, si bien formée, d'avoir fait de moi une si bonne waitress, ce qui ne peut que m'aider dans mon nouveau métier. Nick était rose de plaisir. Lui et Lucien avaient préparé un lunch monstre qui a régalé une cinquantaine d'invités gloutons et bruyants. L'alcool coulait à flots, le frelaté fabriqué dans le Vieux-Monréal comme le légitime probablement volé dans le port.

La troupe du théâtre des Saltimbanques est venue faire un tour après la représentation. Ils n'ont pas beaucoup de monde, mais ceux qui se déplacent aiment ça, semble-t-il… J'ai présenté le jeune metteur en scène à la Duchesse, son idole qu'il n'osait pas encore aborder, je lui devais bien ça. Je crois qu'ils vont s'entendre à merveille. Mais le petit nouveau devra arrêter de se sucer le pouce s'il veut pénétrer plus avant dans le milieu qui le fascine tant : j'ai vu la Duchesse lui donner une tape sur la main à plusieurs reprises. Il a ri, s'est enfoncé les poings dans les poches de son pantalon trop léger pour la saison. Il va passer de l'adolescence attardée à l'âge adulte rien que sur une pinotte !

Aimée Langevin se comporte comme Edwige Feuillère le lendemain d'une première, alors que tous ses camarades me disent qu'elle est à chier. Elle est venue me dire que j'allais lui manquer, mais je suis convaincue qu'elle se fout de mon départ, surtout que les étudiants de l'Institut des arts appliqués se réjouissent du retour de Madeleine, leur confidente, leur mère. Que j'ai trouvée changée et faible. Elle ne fera pas long feu, la pauvre, et ça me fait de la peine.

Quand j'ai quitté le Sélect, aux petites heures, tout le monde pleurait, moi la première. Nick me faisait des déclarations d'amour à ne plus finir, Madeleine, Janine et Marie braillaient comme des pleureuses de films européens – j'ai pensé au chœur des *Troyennes* sans l'exécrable Aimée Langevin –, quelqu'un dégueulait en sanglotant au bord de la rue, bref tout le monde s'accordait à dire que ç'avait été un beau party d'adieu. Je laisse derrière moi le premier endroit au monde où j'ai été appréciée ; comment sera celui, si différent, où me mène mon destin ?

Quant à ma famille, je n'en ai plus eu de nouvelles et c'est tant mieux. Pour eux autant que pour moi. C'est tout ce que j'ai à en dire pour le moment. Le temps de décanter, je suppose, de ruminer, comme d'habitude. J'essaie de ne pas penser à maman. Ni à la rose rouge à longue tige.

Je termine l'écriture de ce *Cahier noir* alors que je suis étendue dans mon lit, sous le puits de lumière. C'est vrai que c'est beau de pouvoir contempler le ciel à travers le plafond de sa chambre. Je n'aurais jamais cru que c'était possible, et maintenant je n'ai qu'à lever les yeux. Des fois, juste avant de m'endormir, je vois un oiseau voler et j'ai envie de pleurer.

En passant devant chez Pilon, cet après-midi, au coin de Sainte-Catherine et Saint-Hubert, j'ai aperçu dans la vitrine un magnifique cahier rouge auquel j'ai été incapable de résister.

Key-West, Montréal, Entrelacs,
3 mars-13 août 2003